村上春樹 翻訳ライブラリー

偉大なるデスリフ

C・D・B・ブライアン

村上春樹 訳

中央公論新社

偉大なるデスリフ

主要登場人物

ジョージ・デスリフ……………本書の主人公
アリス・タウンゼンド…………デスリフの妻
アルフレッド・モールトン……デスリフの友人
テディー・ボールドウィン……ファッション・モデル

to Katharine B. O'Hara, with love

アルフレッドの書

結局のところ人間と人間の関係には我々が一般的にそう思っているよりずっと多くの謎《なぞ》がひそんでいるのではないだろうか？　誰《だれ》か他人のことをきちんとわかっているなどと本気で言える人間はどこにもいない。それがたとえ何年も起居をともにしている相手であったとしてもである。

我々の内なる人生を構成するものについては、我々はもっとも親しい相手にさえその断片しか伝えることができないのである。その全体像は伝えることはできないし、相手も理解することができないだろう。

我々は隣人の姿さえはっきりとは見きわめることのできないこのような薄暗がりの如《ごと》き人生をともに手さぐりでふらふらと進んでいる。ただときおり、我々がその道づれとともにした何かの経験とか、相手が口にしたふとした発言とかによって、まるでパッと閃光《せんこう》に照らしだされた如く、その相手と我々がぴったりとくっつくようにして立っていることを一瞬知ることがある。そのようなときに、我々は相手のあるがままの姿を見るのだ。

そのあと、我々は再び共に暗闇《くらやみ》の中を歩いていく。おそらく長い時間。そしてその仲間の旅人の姿を見きわめようと努めるのだが、その思いが果されることはない。

アルベルト・シュヴァイツァー

もしその書物なり、作品の傾向なりが、読者をして、この著者は何かをどんどん積みかさねようとしているなと思わしめたとすれば、この著者は本人の思いとはまったく逆の作業——つまり容赦のない引き算——にひきずりこまれていると知るべきである。

「モレリ」　フリオ・コルタサルの『石けり遊び』から

第一章

二十五歳のとき、僕《ぼく》ははじめて人妻と恋に落ちた。彼女の名はテディー・ボールドウィン、ニューヨークの一流ファッション・モデルである。彼女と僕は幼なじみのジョージ・デスリフが催したカクテル・パーティーで知りあった。パーティーはアリス・タウンゼンドに捧《ささ》げられたのだが、結局御当人は姿を見せずじまいだった。

そのパーティーの約三カ月あとに、ジョージ・デスリフとアリス・タウンゼンドは結婚し、僕は申しぶんない高級誌にはじめて短編小説を売りこむことに成功し、そしてテディー・ボールドウィンはファッション誌の撮影でローマに行くことになったから一緒に行こうよと僕を誘った。僕らは一九六一年十二月十日の日曜日にローマに着いたが、その二週間前にハネムーン中のジョージとアリスがフィレンツェにやってきていた。

テディーは普通夜明け前にホテルを出ていった。光が鮮明な朝のうちに撮影を済ませるためである。僕はそれからまたベッドにもぐりこみ、然《しか》るのちにもう出鱈目《でたらめ》としか言いようのない騒音で目を覚ますことになった。自動車、バス、スクーター、オートバイ、ベル、警笛、口笛、悲鳴、罵声《ばせい》、わめき声、どなり声、ポットやフライパンやふたややかんやバケツががたがたとぶつかりあう音。僕は温かな毛布に身をくるんで窓まで歩いていって、よろい戸をさっと開け、向いの窓際《まどぎわ》から平然と僕の様子をうかがっているばあさんと文字どおり鼻と鼻をつきあわせた。僕の知る限り、ばあさんは一度たりとも窓際を離れなかった。気温は氷点のあたりを彷徨《さまよ》っていたというのに、ばあさんは生身のガーゴイルみたいな格好で下の通りをじっと見下ろしていた。ときおり老人がそのとなりに姿を見せることがあった。老人は鉢植《はちう》えのサボテンを窓枠《まどわく》の上に所狭しと並べ、夕暮になって影がのびてくるとまた中にとりこんだ。老人の顔には晩年のシーザーの彫像を思わせるものがあった。物憂《ものう》げな表情が克明に刻みこまれ、唇《くちびる》の端がぎゅっと下に曲り、頰《ほお》がそげ、顎《あご》がいやに薄いあのシーザーの彫像を。

テディーが仕事に出ている朝は、僕はぶらぶらと散歩をした。ローマに来たのははじめてだったのに――これはまあローマを訪れた旅行者の誰《だれ》しもが感ずることだと思うが――何かこう古い記憶の奔流のようなものに襲われたものだった。ひとつ角を曲るたびに突然見覚えのある噴水やらオベリスクやら建物やら銅像やらが現われて、それがものすごくなつかしく思えるものだから、なんだかまわりの空気がぱたっと静まりかえったような気になってしまうわけだ。

僕ははるばるテベレ川まで歩き、そこの果物売りの屋台で足を止め、果肉の赤いオレンジとかりんごとかを買い、それからまあ大体はサンタンジェロ橋をわたった。橋の聖ペテロと聖パウロと十体の天使の像は僕と同様寒風に吹かれながらあちこちとも れなく目を注いでいた。次はハドリアヌス帝の墓所。サンタンジェロ城の乾いた血の色をした煉瓦《れんが》は崩れ、そのてっぺんには剣を鞘《さや》に収めている大天使ミカエルのバロック風の像が見える。そしてそこからムッソリーニ時代の面影《おもかげ》を残したコンチリアツィオーネの広い通りをサン・ピエトロ広場まで歩く。そこではベルニーニ設計のロブスターのはさみ型の列柱が百と四十人の聖者を支えているわけだが、聖者たちは巡礼たちに神への恭敬をあおりたてるチアリーダーみたいに見えて、いささかげんなりさせられることになる。

ローマに来た当初、僕は例の観光客病にかかっていて、何から何まで見ておかなくちゃという気分になっていた。テディーは遺跡にはうんざりしていたが、僕の方はもう夢中だった。

ローマに来て十日めの朝、撮影は休みだったので、僕とテディーは二人でアメリカン・エクスプレスまで手紙が届いてないか——僕の方は配当金の小切手でも届いてやしないかと期待しつつ――見に行くことにした。でも僕あての郵便といえば、ラ・スペツィアの消印のついた見なれない青い封筒ひとつきりだった。テディーがトラヴェラーズ・チェックを現金化しに窓口に行っているあいだ、僕はその封筒を開けてみた。ジョージ・デスリフからの手紙だった。

親愛なるアルフレッド
　アリスは当地のありようにぞっこんになっちまっている。彼女はフィレンツェが大好きで、ウフィツィ美術館が大好きで、バルジェロ美術館が大好きで、イタリア人が――彼女の金髪を見ると火に群れる蛾《が》みたいに集ってくるイタリア人が――大好きなんだそうだ。イタリア語の言いまわしを吸収していくアメリカ女性の能力には僕はただただ感心するばかりだよ。アリスの会話は全《すべ》て mio dio（あら、まあ）とか ecco（ほら、ねえ）で始まるもんだから僕としちゃ che sera, sera（好きにしてくれ）さ。僕のイタリア語は質問するには十分なれど、回答を理解するのは完璧《かんぺき》にお手上げというレベルなのだよ。
　我々は近辺を〈観光〉してまわっているが、クリスマスの前の週末には確実にフィレンツェに戻《もど》って、オニサンティ広場の前のグランド・ホテルに逗留《とうりゅう》している。

クリスマスを一緒に過さないか？　僕はもう君のために我々のとなりの部屋を予約してある。二十二日の金曜日から、アルノー川を一望に見おろす部屋をね。断りの返事はうけつけない。金は僕が払う。君は僕の太っ腹を芸術に対するクリスマス・プレゼント的寄与として受けとってくれればそれでいいわけだ。君と話がしたくってて仕方ないのだよ。これは強要であり、同時に嘆願でもあるのだ、我がなつかしき友よ。列車の時刻表と住所をここに同封しておく。


僕が手紙をたたんで封筒に戻しているところにテディーが戻ってきた。

「必要なだけのお金は手に入った？」と僕は訊《き》いた。

「冗談でしょ！」とテディーは言って笑った。「手紙は誰からだったの？」

「ジョージさ」と僕は言った。「ジョージ・デスリフ。今度の週末にフィレンツェに来《こ》い、アリスと三人でクリスマスを過そうってさ」

「ハネムーン中のカップルと一緒に？」

「まあクリスマスの頃《ころ》にはここに来てそろそろ一カ月になるわけだし、初夜の床を邪魔するってことにもならないだろう」

「あなた、行くつもり？」

「フィレンツェは初めてだしね。ねえ、僕の母親はフィレンツェの学校に入ってたんだぜ」

「フィレンツェの学校？　なんでよ？」

「さあね、昔の子女はそういうところで女学生時代を送ったものなんだよ」

「彼女わき毛のばしたことあるかしら？」

「母はわき毛なんかのばしたことない。すね毛だってはやしたことないさ。それに——母がのばしてたのは髪の毛だけだよ。長いまき毛の金髪だよ。まるで聖女みたいで——」

「まるで鼠三銃士《マウスケティア》みたい」とテディーが言った。

「なんだって？」

「マウスケティア、覚えてるでしょ？」と彼女は言った。「アネット・フニチェロとかいろいろいたじゃない？　M・I・C」と彼女は唄《うた》いだした。「K・E・Y……M・O・U・S・E。思いだした？」

「ぼんやりと」

「そのマウスケティアは、女の子のマウスケティアはいつも清潔で健全でキュートでピカピカだから、お便所に行く必要なんかまったくないって風に見えるわけ。ウォルト・ディズニーは彼女にそんなこと許さないわけ」テディーは僕をちらっと見た。「そうなのよ、アルフレッド。彼はすごい暴君なんですって。マウスケティアは誰もお便所に行くことを許されていないの。つまりお便所に行くってことは、体内に不潔なものがあるってことだからよ。人はみんなマウスケティアというのは隅《すみ》から隅までクリーンで衛生的だと思ってるのよ。普通の子供の三倍くらいクリーンでピカピカだってね。それどころか彼女たちにはわきの下さえないのよ。あるのは腕の内側だけ」

「わきの下」と僕は頭を振り振りため息をついた。「この法王や皇帝の都まで来て、君はわきの下の話しかできないのかい？」

「法王にだってわきの下はあるわ」

「法王にはわきの下はない。法王のは腕の内側だ」

「わきの下のことでそんなにあなたカリカリすることないでしょ。誰にでもひとつくらい——じゃない、ふたつくらいわきの下はあるのよ。ひとつ壊れたときの予備にね。あなたにだって、アルフレッド、あなたにだってわきの下はあるのよ。事実に直面することを学びなさい。正面から。あなたの医師として友人として——あなた、私のこと友人としても扱ってくれるわよね、アルフレッド」と言って彼女は僕の腕をとんとんと叩《たた》いた。「ただの医師としてではなく、あなたのために言ってるのよ。この私にもわきの下はあるのよ」

　僕は彼女の肘《ひじ》をつかんで階段を下り、スペイン広場に向う道の方に出た。

「それにときどき」とテディーはつづけた。「ときどきみんな寝しずまった真夜中に、私窓際に行ってシェードを上げて、部屋中の電灯をつけて、あたりをうろついている変質者たちに向ってわきの下をべろっと見せるのよ。腕をこう上げてね、恥ずかし気もなく、恥ずかし気もなく、ばっちり見せつけてやるの。ねえ、どこに私をつれてくのよ？」

「バビントン・ティールーム」

「いいわねえ」と彼女は言った。「いつかあなたにもバッチリ見せてあげるからね、アルフレッド」

「一回に片方ずつかい？」

「お望みならね。それにね」と彼女は言った。「今からホテルの部屋に帰るつもりなら、そこでひとつ見せてあげてもいいんだけど」

「そういえばお茶の時間にはちょっと早いかなあ」と僕は言った。「それに我が主治医としての君はベッドの効能に通じているしね」

「でも友人として考えてほしいわね、アルフレッド」と彼女は言った。「私がお医者であることを少し忘れてくれない？」

「もし君がおでこにつけたその鏡を外してくれるならね」

テディーはベルトつきの鏡を頭から外すふりをした。「はい！」と彼女は言った。

「これで私がどういう人間かわかった？　女としての要求に駆りたてられ、女としての欲望に身をさいなまれる一人の女よ」

「ああ何たることかドクター、君は女だったのか！　ああ、ドクター、その鏡がなくなると、君は、君は……美しい！」

テディーと僕は冬の明るい朝の光を浴びてスペイン階段の下に立ち、笑いあい、それから向きを変えてホテルに戻り、シャッターをおろし、愛を交わした。

「効いたかしら？」とテディーが訊いた。

「効いたよ」と僕は言った。「実に効いたよ、ピラール〔『誰《た》がために鐘は鳴る』の中の登場人物〕」

「実に？　そして大地は揺れたかね、アメリカ人《アメリカーノ》？」

「イランの半分が海に水没するほどね」と僕は笑って言った。

「ねえ、アルフレッド？」

「うん？」

「あなたクリスマスにジョージのところに行くの？」

「そのつもりだけど、どうして？」と僕は言った。

「いつ出発するの？」

「金曜の午後」と僕は言った。「それまでには君はもう帰国してるだろう？」

「ええ、その日の朝には帰んなくちゃ」

「別れたくないな」と僕は言った。

「私もよ」

「帰らなくちゃならないわけ？」

「ええ、アレックスはクリスマスをすごく大事にしてるから」彼女は僕の顔を自分の方に向きなおらせた。

「ねえ、アルフレッド？」

「なんだい？」

「あなた私と結婚したい？」と彼女は訊《たず》ねた。

「もし……だろ？」

「もしはなし。あなたのこと好きよ」

「君のこと好きだよ。うん、結婚したい」

「でも……でしょ？」

「でも君はもう結婚しちゃってる」と僕は言った。「それに加えて、僕は君の懸命なる努力にもかかわらず、誠に遺憾ながら君のことを主治医としてしか考えることができないのさ」

テディーはくっくっと笑って、鼻を僕の顎におしつけたが、突然さっと身を起した。

「んもう、おなかペコペコ！」

「僕もさ。今日の午後はどこで撮影？」

「コロッセオよ。今、何時かしら？　二時半にそこに集合なのよ」

僕はベッドサイド・テーブルの時計を見た。「一時ちょっとすぎだよ。そろそろ行った方がいいな。コロッセオとフォロからそれほど遠くないところに良さそうなレストランがあったから」

「どこだっていいわ。とにかくペコペコなんだから」と彼女は言った。

僕らは起きて服を着こみ、テディーはよろい戸を開けて、通りを隔てた向いのガーゴイル風の女に向って手を振ったが、ガーゴイル女はじっとこちらを見ているだけだった。テディーは僕をとなりに呼んで窓際に立たせ、僕を指さし、両手で自分の胸をおさえて大きなため息をつくふりをした。そして僕の腕を自分の肩にまわし、二人で前かがみになっておでこをつきあわせた。まるで三分間写真のポーズをとっているみたいだった。テディーはタップダンスとシャッフルをやって、さよならと手を振り、僕らは部屋を出て、火花飛び散るがたぴしのエレベーターでロビーに降り、通りに出た。

　畳んだルマニタ紙を小脇《こわき》にはさんだウェイターがたわんだ大きな魚網の下の小さなテーブルに我々を案内し、新聞をブラシがわりにしてパン屑《くず》を払い、新聞をまた小脇にはさみ、かがみこんで赤と白のテーブル・クロースを二回軽くひっぱり、いかにも面倒臭そうに上体を起して注文を待った。

　昼食のあいだテディーと僕は僕らが結婚したらどうなるだろうねと話しあった。どんな家に住むだろうか、それはどんな場所だろうか、といったようなことだ。僕は農場がいいなと言って、テディーは海の近くがいいわと言った。そんなわけで我々は海を見わたせる農場がどこに行けばみつかるかと知恵をしぼった。私たちって結婚して幸せになれるかしら、とテディーが僕に訊ね、あたり前じゃないか、誰だって幸せになれるさ、と僕は答えた。そしてテディーは僕にジョージ・デスリフって本当はどういう人なのと訊ね、僕は笑った。他人の本当の姿なんか誰にもわかりっこないさ、と。

「でも私よりはあなたの方が彼のことよく知ってるでしょうよ」とテディーはなおもつづけた。「だからちょっと説明してみてよ」

「いや、僕も本当によく知らないのさ、テディー。僕はジョージのことを現実的というよりは象徴的な存在として考えてきたような気がするんだ。象徴的というかんじ、わかってくれる？」

「珍プンカンプンね、何言ってんのか。どうしていつもいつもそんな大層な言葉使うのよ、私に向って」

「いや、つまりさ——弱ったな——あいつはね、簡単に言えば同世代の連中の中で何があろうと紳士としてふるまえる唯一《ゆいいつ》の人間だろうと僕は確信してるんだ」

「それは何かふくみのある言い方みたいに聞こえるわねえ」

「いや、ふくみなんてありませんよ」と僕は言った。「賞《ほ》めたつもりで言ったんだよ」

「わかってるわよ、それは。でもね、それでもやはりそういうのってなんかひどい言い方じゃない？　私たちがはじめて会った夜のこと覚えてる？——あなた、顎に玉ネギくっつけてるわよ——私たちジョージの家の居間に並んだソファーに腰かけてて、私があなたにこう言ったのよ。ジョージって私がこれまで会った数少い本物の紳士の一人ね、って」

僕は肯《うなず》いた。

「私のこと怒ってるの？」とテディーが訊いた。

「いや、どうして?」

「黙ってるから」

「食うのに忙しかったからさ」と僕は笑って言った。「コーヒーかデザートは?」

「コーヒー」とテディーは言った。「Decaffeinato, per favore（デカフェ・コーヒーをおねがい）」

「Sì, signora（かしこまりました）」と僕は言った。

「Grazie tanto（どうもありがとう）」

「Prego（どういたしまして）」ウェイターが来たときに僕は英語でコーヒーをふたつ注文した。いったいどんなデカフェ・コーヒーがでてくるものかわからなかったけれど。

「どうしてイタリア語でたのまないの?」とテディーは訊いた。

「そんなことしたらウェイターの神経を逆なでし、君にばつの悪い思いをさせ、僕が自己嫌悪《じこけんお》することになったろうからね」

「あのね」とテディーは言った。「そこがあなたとジョージの差なのよ、アルフレッド。あなたたちは二人とも紳士だけれど、あなたはそういうことを恥ずかしがるし、ジョージは恥ずかしがらない」

「うーん、もし僕がそういうことを恥ずかしがっているように見えたとしたら、それは僕が本当は紳士なんかじゃないからだね」

「どうしてそう思うわけ？」

「僕の預金通帳がそう思わせるんだね。紳士になんかなれないぞってね」

「でもあなた前に言ったじゃない。紳士になることと金のあるなしは関係ないって」

「関係ありませんよ。金なんか関係ないって言えるくらいの金さえ持っていればね」

「遺産のことはどうなったの？　信託預金は？」

「三十になるまでは信託預金は僕のものじゃないんだ。遺産なんてずっとずっと先の話さ。それに信託は資産だから、これには手をつけたくない。そりゃまあ、ときどきちょっと拝借ということはあったけど、なるべくそういうことはないようにしたい。筆一本で飯が食っていけるかどうかはわからないし、もし子供が出来るとしたら何かを残してやらなくちゃという責任も感じるしね」

「あなたきっと可愛《かわい》い子供できるわよ」とテディーは言った。「できたら私……」

そこに突然勘定書を手にしたウェイターが現われ、サービス料に加えたチップの計算を愛想《あいそ》よく手伝ってくれた。僕は明らかにチップを沢山置きすぎたようだった。というのは彼は満面に笑みを浮かべてローマや天候やケネディー大統領などの素晴らしさについてしゃべりはじめたからだ。

「今何時？」とレストランを出るときにテディーが訊いた。

「二時近く」と僕は言った。「フォロをつっきっていけるよ」ヴェネチア広場で僕は白いウェディング・ケーキのようなヴィットーリオ・エマヌエーレ二世の記念碑と、その向うに見えるヴェネチア宮殿を指さした。「あのバルコニー見えるかい？」

「どうしたの、それが？」

「あそこからムッソリーニが演説したんだ。写真で見たことがある。あそこに立って腕をこう広げてね。彼の黒目がぐるりと白目に囲まれてるの知ってた？」

「ムッソリーニは何て言ったの？」

「こう言ったんだ。『ローマ市民たちよ、本日ミラノ発七時四十三分着の急行は時間どおりに到着した』ってね。人々は歓声をあげ、エチオピアを爆撃した」

「どうしてそんなことしたわけ？」

「エチオピア爆撃？　演習のためですよ」

「茶化さないでよ」とテディーは言った。

「茶化してない」

「でもそんなのひどい話じゃない！」とテディーは言った。「ああ、もう時間ないからフォロ抜けてなんか行けないわよ。ちゃんと道路歩いてまっすぐコロッセオまで行きましょう」

「フォロ見たくないの?」

「もう見たわよ」とテディーは言ったが、僕の表情を読みとったようにこうつけ加えた。「ええ、ええ、わかったわよ。でも私にとっちゃ廃墟《はいきょ》はみんな廃墟なのよ」

「廃墟は廃墟にして廃墟なり」と僕は笑って言った。「ジョージ・デスリフはジョージ・デスリフにしてジョージ・デスリフなり」

「あの人も見方によっちゃ遺跡に似てるわね」とテディーは言った。「まるで——まるでフォロにぽつんと立っている円柱の一本みたい。あの人はすごく遠くて……すごく超然としていて、という表現でいいのかしら。決して気取ってるとかそういう風に言ってるんじゃないのよ。何かこう、手を触れがたいっていうか、まわりのものがみんな廃墟と化した中の円柱みたいにね。まわりには関係なくジョージはそこにいるのよ、わかる?」

僕はテディーに説明しようと試みた。ジョージ・デスリフがまわりの人間が自分について思い違いしているときに我関せずと構えていられるようなタイプであるとは僕は思わないと。実際ときおり僕は彼がそんな他人の思い違いを助長しているなと感じたものである。というのはジョージにはちょっとしたカメレオン的性向があって、自分にこういう「キャラクター」が求められているとわかるとその色に染まってしまうことが可能であるからだ。彼はべつに自己防御やプライバシーの保持のためにそういうことをやったわけではなくて（結果的にはもちろんそういう機能を果したわけだが）、ただ単にそれは他人をがっかりさせないためだったのだろうと僕は考えているのだ、と。僕がテディーにそう言ったのはただ単に、ジョージ・デスリフはお高くとまっているんじゃなくて、本当はすごく良い奴《やつ》なんだということをわかってほしかったからだった。

「あの人、いい人よ」とテディーは同意した。「あなたもいい人よ」

「いや、ちがうね」と僕は言った。「いい人間はこんなところでこんなことしてないさ。いい男は人妻とローマになんか来ない」

「じゃ、私はどうなるの？」とテディーがすごくしんとした声で言った。

「君？　君はいい人だよ。ローマに行かないかって僕を誘ってくれたし、一緒にいてほしいって言ってくれる」

「でも私、人妻よ。あなたが指摘してくれたとおり」

「そうだよ」と僕は言った。「君は僕の知ってるなかではいちばん素敵な人妻だ」

「でもあなた私のことを――なんていうのかな、悪女って考えてるんじゃないの？」

「まさか。それに誰も僕らがここにいることは知らない。だから……」

「だからそれでいいんだ、と」

「僕はそれで全然いいよ。ねえ、どうしてこんな現代におけるモラリティーについての話になっちゃったんだい？」

「あなたが持ちだしたんじゃない」とテディーは言った。「人妻とローマにいるような人間はまともじゃないって」

「いや僕が言いたかったのはつまり――」

「現代のモラリティーに照らしあわせれば」

「現代のモラリティーに照らしあわせれば、僕はまともじゃない。でも僕には罪の意識のかけらもない。正直な話、愚かにもうっかりこんな話を持ちだすまでは、僕は賭《か》けてもいいけどローマでいちばん幸せな男だった。今こんなに楽しい時を君と二人で送って、そしてモデルの仕事が終ったら二人でどっかに行って一杯飲んで、というかじゃんじゃん飲んで、クリスマスの買物か何かして、それともヴェネト通りまで行って人を眺《なが》めるか、あるいはレックス・バーカーの映画に行くか、何でもいいから君のしたいことすりゃいいし……って考えてるだけで幸福だったわけさ」

「じゃ、急いだ方がいいわよ」とテディーが言った。「私、遅刻しないようにコロッセオに着きたいのよ、マジな話。だからコロッセオについてのジョークはまた今度にしてよね」

「一緒にフィレンツェに行くってわけにはいかない？」

「本気なの？」とテディーは訊いた。彼女はぱたっと立ちどまって僕をうしろにひきもどした。

「本当の本気なの、それ？　マジで言ってるわけ？」

「なんでそんなにびっくりするの？」

「さあ、どうしてかしら」とテディーは言った。「でも私があなたと一緒にフィレンツェに行ったらどういうことになるか、わかるでしょ、あなたにも。まず第一に私は帰ってなくちゃいけない日にニューヨークに帰っていないってことになるわね」

「そうなるね」

「そしてそれが何を意味するかもわかるわよね」とテディーは言った。彼女はナーヴァスな目でじっと僕を見ていた。「私はブッキングのキャンセルのことやら金銭的な損失のことだけを言ってるわけじゃないのよ。そんなの、私がハリツケになれば済むことよ。でもアレックスはどうなると思う？　アレックスはすぐこっちにとんでくるわね。最初の飛行機にのりこんでね。どういうつもりなの——アレックスのこと、私にどうさせたいの？　あなたと一緒にフィレンツェに行きましたっていう伝言を残しておけとでも言うの？　メリー・クリスマス、離婚して下さいって？　あなたと二人でフィレンツェに行くってことはアレックスを失い、たぶん仕事のくちも失《な》くすっていうことなのよ」

「仕事のくちは失くならないよ。君はトップ・モデルの一人だもの」と僕は言った。「たとえエージェンシーをクビになったってすぐに別のエージェンシーから声がかかるさ。こうすりゃいいじゃないか、電報を打つんだ、ローマ風邪みたいなのにかかって——」

「——そうすりゃ誰にもわかりっこないっていうわけ？　アレックスと別れずにも済むだろうって？……ああ、アルフレッド」と哀《かな》しげに頭を振りながらテディーは言った。「まったくもう、アルフレッド」

「愛してるよ、テディー」と僕は言った。

「本当？」と彼女は訊いた。

「本当にきまってるじゃないか、テディー」と僕は言った。「悪かったよ、僕は……」

「悪かったって、何に対してよ？　あなたが私を傷つけたとわかったから？　私があなたにふさわしい女じゃないから？」

「おい、テディー、よせよ！　そんなんじゃないことくらいわかるだろう」

「私なんてただのバカなチッポケな中産階級のモデルよ。どうせモデルなんてみんなバカよ。みんなそう思ってるのよ。ちょっとお顔が綺麗《きれい》なだけってね？」彼女は泣いていた。顔を伏せ、両手で頰をおさえていた。「モデルなんて血のかよった心もないってね」

「テディー、もうよしなよ。たのむからさ」僕はそう言って彼女の方に手をのばした。

「いいから放《ほう》っておいてよ」とテディーは僕の手を払いのけながら言った。

「テディー、愛してるよ。心から」

「じゃあ、どうしてなのよ？　どうしてなのよ、アルフレッド？　どうして私と結婚したがらないの？　どうして私にこんなこと言わせるのよ？　どうしてあなた、そんなに私を傷つけるのよ？」

「そんなつもりじゃなかったんだ。気がつかなかったんだよ、テディー。僕はてっきり君は幸せなんだと――」

「よしてよ、アルフレッド、どうしてそんなにバカなの！　あなた作家のつもりなんでしょ、どうしてそんなにバカになれるのよ！」彼女はうしろに身を引いた。「あなた女のこと何も知らないの？　他《ほか》のかわいい坊やたちと一緒にとりすましたレンガ造りのプレップ・スクールに閉じこめられているあいだに、何も学ばなかったの？　女が何よりも望んでいることは愛する相手と結婚することだってことも知らないわけ？　それはあまりにも中産階級的な考えなわけ？　たぶんあんたたちって愛についてちがった考え方するんでしょうね。でも私はあなたが愛してくれるって思ってたのよ。心底そう思ってたんだから」

「でも本当に愛してるよ」

「でもあなた、愛ってものの意味を何も知らないじゃない！　あなたは作家だし、そんなこと下らない月並な科白《せりふ》だと思ってるんでしょうけれど、かまやしないわよ、私は。あなたは愛ってものがどんなものかってことを知らないのよ。知らないからこそ私にこんな仕打ちができるのよね。もし本当に私を愛しているなら……ああもう嫌《いや》だ、なんだっていつもいつもいつもこんなゴタゴタにまきこまれるのかしら？」

「ねえ、テディー」

「あのね、もう一度でも私を愛してるなんてこと言ってごらんなさい。ハンドバッグでひっぱたいちゃうわよ。これ冗談なんかじゃないんだから」

「でも、君のこと愛してるよ」

「じゃ、どうしてなんとかしないのよ？」と彼女は訊いた。彼女はもう泣いてはいな
かった。
「君と結婚するとか？　そんなこと今申しこめっこないじゃないか？　それが君の望
みなのかい？」
「そうよ、決まってるでしょ！——いや、そうじゃないわ！　あんたとなんか結婚し
たかない。いずれにせよ今はできっこない。じゃなくて、私が求めていたのはね、あ
なたに求婚だけでいいからしてほしいってことなのよ。わかる？　理解できる？　ノ
ーといえるチャンスくらいくれたっていいでしょうよ」彼女はまた歩きはじめ、どん
どん僕からはなれていったので僕は走って追いつかなくてはならなかった。
「ねえテディー、僕と結婚してよ」
「いやよ！」と彼女は歩きつづけながら言った。「何があろうと断じていやよ！」
「たのむよ、テディー」僕は彼女の腕をつかんでひきとめた。コロッセオが前方にぼ
んやりと姿を見せた。「テディー、たのむからさ」
「まっぴらよ」彼女はクリネックスを探してキャンバスの手提げ袋の中をごそごそと
ひっかきまわした。
「本気なんだ、テディー」と僕は言った。「親切心で結婚を申しこんでるわけじゃな

いよ」

「親切心！　親切心ですって！」テディーはあきれたような怒り狂ったような目で僕を睨《にら》みつけた。「どういたしまして、結構ですわよ、そんなもの。ねえ、アルフレッド、あなたが御親切に教えて下さったように私は結婚しておりますものね。それに私と一緒にここにいることでやましい思いをしてらしたんでしょう？　あなたはいつも自分が礼儀正しい人間でありたいとキュウキュウとしてらっしゃるようだけれど、おあいにくさま、あなたはぜんぜん礼儀正しくなんかないわよ。ぜんぜんよ。そしてこれはね」と言って彼女は口もとに見えるか見えないかの微笑を浮かべた。「これはね、アルフレッド、あなたのお医者としてでもなく、友だちとしてでもなく、一人の女として言ってるのよ」

「わかってるよ」

「本当にわかってるの？」

「もちろんさ、テディー。僕の気持わかってくれないの？」

「あなたの気持なんて知ったこっちゃないわよ」と彼女は言った。「私にわかってるのは私が今ひどい気分だってことだけ」

「僕だってひどい」

「私の方がもっ、と、ひどいわよ」

「僕だってかなりひどいぜ」

「さて、じゃあこれからどうしましょうね？」

「君は写真の撮影に行く、僕は……僕は何処《どこ》かに行ってるよ。たぶんフォロにでも行ってさ、我と我が身を貫く剣を探しまわってみるよ。それとも君と一緒にコロッセオに行って、ライオンの群の中に身を投じようかな」

「ライオンなんてもういないわ。猫《ねこ》がいるだけよ。よくもまあこんなときに軽口言えるものよね」

「自分が恥ずかしくて軽口でも言わなくちゃいられないのさ」

テディーは何も言わずに長いあいだじっと僕の顔を見ていた。「それ、本気よね。あなたがまったく正直になったのはこれがたぶんはじめてよね。それでいいのよ、アルフレッド・モールトン」彼女はやさしい声で言った。「この血のかよった生命ある今日の世界にようこそお帰りなさい、ってところね」彼女はつまさき立ちをして僕に口づけし、僕はあらん限りの力で彼女を抱きしめた。

「愛してるよ、テディー」

「私もよ。いろいろとあるにせよ、でもあなたが好きよ、アルフレッド。本当に好きなのよ。あなたの方も私の方も、もう全然どうしようもないし、だから私と結婚する必要ない、これ本気でそう言ってんのよ。私のこれから言うことひょっとしてすごく残酷に聞こえるかもしれないけど、私はあなたを傷つけるために言ってるんじゃないってことをわかっててちょうだいね。あなたは私と結婚するには若すぎるのよ。といってもそれはあなたが未成熟だって言ってるわけじゃないのよ。まあたぶん未成熟なんでしょうけど、そんなの私たちの年頃ってみんなそうでしょ？　でもまあとにかく、あなたが若すぎるってことは、未成熟だってこととはまた別なのよ」

「コロッセオのあとで僕と会ってくれる？」

「もちろんよ。ローマにはあなたの他に友だちなんて一人もいないんだもの」テディーはそう言って笑った。「まあとんでもない友だちだけど」彼女は手提げ袋から鏡をひっぱり出して目もとをのぞいた。「あーあ、目玉に向ってミシュランのロードマップが広がってるみたいだわ」

「寒さのせいで涙が出たってカメラマンに言いなよ」と僕は言った。「どれくらいかかるの？」

「二時間か、もう少しかしら。どこにいる？」

「幽霊仲間と一緒にフォロにいるさ。もう二時半だから行った方がいい。永遠の処女寺院の廃墟で待ってるよ。ぴったりの場所だろ？　小さくて丸っこいやつだよ」

「フォロにいるときのあなたにお願いがあるんだけど」

「いいとも。なんだい？」

「幽霊の仲間に加わらないでほしいの。親切心から私に結婚を申しこむアルフレッド・モールトンに戻ってほしくないの。あなたは否定するかもしれないけど違いやしない。実にそのとおりだったのよ。あなたは私にお情けかけてたのよ。好意であなたは私の夫になろうと申し出たのよ。『永遠の処女寺院』だろうがどこだろうが、何時だろうが、私そこに行くわよ、あなたが好意からではなく本心から私に接してくれるアルフレッド・モールトンである限りね」

「オーケー」と僕は言った。

彼女は僕の頬に軽く口づけした。「二時間後に会いましょう、オーケー？」

「お願いします。そうして下さい」

「そうしてあげるわ、チャオ」彼女はそう言ってコロッセオの方に速足で歩いていった。

「チャオ、テディー」

第二章

僕《ぼく》はテディーの姿がアーチの中に消えていくのを見守っていたが、やがて回れ右をしてフォリ・インペリアアリ通りを歩いていって、フォロの入場券を買った。

僕は坂道を下にたどって古代の聖なる道《ヴィア・サクラ》の舗道の敷石の上を歩きセヴェルス帝の凱《がい》旋門《せんもん》の巨大なアーチを左手にのぞみ、サトゥルヌスの神殿の堂々たる円柱をうしろにした。こうしてかつて古代ローマ帝国であったところに一人たたずむこの瞬間を僕はそれまでずっと待ち望んでいた。僕は腰を下ろして聖なる道《ヴィア・サクラ》からティトゥスの凱旋門を見あげ、ホラティウスがかのあつかましい三文文士につきまとわれてフォロの方に急ぎ足でやってくる姿が瞼《まぶた》に浮かんでくるのを待ちうけた。キケロの荒々しい群衆はどこにいるのか？　腕を殻竿《からざお》のように打ち振り、歩く邪魔にならぬようにトーガをほんの少し上にひっぱりあげた群衆は？　赤いへりのついたトーガをおそらく先刻の犠牲者のものであろう血で染めた司祭と卜占官《ぼくせんかん》はどこにいるのだろう？　紫色の縁どりのついたトーを着て赤い靴《くつ》をはき、急ぎ足でちょこちょこと元老院の建物に向う元老院議員たちはどこにいるのだろう？

勝利の祭典のために羽織ることを許された紫の衣に身を包んだ凱旋将軍の姿はどこにあるのだろう？　彼の軍団《レギオン》の幕僚たちは？　金持を載せた輿《こし》の姿もない。シーザーの到着を告げる伝令はいない。演壇《ロストラム》に立つ雄弁家の姿もない。市場のいさかいもない。幽霊の姿もない。過ぎ去った時をそして過ぎ去りつつある時を告げる水時計のぽとん、ぽとんという規則正しい水音さえ聞こえない。冬の風がキャンディーの包み紙を転がしながら空っぽの廃墟《はいきょ》を抜けていくだけだ。そこで僕はもう一度ジョージの手紙を開いて列車の時刻表を眺《なが》めてみた。

金曜日の午後早くに都合よくフィレンツェ行きの急行があったので、僕はその時刻をポケット・ダイアリーに書きつけたが、そのすぐ上には、翌日の十二月二十一日の木曜日はF・スコット・フィッツジェラルドの二十一周忌であると書きつけてあった。いつだったかは忘れたが、自分で書きつけたのだ。そして僕は幽霊が一人残らず消えてしまったのではないことに気づいた。一人だけまだ幽霊は残っているし、その幽霊はローマではなく、ハリウッドで死んだのである。

話によればF・スコット・フィッツジェラルドの葬儀に参列した人はごくわずかで、

その一九四〇年十二月の寒々とした日はジェイ・ギャッツビイの埋葬の日と同じように雨だった。一人の参列者（どこかのインタヴューの中でドロシー・パーカーはそれは自分だと言っていた）はこう口にした。「可哀《かわい》そうなどうしようもない奴《やつ》（the poor son of a bitch）」と。

それが実話であれ作りごとであれ、どちらでもかまわない。僕にとってのフィッツジェラルドの価値はその神話性の中にあるのだ。そして神話を扱うことに一度慣れてしまえば、何が真実かなんてたいした問題ではなくなってしまう。

ここに二種類のスコット・フィッツジェラルドが存在する。

ひとつはカール・ヴァン・ヴェクテンが撮影した現実のスコット・フィッツジェラルド。中年で、げっそりとした感じで青白く、お気に入りのツィードのジャケットを着て立っている。厚みのあるストライプのニット・タイは心もち斜めに曲っている。フィッツジェラルドは神経質そうに微笑《ほほえ》んでいる。写真家がしつこく何度も何度も焦点をあわせるあいだずっと浮かべつづけたようなぎこちない微笑みだ。彼の指先はブルックス・ブラザーズのシャツの下の方のボタンをいじりまわし、体は眩《まぶ》しい日ざしを避けるように片方にかしいでいる。フィッツジェラルドのまなざしは親切そうだ。彼はその微笑から受ける印象より実際にはずっとリラックスしているように見える。

彼の目は必要とあらばどれだけ長くかかってもじっとしていてあげますよと語りかけている。

それとはべつに神話としてのスコット・フィッツジェラルドが存在する。アンティーブ〔フランスにある地中海の保養地〕の黄昏《たそがれ》や、学校から帰省するカーテンつきプルマン寝台車や、シャンペンや酒入りの平水筒《フラスク》や、ジョン・ヘルド・ジュニアの木版画が描くところのフラッパーやあらいぐまコート《クーンスキン》族や、オープン・リムジンや水中翼船なんかをまぜあわせて蒸溜《じょうりゅう》したような若々しく黄金色に輝くフィッツジェラルドである。そのフィッツジェラルドはニック・キャラウェイよりは断じてギャツビイであり、そのシャツはありきたりのブルックス・ブラザーズの白のボタンダウンではなくて、「ストライプや渦巻《うずま》き模様や格子縞《こうしじま》のコーラル・ブルーやアップル・グリーンやラヴェンダーや淡いオレンジ」のギャツビイのシャツ——その楽天性に対してデイジー・ブキャナンやその娘たちの世代が残らず涙したであろうシャツなのだ。それが僕にとってのフィッツジェラルドである。

僕にとってのフィッツジェラルドはいつも若い。今の僕よりもまだ若いのだ。彼は永遠に日焼けして、ゼルダとの幸せな愛に包まれている。そしてニューヨーク・シティーとの永遠の恋に落ちている。僕のイマジネーションの中で、彼はその尖塔《せんとう》や谷間と楽し気にたわむれ、中西部出身者が我が都市に対して抱くあのあけっ広げなロマンティシズムに身を委《ゆだ》ねている。そしてニューヨークはそれに応《こた》える。セント・リージスの屋上でオーケストラはフィッツジェラルド一人のために夜っぴて演奏をつづけ、セントラルパークは誘いかけるが如《ごと》く緑をしたたらせ、プラザ・ホテルの外にいる二輪馬車に積まれた花瓶《かびん》には花がぎっしりといけられている。ジャズはホットであり、コーラスラインは威勢よく、窓ガラスはクリスタルと化し、街灯の光はダイアモンドとなってはじける。そして金持というものはいまだに僕やあなたなんかとはまったくべつの人種なのだ。

僕の両親の若い頃《ころ》がフィッツジェラルドが描きだすほどエキサイティングな時代でなかったことは僕にもわかっている。その時代に生きた人々でさえフィッツジェラルドの描いたような生きざまが実在したとは殆《ほとん》ど信じていないことも承知している。

それでも僕の両親の友だちの多くや、僕自身の友だちの多くはそのエネルギーのものすごく多くの部分を割いてその当時のスタイルの保持や、神話の継承につとめているわけで、だから僕としては彼らのためだけではなく僕自身のためにもこう信じたいと思っているのだ。プラザ・ホテルの噴水の水の粒が夜会服に身を包んだ若さのはちきれんばかりのスコットとゼルダ・フィッツジェラルドの上にふりかかったその瞬間を結晶させ凍りつかせ、その喜びの全容を何十年という時を超えてそのまま保存することがひょっとして可能なのではあるまいかと。

「君にはそれがどんな時代であったかはわかりはせんよ」と言われたことがある。「あの頃の底抜けの楽しさ……興奮！　そりゃ楽しかったさ……うん、実に素敵な連中がいたものなあ！」

あの頃――その時代――かつては――何もかも過去形で語られる。しかし僕にとっての現在はいつも過去によって規定されてきた。僕は祖先の逸話と記録でひたひたになるくらいたっぷり過去とともに育った人間である。僕が育った家は彼らの足跡でいっぱいだった。彼らの腰かけた椅子《いす》、彼らが子供たちを産んだベッド、彼らの乾杯したクリスタル・グラス、彼らの食事を盛った銀器、彼らを描いた肖像画、彼らが製本させた本、彼らがその上を歩いた敷物、彼らが織ったタペストリイ。そして要するにこの僕にしたって、彼らのいろんな部分の集合体なのだ。父方の家系からうけついだ長身、母方の祖母の目、祖父の耳、大叔父の肌《はだ》の色、母そっくりの笑い方。あたり前のように僕は彼らと同じ学校に送られ、彼らの伝説を学んだ。そして歴史の本が奴《ど》隷主《れいしゅ》や造船主や銀行家や判事や政治家や兵士について語るとき、僕は彼らのうちの何人かについて、なんだいその人なら知ってるぜと思ったものだ。僕はその人物と同じカップを使って育ったのだ。たとえば僕がイェールの学部在学生だった頃、僕は曾祖叔母《グレイト・グレイト・アント》の百歳の誕生パーティーに出席したが、彼女は小さいころにロバート・E・リー将軍と話したことがあるばかりか、J・E・B・スチュアートが帽子につけていた派手な羽根かざりを若気のいたりであつかましくもたしなめたこともあるのだ。ファミリー・バイブルに「一七七六年にはサヴァンナ川の大洪水《だいこうずい》ありしも、本年、忌《い》むべき国会制定法たる印紙条例によっておそらく後世記憶されるべし」とぶっきらぼうに書き記した祖先を思うとき、どうして過去というものをないがしろに出来るだろう？　これほど連綿とつづいてありありと存在する過去を無視することが誰《だれ》にできるだろう？　左手の小指にはまった家紋入りの金の指輪はいったい何だというのだ。

　伝統というものはそう簡単に捨て去れるものではない。それは遺産であり、重荷である。とすればテディーと二人でローマまで旅行にでかけたのは一家の逸話を作らんとする衝動に駆られた儀式に他《ほか》ならなかったのではないのか？　曾祖叔父《グレイト・グレイト・アンクル》のロバートはロバートソン上院議員の手から銃を撃ち落としたではないか？　大伯母のサマンサはイエズス会の司祭と駆けおちしたではないか？　我が父はサウド王の長子、継承王子のふりをしてニューヨークとハリウッドの社交界を二週間にわたって眩惑《げんわく》し、だまくらかしたのではなかったか？　一九二六年のケンタッキー・ダービーのために僕の母と父とその兄弟姉妹たちがみんなでDC3をチャーターし、ジャズ・バンドを雇ってレキシントンまでの道中一刻の休みもなく演奏させつづけたときにまだ僕が生まれていなかったからといってそれがどうしたというのだ。ランダル叔父さんがウェスト・ヴァージニアの上空あたりから落下傘《らっかさん》でとびおりたせいで競馬に間にあったばかりか、バブリング・オーヴァーという馬に五百ドル賭《か》けて、それが優勝したことだって僕はちゃんと知っている。そしてその夏、僕の父と母はリヴィエラでジェラルドとサラ・マーフィーが彼らの所有するアメリカ荘で開いた夕食会の席でスコット・フィッツジェラルド夫妻に会ったのではなかったか？

　そして僕はぽろぽろと崩れるローマの石の上に座って「血のかよった生命ある今日の世界にようこそ」というテディー・ボールドウィンの科白《せりふ》を思いだしていた。そしてやれやれ、僕には彼女の言わんとすることがまるっきり理解できないのだ。過去に言及せずしてどうして今日の世界が成立し得るというのか？　今日の世界がフィッツジェラルド時代の高揚と輝きと肩を並べようなんて、そんな図々《ずうずう》しいことができるのか？

　たとえローリング・トウェンティーズが不況時代に道をゆずったということを知っていても、フィッツジェラルドの時代がお気楽な空騒ぎにすぎなかったことを知っていても、そのイメージが人工的に都合良く作家たちや宣伝屋たちの手で固められたものであることを知っていても、それでもやはりその年月は僕にとっては、その時代を生きのびた人々が理想化したそのままの姿で存在するのだ。僕にとって一九二〇年代が重要性を持つのは、それが僕の両親の青春の日々であったからだ。それはスタイルというものが存在した最後の時代であった。僕の父は一八九九年に生まれ、僕の母は一九〇三年に生まれた。母は二十九歳のときに僕の兄を産み、三十三で僕を産んだ。そして父は僕より永遠に三十七歳年上である。だから彼らは僕の友だちの親よりずっと年上に見える。そして彼らの若い日々は余計にミステリアスで光輝に充《み》ちて見えるのである。あらゆる戦争を終結させるための戦争が戦われ〔第一次大戦のこと〕勝利のうちに終結し、銀行家たちはピアース・アロウを運転し、密造酒商人たちはマホガニーの船体の内燃発動機付きのランチでロング・アイランド・サウンドあたりを走りまわっていた。ウォール・ストリートはまだ狂乱景気に沸きたち、我が家もまだ広い土地を所有していて、財力もあった。ビッグ・バンドにはバンジョーが入っていて、フラッパーたちはひざの高さにスカートをはためかせていた。今やそれらは黄ばんだ切り抜きとして屋根裏部屋のスクラップ・ブックの中にしまいこまれているが、それでも僕にとってはそれは忘れることのできない両親の青春の情景なのだ。その頃彼らは若く狼《おおかみ》のようにやせて、『ヴァニティー・フェア』のページを堂々と闊歩《かっぽ》していたのである。

僕の若き日々といえば第二次大戦であり、「常態への回帰」であり、陸軍＝マッカーシーの公聴会であり、朝鮮戦争であり、アイゼンハワー政権であった。そしてこのようなスタイルと呼ぶべきものの欠如した時代を過したせいで、僕はひとつ前の時代の後継者となり、より偉大な時代が到来するまではその面影《おもかげ》を維持しつづけることに満足していたのである。でも僕は自分が孤立無援だと感じたことはない。それどころか僕のまわりをバズビイ・バークリイのハリウッド・ミュージカルの中のあわせ鏡みたいに同時代人がぐるりととりかこんでいるように感じられるのである。白いタイに白い燕尾服《えんびふく》に白いトップ・ハットに白手袋の顔を白く塗った何千人もの僕らが何千ものピアノ鍵盤《けんばん》の上に手をのせ、幾千ものとりすました微笑を幾千ものつるりとした顔に凍りついたように浮かべているのだ。

それはまるで我々全員がそこに腰を下ろして開始の合図を待っているような情景だった。我々の世代がステージに呼び出されるのを。我々五〇年代の申し子たちはじっと行儀よく「さあ始めて下さい」と声がかかるのを待っていたのだ。そしてもしテディー・ボールドウィンが「血のかよった生命ある今日の世界にようこそ」と言ってくれなかったら、僕はそのままじっと永遠に待ちつづけていたことだろう。そのことばは僕に結局のところ我々は必要とされることなどないのだ、待ちぼうけを食わされた予備艦隊にすぎなかったのだと気づかせてくれた。そしてたとえ彼女の言葉の意味が十全にはわからなかったとしても、少くとも細かい理屈抜きで気まずくなるかもしれない危険まで冒してそう口にした彼女の正直さ、僕を想《おも》ってくれる心情は理解できたし、彼女の世界がどれほど僕の世界と違っているか、彼女の人となりが僕が自ら作りあげた僕という人間とどれほど違っているかということもわかった。そしてそれが僕の心にひっかかった。

もちろん僕は自分がテディー・ボールドウィンを——僕が愛をうちあけたこの娘を——傷つけてしまったことがわかっていた。わざとやろうと思ってもそこまで深くは傷つけられなかったくらい。おまけに僕は自責の念に駆られるよりは、彼女の心中の葛藤《かっとう》のせいで二人のわかちあっていた喜びが損われるのではないかとひやひやする方が先に立っていたし、良心の呵責《かしゃく》を殆ど感じていないこともよくわかっていた。そしてそのことで俺《おれ》はなんてひどい冷血人間なんだと自らを恥じるのが当然なのだとも思っていた。でも実際には恥じたりすることなく、まわりに真空実験用のガラス器みたいな保護壁をめぐらせて氷の如く冷やかに超然とかまえていた。それで僕はそのような超然性に対して生まれてはじめてこれは良くないことだなという思いを抱くことになったわけだ。

それまで僕はこの超然性をいつも身のまわりや目につく全《すべ》てのもののまわりにめぐらせ、そのような超然性こそが「名文」や「文学性」に不可欠なものだという誤った考えを抱いていた（「文学性」といっても僕の場合それは実際には全然文学性なんかではなく、むしろ文章を書くことを職業として見せかけようとする自己陶酔的な気どりにすぎなかったのだけれど）。そして生まれてはじめて僕はこう思った。この超然性こそが僕をいつもレポーターかのぞき見か風俗収集者の域におしとどめ、そこから上に行こうというチャンスをつぶしていくのではあるまいか、と。僕が社会を見まわすときそのおかげで僕の目は感情移入を忘れ学者のようになっていたのではあるまいか、と。僕はそのような超然性の残滓《ざんし》を払拭《ふっしょく》したいと思っているからこそ今告白するのだが、その長く冷やかな午後、僕はローマのフォロに腰を下ろしながら、テディーの自尊心よりは僕自身の自尊心を救う作業に心を砕いていた。僕のそのような身勝手をうぬぼれととりちがえないでいただきたい。二十五歳にして僕は自分自身を一個の人間として考えてはいなかったのだ。

僕は自分自身をまわりの大気の変化を感知するおおまかなバロメーターとしてしか考えていなかった。そのような主体性の欠如が僕を滅入《めい》らせるとき、僕はよくこう考えて自らを慰めたものだった。僕が持っている作家としての価値がどのような種類のものであれ、それは僕が同世代人と異っている点に存在するのではなく、むしろその世代の典型である点に存在するのだ、と。僕はちょうど有能なスパイと同じような責務を負っているように感じていた。つまりまわりの人間と異ることが必要ないというだけではなく、異っていてはまずいのだ。何故《なぜ》ならまわりと違っていたりしたら僕の正体がばれて、その結果お役御免ということにもなりかねないからだ。僕の任務は内側からトンネルを掘ることだ。もしうまくいってあるものが何故僕にとってそんなに大きな意味を持っているかということを明確にできたなら、僕と同じような人々になぜそれがそんなに大きな意味を持っているかということも説明できたことであるし、そうすれば僕はそこに自分の価値と報酬を見出《みいだ》すことができる。僕という人間は存在してはならない。僕というのは「我々」と同義語なのだ。

さて、我々はそのもう一人のアルフレッド・モールトンの上にすっぽりとかぶさったガラス器のまわりをまわってそれをトントンと叩《たた》き、自分たちが一人の心優しく可愛《かわい》くて気だての良い若い女性を深く傷つけてしまったことを知る。にもかかわらず、彼女は我々を「血のかよった生命ある今日の世界」に歓迎してくれたのだ。それから我々は不思議に思う。どうして我々は彼女のことを心配しないで、自分たちが置き去りにされ、彼女の属している世界に自分たちが属していないことを気に病んでいるのだろうと。そしてそのことについて考えれば考えるほど、それまで僕には自分が属したいと思った世界なんて存在しなかったんだということに思いあたった。そう思ったことがあるのはフィッツジェラルドの時代に対してだけだし、それは結局のところ自分とは無縁の時代に対するノスタルジアにすぎないのだ。

そのようにしてローマ帝国の倒れた円柱やぼろぼろの柱礎やひびわれた舗石に囲まれて、冷やかな突風にキャンディーの包み紙を足に吹きつけられつつテディーを待ちながら、僕の感じていた寒気は死の寒気だった。それは僕自身の死ではなく、あるひとつの時代の死である。僕はその時代のスタイルを僕自身のものとして流用し賞賛していたわけだが、でもそれが非実用的というのみならず、もはや生命を失ったものであることもわかっていた。そしてもちろん、僕らもみんなそれと同様だった。ジョージ・デスリフとアリス・タウンゼンド・デスリフとこの僕のことだ。カストルとポルクス寺院の孤立した三本の円柱と同じように。

そしてそこからさほど遠くないところに失意の皇帝フォカスに捧《ささ》げられた一本の優美な円柱が立っていた。

僕はフィッツジェラルドを埋葬しに来たのであって、彼を讃《たた》えに来たのではない。

第三章

五時十五分だった。僕《ぼく》は深呼吸し、血行をよくしようとばたばたと足踏みした。テディーはもう戻《もど》ってきてもいい頃《ころ》だった。寒さと煙草《たばこ》の吸いすぎのせいで僕の頭は痛みはじめていた。そこで僕はフォロをあとにしてコロッセオの横でテディーを待つことにきめた。

僕は聖なる道《ヴィア・サクラ》の舗道の黒い敷石を歩いて戻り、ジュリアス・シーザーのバジリカの崩れた石をとおりすぎ、セプティミウス・セヴェルスの凱旋門《がいせんもん》の方に向い、外に出た。傾斜路のてっぺんで僕は立ちどまり最後にもう一度三本の背の高い優雅な円柱に目をやった。美しい円柱だった。迫りくる夕闇《ゆうやみ》の中でその三本の円柱は威厳をもってそびえていた。その威厳はカストルやポルクス寺院が修復されたとしたらぼんやりとかすんでしまうことだろう。そしてもしそれらの円柱が廃墟《はいきょ》の中になかったとしたら、この半分も好きにはなれないだろうなと僕は思った。

コロッセオの中でも僕はテディーの姿を見つけることはできなかった。もしすれちがっていたら見のがすはずはまずない。でもたぶん寒さと弱い光のせいでモデルたちは別の場所でロケをすることにしたのだろう。もしそうだとしたらホテルに戻って彼女を待つのが得策というものだ。

僕は一晩待った。

そして次の日も。

そしてその次の日も。

そして三日めにフロント係が僕の部屋に速達郵便が届いていると教えてくれた。僕はエレベーターが待てなくて、二段ずつ階段をかけのぼって部屋にとびこんだ。ニューヨーク・シティーの消印のあるその手紙はテディーからのものだった。

親愛なるアルフレッド
私、とっても怖かったの。今でも怖いし、これからもずっとそうだと思うの。コロッセオでの仕事がはやく終って、あなたに会おうとフォロまで歩いて戻ったんだけれど、上からあなたの姿を目にすると、あなたを見ているのが怖くなったの。
あなたは私なんかよりずっと頭が良いし、教育もある。あなたの育った環境や家庭は私のそれとはずいぶんちがっている。私はいつもびくびくしていたの。あなたの前で何かつまらないこと言ったり、つまらないことやったりするんじゃないかってね。それで私、自分のことが気になって気持良く楽しむことができなくなってきたの。私、あなたのことがとても好きだけれど、ときどきあなたと一緒にいることが怖くなるの。私自身になることができないのね。私、いつもあなたが求める私になろうと汲々《きゅうきゅう》としていたの。それでフォロにいるあなたの姿を見たとき――あなたはまるでそこに根づいているかのようにとても平和そうに見えたわ――あなたに会うことができなくなってしまったの。私はパスポートをつかんで空港に行って最初の飛行機に乗ったの。私たちの部屋に入ることもできなかったわ。だってそこはあまりにもあなたが充《み》ちているのですもの。

議論になると、あなたはいつも私より弁が立つ。私にはうまく口をはさむこともできない。あなたは腹をさえ立てない。あなたは腹を立てるかわりにどんどん遠くにはなれ、私が変えようとしたところで変えることのできない事実を自分の中にぎっしりとつめこんでいく。私がその事実を変えることができないのは、事実と自分が真実だと思っているものとの違いを見つけることができないからなの。だからあなたには何も言わないことにしたの。だってあなたは私を説き伏せて引きとめるだろうし、そこにとどまるのは間違ったことなんですもの。もし私がそこにとどまったら、あなたは私と結婚しなくちゃならないと思い始めるでしょう。でもあなたがどう言おうがどう思おうが、私はあなたが私と結婚したがってないことを知ってるのよ。本当よ、それ。

それに私って結婚してるのよ。そして私はそれほど強い女じゃない。でも情けないけど、私こう思うの。今ここでアレックスと営んでいる生活が結局私に相応のものなんじゃないかってね。だから私の荷物を送って下さらない？　アレックスには航空会社が送り先をまちがえたって言ってあるの。

あなたのこと本当に愛してたわ。今でも愛してるわよ。私がそれほど強くないってだけのことなの。だから私の決心を変えさせようとしないで。帰国しても手紙も電話もくれないでね。お願い。これはあなたの友人としてではなく、お医者としてもお願いしているの。泣けてきちゃったから、もうこのへんでやめるわね。

テディー

僕はテディーの手紙を手に長いあいだぼうっとベッドに座っていた。何度も何度もそれを読みかえした。はじめのうちこれはテディーが何か手ちがいをしたんじゃないか、これは全然別の誰《だれ》かにあてたはずのものなんじゃないかと僕は思った。彼女が僕にこんな手紙書くはずがない。だって彼女が描いている人物は僕とは似ても似つかない相手じゃないか。この手紙に出てくる彼女が別れようとしている人間が僕に似ている部分を有しているなんて、どうして彼女は考えたりできるんだろう？　我々は二人であれほど楽しそうに笑いあったじゃないか？
　でももちろんその相手は僕だった。あれほど二人で笑いあったところで、僕には彼女を楽しい気持にさせることはできなかったのだ。

　僕はクリスマスにフィレンツェに行った。そしてそこでものすごくとはいわずとも、まあかなり楽しく時を過した。ヨーロッパにいるアメリカ人の男女にはちょっとした変化が生じる。どういう訳か男は少しもろく傷つきやすくなるようだ。彼らはアイデンティティーの感覚、自分が誰で何をする人間なのかという感覚を失う。そして何が自分の領域かという感覚を失っていく。僕は自分がなじみのない土地にいることにいつも居心地の悪さを感じ、多少怯《おび》えもした。言葉がよくわからないせいで、僕は疑《うたぐ》り深くなるというのではないにせよ、いささか用心深くなるようだ。それに対して女たちはヨーロッパにくるとどうも強くなるらしい。たぶん彼女たちはそのテリトリーからひきはがされてしまった夫たちに対して、あらこれなら私たち結局同じようなものじゃない、という感じを持つのだろう。二人は確実な基盤を持たないということで共通しているが、女は男よりは不確かさに慣れっこになっているし、男の方が女性に比べるとより強く儀式的なものになじんでいる。たしかにアリスの方が強くなっているように見えた。

クリスマスの翌日の火曜日、僕はアルノー川を一望に見下ろすウフィツィのガラスばりのギャラリイで彼らと一緒にローマ時代の彫像を見て午後の何時間かを過したあと、「聖ジョージとドラゴン」という名のイギリス風パブに入って、赤いベルベットをびっしりと貼《は》った壁のわきの小さなテーブルに座った。向い側では物憂《ものう》そうな若者たちが丈の高いスツールに座って、アメリカのスラングまじりのイタリア語とイタリア語のスラングまじりの英語というチャンポンで熱っぽく会話をかわしていた。

何かのなりゆきで、ジョージと僕はたまたま貴族制についての話をした。そんな話になったのはひとつにはローマの彫刻を目《ま》のあたりにしたせいで、もうひとつには（たぶん）テディーに去られてしまった痛みをどこかに追いやりかつ合理化しようとする僕の想《おも》いのせいであった。ところで階級うんぬんについての話は僕をいつもすごく居心地のわるい気分にさせる。たとえ遠まわしにでも階級意識に関することに触れそうになると、僕は今にも後ろから棒でこつんとやられるんじゃないかと不安になって思わず身をすくめてしまうのだ。でもまあジョージくらいの古くからの友人にならちょっとこう質問してみたってまずくはあるまいと僕は思った。君はアメリカ貴族階級というようなものが存在すると信じてるかい、あるいは――アメリカという国の本質からして――そんなもの存在するわけないと思うか、と。

「もちろん存在しているさ」とジョージは言った。「そういう概念の存在が認められている国であれば必ずそれは存在している。そしてアメリカ人はそれを認めているばかりではなく、奨励してもいる。たとえば今マスコミで進められているケネディー一族賛美を見てみろよ。それから社交界コラムニストの存在を君はどう説明する？」

「でも彼らが書いているのはナイトクラブ人士のことじゃないか」と僕は抗議した。「それにジェット族《セット》。そんなもの貴族階級とも呼べやしないだろう？」

「時によってはそれらはかさなりあうのさ」

「何のお話？」とアリスがジョージにたずねた。

「僕は貴族階級について話しているところなんだ」とジョージが答えた。

「それで誰が貴族階級なの？」

「そのことを僕は今説明しているところさ」とジョージは言った。「今のところ、彼らは有意義なプロジェクトを支持しようとしている連中だ。一般的に言って彼らの果している役割は保護者的エージェントであり、趣味的なるものの守護者であり、土地やひとつの町を丸ごと保存することに力を貸していたりする。ま、そういうことをやっているわけだ。それからしかるべき美術館やバレエ団にも援助を与えている。そして僕が思うに、彼らはなるべくひっそりと人目につかないように物事を進めたいと考えているわけだが、時折はそういうのを新聞にすっぱ抜かれちまったりもするんだな。とくに島をひとつ買って、それを公園として整備して政府に返そうとしたりするようなときにはね」

「ねえ、ジョージ、ひとつうかがいたいんだけど」とアリスは少し彼の方に身をのりだして言った。「あなたは自分のことを貴族階級だと思ってる？」

「思ってるわけないさ」

「ほんの少しもそう思ってない、内心ひそかに？」

「貴族の資格というのは何なんだい」と僕は話題をすみやかに変更すべく質問した。

「ジョージは私の質問に答えてないわよ」とアリスは言った。

「そうだな、まず第一に資格の条件はふたつある」とジョージは言った。「正確には三つだな。趣味の良さ、時間、そして金――いや、その順番じゃないな。いちばんの要素は金だな。沢山の金だ。誰がどうやってその金をもうけたかってのはべつに問題じゃない。誰にせよ最初にその金をもうけた奴《やつ》は所詮《しょせん》成金であって、貴族ではないのさ」

「よろしい」と僕は言った。「いちばんの資格は年代を経た金を持っていること」

「それが一番であり二番でもある」とジョージは言った。「そういう風に言えば時間という要素も含まれるな。幾世代かはその財産を維持してほしいし、出来得れば増やしてもらいたい。最低三世代は経過していることが望まれる。二代目というのは文化に同化し、しかるべき社会に受け入れられなくてはならない。そうして──」

「おどろいたわね、ジョージ」とアリスが口をはさんだ。「あなたがそのことについてそんなにちゃんと考えていたなんてちっともわかんなかったわ」

「そのことについてちゃんと考えたりなんかしてない」と彼は言った。

「じゃあ考えなくても前々から知ってたってこと？」とアリスが訊《き》いた。「あなたの乳母が耳もとでそう囁《ささや》いてくれたの？」彼女は微笑《ほほえ》んでいたが、それはまるで蛇《へび》の顔に浮かびそうな微笑だった。

「それほどむきになることもないだろう」とジョージが言った。

「それどういうことよ？」とアリスが言った。

「いささかなりとも社会階層にかかわる話を耳にすると君はいつも個人的な次元でム

キになるってことが僕は言いたいんだよ、アリス。君はいつもその問題について自分がとやかく言われているように感じるみたいだ。まるで自分が仲間外れにされているようにね。アルフレッドが僕に質問して、僕はその質問に答えるベストを尽した。それだけのことじゃないか」

「どうしてそれがアルフレッドに重要なの？」

「本人に訊いてごらんよ」とジョージは言った。

「それについてジョージがどう答えるか興味があったからさ」と僕は言った。

「ジョージからあれこれ聞きだすのは勝手だけれど、他人《ひと》の意見なんか聞いたって仕方ないんじゃない？　だってジョージが言ったようにいちばん大事なのはお金で……」

「そしてジョージは僕のホテルの部屋代を払ってくれている」と僕は言った。「そしてふたつめの資格は時間だ。ならどうして君は我々にこの会話を終らせてしまう時間をくれないんだね？」

「あなた私のことを憎んでるんでしょう？」とびっくりするくらいの激しい口調でアリスは言った。「あなたが私を憎むのは、ジョージは私となんか結婚するべきじゃなかったと思ってるからでしょう？　そして――」

「おい、止《よ》してくれよ」と僕は言った。

「——そしてあなたやいてるんでしょ、どうよ？　え、どうよ？」と彼女はもっと大きな声でくりかえしたので、近くのバー・スツールに座っていた二人の男がこちらを振りかえった。

「アリス」とジョージがやさしく言った。「もう少し静かに話しなさい」

「あなたとアルフレッドが結婚すりゃよかったんだわ」と彼女は言った。

「ねえ、アリス、僕らはみんな疲れてるんだよ」と僕は言った。「君たちはホテルに帰ればいいよ。僕はもう少しぶらぶらしてから帰る。こんなつまらんことで角突きあわせるのは無意味だ。もう切りあげようぜ」

「なんでよ？」とアリスは言った。「逃げないでよ。あなたたち二人水入らずにしてあげるわよ。その方があなたも楽しいでしょ？」彼女はジョージの腕に手を置いた。

「あなた、ここに残りなさいな。場所も申しぶんないし、あなたはおなじみのお仲間のアルフレッドと一緒にいられるのよ、それでいいでしょ？」

「ねえ、アリス」と僕は言った。「僕はそういう夫婦喧嘩《ふうふげんか》にまきこまれるのはごめんだね。君とジョージで先に帰ってくれよ。僕はあとで戻るから」

「わかった？　坊っちゃま？」と彼女はジョージに向って言った。「アルフレッドは私たちに先に行ってほしいって。私たち先にホテルに戻ってベッドに入れるのよ。あなたそういうの望みなんでしょ、ね、ジョージ」

「僕が何が望みかと言えばだね」とジョージはひどくおだやかに言った。「君がその口をぴしゃっと閉じてくれることだよ。アルフレッドは僕の本当に昔からの友人だし、それにね、アリス、アルフレッドは君の友人でもあるんだ。君には一人でも多くの友人が必要だと僕には思えるし、もし僕が君の立場にいたなら――」

「アルフレッドは私の友だちなんかじゃない」と彼女は言った。「それにあなたの友だちでもないわ。アルフレッド・モールトンが私に対していささかなりとも注意を払うのは、私があなたの妻だからよ。そして彼があなたといささかなりとも関《かか》わりあおうとする理由は、あなたが彼の書く本の役に立つからよ。彼はきっと私たちが喧嘩するの見て喜んでるわよ、そうよね、アルフレッド？」

「僕にはかまわないでもらえないかな」と僕はいった。「僕はここにいないということで話をすすめてほしいですね」

「彼はほらもうノートとりかけてるみたいでしょ」とアリスはジョージに言った。

「アルフレッドはわたしたちがこんな風にいっちょう盛りあがるのがこたえられないのよ。でもジョージ、あなたのデリケートな感受性にはこういういさかいはなじまないんでしょ？　人前でいさかいをするにはあなたは育ちが良すぎるのよね？」

「ねえアリス」とジョージは心底うんざりしたように言った。「いい娘《こ》だからもう黙ってくれないか？」

「何よ、何だっていうのよ！」と彼女は言った。「あなたに存在を認知していただくためには私はいったい何をすればいいってのよ？」

「アリス、君は存在している」とジョージは言った。「君は自分の存在を他人の目からそらせたことは一度もない。月や潮の干満と同じように、死や税金と同じように、君はいつもそこにいる。だから少し黙っててくれないか、そうすれば僕とアルフレッドは――」

「――お二人で、御・貴・族・同・士のお話をなさるのね。もしアルフレッドが貴族なら、どうしてこの方お金を持ってないのよ？」

「ねえ、アリス」と僕は訊いた。「君、生理か何かなの？」

「冗談よしてよ！」と彼女はせせら笑った。「あんたたちってみんなそうなのね、もし女の人が頭に来たり激昂《オーバーロート》したら何もかも――」

「『激昂《オーバーロート》』？」と僕は言った。「おいおい、どこから一体そんなすごい言葉ひっぱりだしてきたのさ？」

「豚のケツからよ」と彼女は言って、椅子《いす》をがたがたとうしろに引いた。「あんたたち二人ほんとお似合いだわ。サイコーよ。私、ホテルに戻りますわね」

「どうぞ」とジョージは言った。

「あなた来る?」と彼女は彼に訊いた。

「いや。まだ帰らない。もう少しあとで帰る」と彼は言った。「気が向いたらね」

「じゃ、あなたはどう、アルフレッド?」と彼女は僕に訊いた。「あなた、私と一緒にホテルに戻りたい?」

「アルフレッドには構うんじゃない」とジョージは言った。

「私、アルフレッドに質問したのよ。答が聞きたいわ」

「真実のところを述べればだね、アリス――」と僕は口を開いた。

「何があっても真実なところがうかがいたいわね」

「いいですよ」と僕は言った。「もし君が僕にホテルまで送ってほしいというなら、僕は喜んでそうする。でも三人で一緒にホテルに戻って、ジョージと僕がもし彼さえよければ、ホテルのバーでこの話のつづきをするという手もあるね」

「なるほど、それでいこう」と言って、ジョージも立ちあがった。ウェイターがさっとやってきて、僕が勘定を払った。ジョージとアリスが店から出るとバー・スツールに座っていた若者の一人がくるりと椅子を回転させてこちらを向き、非常に正確なイギリス風アクセントで「滅入《めい》る女だよな」と言った。

「よくあること」と僕は言った。

翌日ホテルのロビーで、ジョージが何かの用事で席を外したときに、アリスが謝った。「ときどき何だかひどいこと言っちゃうの。私はジョージのことすごく愛してるし、彼の方も愛してくれていることはわかってるんだけれど、ときどき私、故意にあの人を傷つけてやろうとすることがあるみたいなの。それもいつもあなたが同席しているところで――」

「いいじゃないか、僕は別に――」と僕は口をはさんだ。

「いいえ、最後まで言わせてよ」と彼女は言った。「お願い、アルフレッド。私、あなたにフィレンツェに来てほしくなかったの。だから昨日、ジョージに私と一緒にホテルに戻ってほしかったのよ。メイク・ラヴするためじゃなく、彼をあなたから引きはなす目的でね」

「なんでまた？」と僕は訊いた。「僕が何をしたっていうんだい？」

「あなた、ジョージがどうしてあなたに来てほしがってたか知ってる？　あの人は、ジョージは、こう言ったのよ、話相手がほしいだけさってね。そう言われたときの私の気持わかる？　なんで私を話相手にできないのよ？」

「君は話相手にちゃんとなってるじゃないか」

「あの人、なんにも話さないわよ……ハネムーンってもっと素敵でロマンティックなものだって期待してたの……」彼女は哀《かな》し気《げ》に首を振った。「そして実際にそうだったの、あなたがこっちにやってくるってわかるまではね。あなたはすごく強い影響力をもってるの、ジョージに――そしていろんな人々にね。あなたはもしあなたがいなければそんなの決してやらないようなことを他人にやらせるのよ。何故《なぜ》、どのようにしてそんなことが起るのか、私にはわからない。でもあなたが事の始まりみたいなのよ」

「そんな馬鹿《ばか》な……」

「いいえ、本気で言ってるのよ、これ。あなたはジョージに対してすごく強い影響力持ってるの。彼はあなたが自分についての本を書くことを計画していると思っていて、そのせいで人が変っちゃったの。本当よ、本当だったら。だからその首振るのよしてよ。彼は今や何か言いたくなったりやりたくなったりしても、あなたの姿が見えるまではそれをとっとくっていう有様。私となんか話したくもないし、何かを一緒にやりたくもないのよ」

「そんなのナンセンスだよ！」と僕は言った。「止してくれよ、アリス、そんなの本気で言ってるんじゃないだろう。僕がここにやってきたのは君たちのことを書くだけのためだなんて、まさか君、思ってやしないだろう？」

「あなた、私たちのことなんか別にどうだっていいのよ」と彼女は言った。「観察してメモをとるだけよ。そういうのがパラノイド的に聞こえることはわかってるけど、でもあなたは私のことパラノイドにしちゃうのよ。本当なんだから！　あなた昨夜ジョージが寝る前に私になんて言ったか知ってる？」

「君には意外かもしれないけど鍵穴《かぎあな》から盗み聴きはしてないんでね」僕は微笑んでそう言った。

「笑いごとじゃないわよ！」とアリスは言った。「ジョージはこう言ったのよ、あなたがいるうちにいろいろと多彩なことを計画しなくっちゃなってね。多彩なことだって。そのとおり口にしたのよ。アルノー川でアイス・スケートするとか、ロールスを借りて冬のピクニックに出かけるだとか、そんなこと。あなたのおかげで彼ったらそんなことまで考えてるのよ、実際に」

「それがどうかしたのかい？　楽しそうじゃないか」

「あーあ、アルフレッド、お願い」と彼女は言った。「はるか昔、私たちは友だちだったわ。そしてまったくの本気じゃないにしろ、あなたは私を愛してるって言ってくれたわね。でもね、もしあなたがまだいささかなりとも私のことを友だちだと思ってくれてるなら、消えちゃって。ニューヨークに戻るなり、どこかに行くなりして。私とジョージの二人きりにして。お願いきいてくれる？」

「もちろん」と僕。

「そして私がそんなこと言ったってジョージに言わない？」

「何も言わない。彼にはそろそろ帰国する時期になったんだって言う。仕事をみつけるためにね」

「本当？　行っちゃう？」

彼女の顔は見てるのも哀れなくらいパッと希望に充《み》ちたので、僕は言った。「明日発《た》ちますよ。なるべく早くね」

「そしてあなた、私のこと憎まない？」アリスはそのやわらかな銀灰色の目でじっと僕を見た。長いブロンドの髪は首のまわりでゆるやかにウェーヴを描いていた。

「君のことを憎んだことなんて一度もないさ」と僕は言った。「憎んだりするにはあまりにも長く君とつきあってるものね」

「素敵な科白《せりふ》だわね」と彼女は言った。彼女の瞳《ひとみ》から温かみがさっと消えてしまった。

「あなたの本の中で使うべきだわね、それ」

「気の利《き》いた科白というつもりじゃないよ」と僕は言った。

「言いたいことはわかるわよ。説明してくれなくていいわ。あなたは私のことを嫌《きら》ってはいない。でもべつに好きなわけでもない。でもね、アルフレッド、あなたにこそわかってほしいのよ、お金をまるっきり持っていないっていうのがどういうことかって。何によらず他人のお情けにべったりと頼って生きていることについてね——ジョージは私に何でもくれるわよ。私がお願いするよりずっと沢山」

「でもそのせいで余計腹が立つという風じゃないか」

「私に感謝して暮せって言うの？　これから死ぬまで帽子のへりに手をかけて『旦那《だんな》さま、ありがとうごぜえました』って言いながら暮さなきゃならないわけ？　ここの滞在費をジョージが払ってくれてるコトにあなた感謝してる？」

「もちろんしてますよ」と僕は言った。

「自分がお金持ってないのに彼が持ってることで頭にくることない？」

「なんでまた？」

「とぼけないでよ！」とアリスは言った。「あなたと私は同じ穴のムジナなのよ。私たちにはちゃんとわかってんのよ、金を持っているってのがどういうことか、何でも買えるってことがどういうことか、自由であるっていうのがどういうことかがね。お金のないことは気にならないなんて言わないでよ」

「お金のないことは気になるさ、もちろん。でも僕だっていつかはそこそこのものを稼《かせ》ぐかもしれないし、それに——」

「それにあなたはちょっとした遺産を相続する。あなたは少くともそれを楽しみに待つことができるのよね。でも私にはそれすらない。私が持っているのは、ジョージが私にくれるものだけ」

「もし君が自分のお金を持ってたら、それをどうする？」と僕は彼女にたずねた。

「わからない」とアリスは言った。「どこかに行くわ」

「ジョージと？」

「もちろん。当然でしょ？」

「なんだかあまり嬉《うれ》しくもなさそうだけど」

「空想のお金が入ったって嬉しくもなんともありゃしないでしょ」とアリスは言った。

「ねえ、アルフレッド、あなたにひとつ話をするわ。こんな話はしちゃいけないんでしょうけれどね。でもこれは私が頭の中でずいぶん長く考えつづけてきたことなのよ。私たちはずいぶん前からの知りあいよね。私がニューヨークで社交界デビューした年、毎日毎日別のパーティーに出ても見かけるのはいつもいつも同じ人ばかりというときに、私、あなたと一緒にいるのがすごく好きだった——いえ、おしまいまで言わせてよ——私たちは一緒にいてお互い心楽しかった。そうよね？」

「そう思う」と僕は言った。「たしかに君と二人でいると楽しかった」

「あのね、私いつかあなたと結婚するかもしれないとさえ思ってたのよ」

「僕と？」僕はびっくりして訊きかえした。

「ええ、そうよ、いけない？　あの時代は不可能なことなんて何ひとつなかったわ。もちろんあなたが唯一《ゆいいつ》の相手ってわけじゃないけど。でも、そうでしょ、社交界デビュー・パーティーなんてもともとそういうためのものじゃない。そういう目でものごとを眺《なが》めたとしてもそんなにびっくりするほどのことはないでしょう。若い娘って、自分がどんな人と結婚するんだろうっていつも考えてるものよ。若い男の人ってそうじゃないの？」

「そういう年頃の男はそうじゃないね」

「私と結婚するのがどういうことかって、考えたこともなかったわけ？」

「デビュー・パーティーに二人ででかけてた頃には考えたことなかったね」

「あなたいったい何を考えてたのよ？」と彼女は訊《たず》ね、それからこうつけ加えた。

「聞かずもがなね。今、ひとつ質問させて。正直に答えてね。私と今寝たい？」

「たった今かい？　それともジョージと結婚している状態でっていうこと？」

「ジョージと結婚している今ってことよ」と彼女は笑って言った。「いくらなんでもこのロビーじゃやれないでしょう」

「そうだなあ、きわめて正直に答えるならこういうことになるだろうな。ある適当な状況さえ与えられれば君と寝るだろう、イエスだね」

「私がジョージの妻であるとしても？」

「君は正直な答を求めたんだぜ。僕はもし君と寝るとしたら、あくまで君と寝るんであって、ジョージの奥さんと寝るとは思わない。もしそういう区別に何か意味があるとすればだけれどね。ま、意味はあるだろうね。この会話のアカデミックな色彩からすれば。これはアカデミックな話なんだろう？」

「そうなの？」とアリスが訊いた。

「だって僕はもう明日には旅立とうとしている」

「それはわかってるわ、だからつまり――いいわ、何でもないわ」

「僕がいなくなると淋《さび》しいと言うつもりじゃないよね？」

「いいえ、あなたが私に腹を立ててなくて嬉しいって言いたかったの。あなた個人に対して何かあるんじゃないってことをわかってほしかったのよ」

「よくわからんね、アリス。僕個人に対して何もないなら、いったい他《ほか》に何があるっていうの？」

「自己保存本能とでも呼んでおきましょうよ」と言ってアリスは微笑んだ。「鮫《さめ》と鮫のあいだのね」彼女はロビーを見わたした。「ジョージはどうしたのかしら？　もう戻ってもよさそうなのに……」

「戻ってくるさ」

「私たちがニューヨークに帰ってそこにおちついたらね――えーと、そのことジョージが話した？　私たち田舎に移ろうと思うの」

「どこに？」

「決めてないの、でもおちついたら週末にでも遊びにいらっしゃいよ」

「それは招待かな？　鮫と鮫とのあいだの」

「よしてよ、アルフレッド、友だちとしてよ」と言ってアリスは微笑んだ。「あなたと私は友だちでしょ。私たちお互いに理解しあってるわ」

「僕らは似たもの同士ってことなのかな？」

「ねえ、ほら」とアリスは言って手を振った。「ジョージが帰ってきたわ」

第四章

僕《ぼく》とジョージ・デスリフは九歳のときからの知りあいである。生まれたときからの、と言ってもいいかもしれない。というのはジョージと僕が砂場で一緒にいるところを撮った母のアルバムのスナップ写真にはこういう書きつけがあるからだ。「ホーブ・サウンド、一九三七年一月」と。我々はどちらも一歳くらいで赤ちゃんがよくそうするように絡《から》まったスパゲティーみたいな格好で座り、手首くらいの太さの首についた大きすぎる頭をひょこっともたげている。ジョージは小さなブリキのシャベルで僕の足を叩《たた》いているし、僕は砂を食べているように見える。僕はそのころのジョージについてはまったく記憶がないし、ホーブ・サウンドについても何ひとつ覚えてはいない。正直なところ、五歳より前のことって殆《ほとん》ど何も覚えてない。家族アルバムを見ると、我が両親はそのあと少くとも三年はホーブ・サウンドに出かけている。ホーブ・サウンドでの最後の一枚の写真には兄のウォーカーと父と僕（当時四歳）がデューセンバーグ・ロードスターの大きな長い曲線のフェンダーにもたれている姿がうつっている。

父は右足に体重をかけ、右足のくるぶしのところで両足を交叉《こうさ》させている。片手を腰にあて、もう片方の手をフェンダーに置いて体を支えている。ウォーカーと僕とはそのポーズを真似《まね》ようとしているが、結局うまくいかずに米国ボランティア航空隊とマルクス兄弟の中間くらいのところに収まっている。写真の背景には「ジュピター・アイランド・クラブ」という我々の宿の看板が見える。デューセンバーグは我々のものではない。後年父は僕にその写真はギャグとして撮ったんだと教えてくれたが、どこがどうギャグなのかはずっと昔にもうわからなくなってしまっていた。でも僕はその自動車のことを記憶しているような気がする。それは美しい自動車だった。

僕の祖母は奇妙な言葉の使いわけをよくしていた。彼女によればフォード、シヴォレー、ダッジ、プリマス、デソートに属するのはすべからく「車（car）」であり、ビュイック、リンカーン、パッカード、ラサール、キャデラックの領域が「自動車（motor）」であった。デューセンバーグ、ロールス・ロイス、ピアース・アロウと他《ほか》のエキゾティックな車は「乗用車（motorcar）」であった。彼女は車になんてほとんどこれっぽっちも興味を抱いてはいなかったから、それはまったくの無意識的な等級づけであったろうと僕は思う。祖母の言葉づかい（彼女の友だちも同様だと推察されるが）についてのもうひとつ特筆すべきことは、彼女がmotorという言葉を動詞として使用したことである。「私、町までモーターしなきゃ」と。僕は彼女のそういうしゃべり方が大好きだった。「モーターをガレージに入れなさい」と祖母はよく言った。ガレージをガーラージと発音して。彼女のしゃべり方は見事にとっぷりとしたニューヨーク風で、ストロベリーと英国人乳母の匂《にお》いがアクセントに混合されていた。祖母は僕が十代に入ってまもなく死んだ。それでも僕は祖母が我々孫を一人一人の好みによってよくタイプわけしていたことを覚えている。兄のウォーカーは本が好きで、僕は自動車が好きな子供だった。いとこのフィリップスは飛行機が好きで、いとこのペイジは馬が好きで、といった具合である。ある日の午後、僕は祖母と一緒だったが、彼女がこう言ったのを覚えている。「ねえ、アルフレッド、きちんとした人はもうキャデラックに乗らなくなったねえ」と。

いずれにせよ、僕はそのデューセンバーグのことを覚えている。それは薄色で、フェンダーと縁どりはダーク・ブラウンだったと思う。でもたぶん僕の記憶はその色褪《いろあ》せた写真のみによるものだろう。そのデューセンバーグはデスリフ家の所有するものだった。

ジョージ・デスリフの曾祖父《そうそふ》は土地で財産を築いた。老デスリフは北部ニューヨーク州の現在デスリフ郡と呼ばれている土地とニューヨーク市ダウンタウンの三ブロック四方とエリー鉄道の一五パーセントとを所有し、州都を牛耳ることだってできたらしいのだが、彼はそうする必要をみとめなかった。彼の娘婿は州知事だった。今世紀初頭になってジョージの曾祖父は土地を売ったまとまった金を株式投資にむけるようになったが、運悪く一九〇七年の恐慌《きょうこう》にぶつかってしまった。ジョージの祖父は残った財産をしっかりと保守し、その損失のかなりの部分を穴埋めし、大恐慌をたいした損もせずにのりきり、ローズヴェルトを「成金」とみなし、「ユダヤ人資本の手先」ではないかとさえ考えていた。ジョージの祖父が死んだとき、その財産は二千三百八十万ドルということだった。税抜きでだ。そしてそれはジョージの父親とその四人の兄弟によって等分された。一九三六年の国税法のおかげで彼らの相続額は一人あたり八十五万ドルにまで縮小している。このときにはデスリフ社は土地から手を引いて投資金融を扱うようになっていた。

我が友ジョージ・デスリフは一九三六年の一月九日ニューヨーク・シティーのドクターズ・ホスピタルで生を受け、夏場のサウサンプトンと冬場のホーブ・サウンドを別にすれば、ニューヨーク・シティーで育った。

ジョージと僕とは一九四六年に寄宿学校にやられた。僕らがそこについたのは学期中で、ジョージは十歳、僕は九歳だった。僕らはジョージア州にあるネイピア寄宿学校に行った。かつてはファッショナブルだった狐狩《きつねが》りとポロ競技用リゾート地の近くにぽつんと建った小さな学校である。ジョージと僕は転入生として四年に編入された。僕らのクラスの生徒は一番多い時でも全部で九人しかいなかった。

クリスマスの休暇はネイピア校では他の大方のプレップ・スクールより長かった。というのはネイピア校には春休みというものがなかったからだ。生徒たちは、少くとも生徒たちの九十パーセントを占める大半はペンシルヴァニアかデラウェアかニュージャージーかニューヨークかコネティカットから来ていた。我々は学校からの往復に専用車両を使ったものだった。スクール・ナースのミス・スコットをつきそい役として。少年たちはウィルミントンで降り、三十丁目駅で降り、北フィラデルフィア駅で降り、そして最後に列車はニューヨークのペンシルヴァニア駅に入った。車内にいた生徒の三分の二くらいはもういなくなっていて、我々は席を立って互いの背中をぱんと叩いてメリー・クリスマスを言いあい、ジョージ・デスリフはトレントンで降りちゃったんだというふりをした。それから僕らは金のパイピングと真鍮《しんちゅう》のボタンと胸ポケットに校章のついた小さなグレーのブレザー・コートを着て歩いて列車から遠ざかった。

駅で実際にジョージが誰《だれ》かに出迎えられたところを僕は目にしたことがない。他の子供たちは両親か、あるいはたまに運転手に出迎えられたものだが、僕が覚えているジョージの姿は馬鹿《ばか》でかい二つのスーツケースを両脇《りょうわき》に置いてぽつんと一人でつったっている姿だ。彼は僕と僕の両親に向ってお母さんはもうすぐ来るんですと言って安心させたものだった。そして上着の中に手をつっこんで袖《そで》をひっぱりあげ、大きなフレンチ・カフの下から両手が見えるようにしたものだった。

僕らのクラスの子供の大半の両親は離婚していて、一年のうち九カ月間子供を学校に放《ほう》りこむことで誰が子供の面倒を見るかという問題を軽減していた。ジョージの両親と僕の両親は離婚していなかった。僕らの他にはクラスで二人両親が離婚してない子供がいた。九人のうち四人だ。その残った四人のうちの一人が今両親が離婚しかかってるんだとうちあけた午後のことを僕は覚えている。それで僕らクラスの全員が「離婚しないで下さい」と書いた一人の手紙にみんなでサインをしたのだ。

ネイピア校の誰一人として、自分たちが立派な教育を受けるためにここに送られたとは信じていなかった。ネイピア校の学問的ランクはそりゃひどいものだった。九人中まともな年に大学を卒業できたのはたった一人だった。残りはみんな一年落第した。

ネイピア校は金持の子弟、紳士のためのものであって、それ以上の何物でもなかった。その学校が存続し得たのは生徒に教育を与えたからではなく、彼らに家を与えたからであった。

ネイピアを卒業したあとジョージ・デスリフは彼の父や祖父と同じくグロートン校に入った。そこはまた彼の祖父が歯ぎしりして悔しがったようにフランクリン・デラノ・ローズヴェルト大統領の母校でもあった。一九五三年の三月、ジョージがグロートンの三年のときに、彼の父が死んだ。

葬儀は土曜の午後に行われた。デスリフ氏はその週の木曜日に彼の所属クラブであるザ・ブルックで亡《な》くなった。彼はそこの読書室で息を引きとったのだが、彼の死にみんなが気づいたのは数時間あとであったらしい。べつに混乱もなく、さわぎもなく、愁嘆場もなかった。ひっそりとしたものだった。ジョージの父はロング・アイランドにある薄気味悪い墓地の家族墓所に葬《ほうむ》られた。そのあとでジョージと彼の母親はパーク・アヴェニュー八一〇番地のアパートメントに戻《もど》ってディナーを食べた。

僕はジョージが父親のことを愛していたのは知っているけれど、それでも二人のあいだに親密な交流があったとは信じがたい。週末に何回かジョージの家族の住むアパートメントに泊ったことがあるけれど、ジョージと彼の父親が冗談を言いあったりするのはもちろん、まとまった会話をかわしているところさえ目にした記憶がないのだ。二人は互いに肯《うなず》きあったり、二言三言ちょこっとしゃべったり、笑顔をかわしたりといった、要するに社交クラブのマガジン・ラックの前で二人の紳士がやるようなことをやっていた。二人のあいだには何かしら了解があるように僕には思えた。親子関係の初期の段階において二人はこういう風にやろう、そうしましょうというとりきめを結んだのかもしれない。そして彼の父親がどれだけ長く生きようと、彼らのその和親協約的関係はずっとそのままのかたちで存続したにちがいない。二人は互いに対して敬意を払っていたが、それ以上のものはなかった。二人はそれぞれ相手の存在を当然のものとして受けとめていたので、それ以上のことを手間かけて学ぼうとはしなかった。デスリフ氏は父であり、ジョージは息子だった。父親と息子。父親というものは息子を愛し、息子は父親を愛する。

父親の死ぬ前はジョージはグロートンからプリンストンへと進みたがっていた。しかし彼は父親の意を尊重してハーヴァードへ進んだ。

「父さんのやりそうなことだからね」とジョージは僕に言った。彼はべつに悪意をこめてそう言ったのではない。それどころか彼はちょっと笑みを浮かべ「この親にしてこの子あり」、しかたないやといった風に肩をすくめてそう言ったのだ。でも二人のあいだにはそんな関係はこれっぽっちも存在しなかった。ジョージが好きだったのは母親の方だった。

ジョージのハーヴァード時代はそれほど華やかなものではなかった。彼はボートの選手になったが、ファースト・ボートを漕《こ》ぐほどには上達しなかった。彼の父も祖父もポーセリアンに属していたが、ジョージはフライに入った。ジョージがポーセリアンの会員を断わったのは、そこが彼の友人の一人を選抜しようとしなかったせいだった。彼は一九五八年にハーヴァードを卒業し、サウサンプトンで夏を過し、その秋に陸軍に入れられ、フォート・ディックスで半年を送った。現役軍務を免除された彼はダウンタウンのデスリフ社に行って就職させてもらえるだろうかとたずねた。そしてもちろん採用された。

ジョージは母親のアパートメントに一緒に住むことにした。訓練期間ということではじめのうち給料は低かった。父親の遺産からもたらされる収入を彼は再投資した。収入は月にだいたい六百五十ドルになったので、もし彼がそう望めば週八十ドルのサラリーなんかお呼びじゃないと放りだしてけっこうな暮しができたはずなのだが。とはいっても彼の母はメイドとコックを雇っていて、洗濯《せんたく》やドライ・クリーニングも母親のぶんと一緒に出していたし、彼女はコロニー・クラブを通して芝居のチケットをとってくれたし、「パッシー」でランチをごちそうもしてくれた。彼は「ラケット」で友人たちと仕事のあとスカッシュをし、ときどき「ニッカボッカ」でポーカーをした。あいかわらず本をよく読んだが、八一〇番地のアパートメントには立派な読書室があったので、家で読書をした。ジョージは三年間母親と同居していた。

これが僕の知っているその頃《ころ》の、二十五歳のジョージ・デスリフの姿だった。たしかに彼のことをそれほどよく知っているとは言えなかった。僕らは一緒に育てられた。物心もつかない頃からの知りあいである。でも、これはありがちなことなのかもしれないけれど、我々は互いをある種の概念として捉《とら》える傾向があった。僕にとってジョージはニューヨークに住んで、ホーブで冬を過し、サウサンプトンで夏を過す人間であった。僕はデビュタント・パーティーとかヨット・レースとかスカッシュの試合といった催しものに結びつけて彼のことを考えた。彼はスーツをはじめはブルックス・ブラザーズで、後にはトリプラーズで買い求めていたことを僕は知っていた。結婚式のたびに僕らがみんなモーニング・コートを借りていたA・T・ハリスの店のファイルに彼のサイズが書きこんであることを僕は知っていた。僕らは同じような環境のプレップ・スクールと大学に通った。僕は彼をその両親所有のデューセンバーグと、後年には何台かのパッカードやメルセデス・ベンツと、そして父親の死後は母親の持っていたロールス・ロイスと関連させて覚えていた。自分でもわかっているけれど、僕が今並べたリストは物と場所だけだ。そしてそれらの名前はニューヨーク・シティーでジョージと同じような育ち方をした人間にとっては特殊でもなんでもない、むしろ典型的な種類のものなのだ。読者のみなさんはジョージの古いスクラップ・ブックか写真アルバムを見せられたとしてもそれくらいのことはわかっただろうし、まったく僕としてもできればそうしたかったくらいのものなのだ。

僕がまだワシントンで新聞の仕事についている頃、ディナー・パーティーでジョージ・デスリフはアリス・タウンゼンドのとなりに座っていた。その夜ジョージはアリスと恋に落ち、一方彼女の方はジョージを自分のイメージにあわせて作りかえようと企てた。

アリスにとっては着るものは重要なことだったので、彼女はジョージにもそれが大事なことであると考えるように仕向けた。トリプラーズのスーツよさよなら、彼の好みはもっとブリティッシュ風の仕立てへと変った。ぴったりとフィットした上衣《うわぎ》、高いベンツ、より細いズボン。彼はピールかチャーチといった英国製の靴《くつ》をはいた。ボタンホールには花をさした。ジョージは前からなかなか趣味が良かったが、アリスにたきつけられてもっと大胆な着こなしをするようになった。しかしその大胆さはある奇妙な転換を見せた。ジョージの服装にはある時代を匂わせようとするような何かが存在したのだ。その幅広のタイととり外し式の丈の高いカラーとがっしりとした金鎖のついたベストはまるでどこかの高級紳士服仕立て店の一九二五年の目録にしたがってあつらえられたもののようだった。ジョージは、アリスと同じように、モデルになって下さいと頼まれるのを見越したような着こなし方をするようになった。ただ、アリスとちがって、ジョージはタイプ41ブガッティー・ロワイヤルの、あるいは少くともボートテイルのオーバーン・スピードスターの、ランニング・ボードの上でポーズをとらされたことだろう。そしてその背景はまちがいなく園遊会《ローン・パーティー》であったはずだ。花を飾った帽子、白いフランネルと青のブレザー、鮮やかな色あいのドレスに身を包んだ日焼けした小鹿色《こじかいろ》の目の御婦人たち、やなぎ細工のバスケット、銀のクーラーの中のナプキンに包まれたワイン、クローケーとバドミントン。そしてそのもっと後ろには石造りの夏のコテージと乳母たちに率いられたセイラー服姿の可愛《かわい》い子供たちが湖のへりに浮かべたおもちゃのヨットを棒で押している姿が見える。

ジョージ・デスリフがそんな恰好《かっこう》で姿を見せるとき、僕はそんな仮装がどうしてこうも上手《うま》くきまるんだろうと感心したものだ。結局その成功の理由がわかったのは、ジョージが催すペントハウス・アパートメントでの驚くべきパーティーに僕がはじめて顔を出したときだった。

第五章

アリス・タウンゼンドと恋に落ちる前に、ジョージがどれくらい深く彼女のことを知っていたのか僕《ぼく》にはわからない。彼は学校のダンス・パーティーとかグリー・クラブのジョイント・コンサートとか夏のサウサンプトンとかでアリスと出会っていたかもしれない。あるいは彼女の名前とか写真とかを新聞の社交ページで見かけていたかもしれない。それほど沢山ではないにせよ、ジョージと僕とアリスが三人とも出席したデビュタント・ディナーをいくつか覚えている。ジョージはアリスの写真を『タウン・アンド・カントリー』で見かけたかもしれない。まあそんな雑誌に出たところでたいして役にも立たなかったろうが、その当時は彼女にとってはけっこう意味を持っていたはずだ。十六歳のアリスをアーヴィング・ペンが撮った『ヴォーグ』の写真をジョージが覚えていたことを僕は知っている。それはずいぶん評判になった写真で、アリスは丸々一ページを与えられていた。体は半分横向きのプロフィルだったが、その顔は真正面を向いてカメラを見ていた。彼女はまるでヌードで写真にうつっているみたいに見えた。もちろん実際にヌードでうつっていたわけではないのだが、写真にうつったその胸の上部や、むきだしの肩や長い首筋やその信じがたい顔が、まるで裸体そのもののような印象を与えたのだ。「信じがたい」と僕は言ったが、それは僕だってその写真のことを覚えているからだ。十六歳の少女がかくも美しくなれるなんて僕にはとても信じがたかったのである。アリスを後に絶世の美女たらしめることになるその骨格は既にそこに存在していたが、頬骨《ほおぼね》はまだ少女特有のぽっちゃりとした薄膜に被《おお》われていた。

アリスの眉《まゆ》の色は黒く、その黒さは日に焼けて脱色された髪よりもずっと濃かった。そしてその眉はまるでエッチングされたみたいにきりっとしていた。彼女は、後年十六の女の子たちが競ってそうしたように、口をとがらせてはいなかったし、また微笑《ほほえ》んでもいなかった。そのかわりに彼女は紙面から銀灰色の目できっと鋭くこちらを睨《にら》んでいて、それで僕はこれが本当に写真かとページを手で触ってみたことを覚えている。でももし左の頬骨の上の方にあざがなかったら、彼女の美しさはそれほど鮮烈ではなかったかもしれない。深いすみれ色の小さなしみがどういうわけかアリスをずっと美しく見せていた。その汚れが彼女により傷つきやすい印象を与えていたのだ。

アーヴィング・ペンはそのあざが見えるようにアリスにポーズをとらせていた。そのせいでアリスはこの写真が全然好きではなかった。ジョージとアリスが結婚する前に、ジョージがこの写真を一枚ほしいと言ったら彼女はあざをエア・ブラシで消した写真を渡した。

　はじめて僕がアリスに会ったのは、彼女が十八で社交界デビューしたときだった。僕は二十歳で、イェールの四年生だった。アリスは最初ウィナンダー・オータム・ボール（それは当時でさえニューヨークのデビュタント・シーズンの火ぶたを切るというほどのものではなく、単に象徴的行事にすぎなかった）に登場した。そしてこの僕がコロニー・クラブで彼女に敬意を表して行われたティー・ダンス〔午後の遅い時間に開かれる舞踏会〕で彼女のエスコート役をつとめた。僕が彼女のエスコート役をつとめたのは二人のあいだにロマンティックな結びつきがあったからではなく、アリスにとってはすごくばつが悪いあるちょっとした事件に僕が一緒にまきこまれる羽目になったからであった。ティー・ダンスの数日前の夜、アリスをあるパーティーにつれていくことになっていた青年が吹雪のせいでニューヨークまで来《こ》られなくなった。アリスの母親が僕の母に電話をかけてきて（二人はとても親しい間柄《あいだがら》だったが、僕はタウンゼンド夫人と顔をあわせたことは殆《ほとん》どなかった）僕にアリスを連れていってはもらえないかしらと言ったのである。僕は黒人のメイドに案内されてタウンゼンドのアパートメントに入った。メイドの黒いおしきせにはぱりっと糊《のり》のきいた白いレースの襟《えり》がついていた。大使とタウンゼンド夫人はカクテルを飲んでいたが、夫人は僕に向って「あなた、ますますお祖母《ばあ》さまに似てらしたわね」と言った。変なこと言う人だなあと僕は思った。そう言われると僕は床屋に行かなきゃなという気になったが、事実僕の頭は散髪を必要としていた。大使はでっぷりと太って顎《あご》の肉をたるませ、イヴニング・ジャケットに身を包み、その下にセンチュリー・アソシエーションのスカーレットのベストを着ていた。彼はそれから頭文字を図案にして縫いこんだ鉤針編《かぎばりあ》みの室内ばきをはいて、僕のことをはじめから終りまで「坊や」と呼んだ。

「そりゃあいかんぞ、坊や」とある時点で彼は言った。「もしハーヴァードが君のお父さんや、そのまた前のお祖父《じい》さんにとって良い大学だったとしたら、それは君にとってもまちがいなく良かったはずじゃないかね！」

僕が彼に⑴自分はハーヴァードに入れなかったのだし、⑵父はヴァージニア大学に行ったのだと説明しようとしているところにアリスが入ってきた（何年かあとでジョージは僕にこう言った。結婚生活の中でアリスがただ単にすっと部屋に入ってきたことなんて一度としてない、そこにはいつも撮影スタッフみたいなものがいて、目に見えない照明キューやら、カメラのドリー移動やら、セットの向うでちょこまか動きまわる衣裳係《いしょうがかり》の女性なんかが存在してるんだよ、と)。アリスはバストとヒップがタイトにしまった肩ひものないメタリック・グレイのイヴニング・ガウンを着ていた。髪はアップでうしろでまとめられ、ダイアモンドのティアラでとめられていた。彼女のむきだしの首筋と肩はあの『ヴォーグ』の写真を鮮烈に思いださせたので、僕は三年前に驚異の目を見はって彼女に指を近づけたのと同じ思いで彼女の方に近づいていった。

ティアラの他《ほか》には、アリスは何ひとつ宝石を身につけていなかったし、メイキャップも最小限しかしていなかった。僕は彼女に刺繡《ししゅう》のあるシルクのイヴニング・コートを着せかけた。下に降りるエレベーターの中でもプラザまでのタクシーの車内でも、僕は中学生みたいにぺちゃぺちゃとつまらないおしゃべりをしていた。

プラザ・ホテルのディナーはランデヴー・ルームで開かれていた（今はトレーダー・ヴィックスになっているホールだ)。僕らはその風変りな突きだし燭台《しょくだい》の前を通りすぎ、深い赤のカーペット敷きの階段を下りた。枝つき燭台を持った腕のようなものが壁からにょきっと突き出ていたのを僕はぼんやりと覚えている。その腕は肘《ひじ》のところで壁にくっついているわけだ。若い男女が既に沢山あつまっていた。みんな他のディナーやダンス・パーティーで僕らが顔をあわせたことがある連中だったし、彼女や僕と同じ学校に通っている者の姿も見えた。僕はアリスのうしろに行って、コートを脱がせた。彼女が前に進んだとき、僕はそのしみを目にとめて、コートを彼女の肩にさっとかけた。

「どうしたのよ、アルフレッド？」と彼女が訊《たず》ねた。「何なのよ？」

僕はアリスの腕をとって他の連中の目のとどかないところまでつれていって耳うちした。「君、生理だよ」

「え？　まあ、どうしよう！」

我々はいそいで階段を上ってホテルを出た。

「あの――凄《すご》かった？」と彼女は僕に訊《き》いた。

僕はタクシーのドアを開け、それから彼女のとなりに乗りこんだ。

「いや、たいしたことはないよ」

「みんな見たかしら？」

「いや、見られたはずはないよ。僕がうしろに立ってたし、コートを脱いでたのはせいぜい一秒くらいのもんだからさ」

アップタウンのタウンゼンド家のアパートメントに帰るまでの車中、アリスは指を唇《くちびる》にあててつづけていた。「なんて馬鹿《ばか》なんだろ」と彼女は言った。「気がつくべきだったのよね。私、ただ疲れてるだけだと思ってたの。ちゃんと計算しているべきだったんだわ。ちゃんと数えて」

「ねえ、ねえ、大したことじゃないよ、そんなの」と言って、僕はアリスの手をとった。「僕の他は誰《だれ》も見なかったし、神様も僕の目をおつぶしにはならなかった」

彼女は僕の手をぎゅっと握って「ごめんなさいね」と言った。

「着がえてからディナーに戻《もど》ればいいさ」

「ディナーの始まりには間にあわないし、そんなに遅れていくのって作法にかなってないんじゃないかしら」

「じゃ、ディナーに出るのはやめにしよう。君のアパートメントでサンドイッチでも食べてからダンスに出よう」

「でも何を着ていけばいいかしら？」

「他にもイヴニング・ドレスは持ってるでしょう？」

彼女はちょっと考えた。「みんなクリーニングに出ちゃってるはずなのよ」

僕らは例の旧型デソートのタクシーに乗っていた。プレクシガラスの明りとり窓のついたやつだ。タクシーがアリスのアパートメントのあるブロックまで来ると、彼女は僕の手を放した。十七階上の窓から彼女のお父さんが二人が手を握りあっているのを目にするんじゃないかと心配しているんだなと考えるとおかしかった。僕はタクシー代を払い、彼女のあとから建物の中に入った。部屋に向うエレベーターの中で、アリスはマホガニーの壁にもたれかかっていた。アリスは僕の顔を見て、ちょっと微笑んだ。「気の毒ね」

「気の毒？　どうして？」

「着ていく服がなかったらどうするの？」

「じゃ、ダンスにも出なきゃいい」

「でもそうすると私たち、何すればいいの？」と彼女は訊いた。

僕はそのときのエレベーター運転係の顔をついさっきのことのように思いだせる。

「大使とミセス・タウンゼンドはお出かけになっておられます」

「何か考えつくさ」と僕は言った。

事実我々は考えついた。そしてアレック・ギネスの『戦場にかける橋』を見に行った。

（十年かそこら前まで、僕は女性の生理サイクルの背後にある生物学的理由をまったく最小限科学的に認識し理解していたにすぎなかったので、僕はナイーブにこう信じていた。生理期間中《メンストルエーション》の男の役割はソフィスティケートされた同情的な傍観者であるべきだ、と。僕はその絶対的な超越的態度でもって、アリスが感じるであろうばつの悪さを軽減するべく努めることが自分の役割であると思った。彼女にメンストルエーションやらそのしみやらはきわめて自然ななんということのない、どちらかといえばかわいらしい女性の現象なのだと思わせることによってだ。そういう態度をとることで、僕はアリスに、そんな事件があったところで僕はまったく気にもしていないと思わせたかったのだ。そしてそのまま彼女のそばにいつづけることでばつの悪いことを思いださせるのではなく、そんな出来事はとるにたらないことだったんだと確信させるような存在でありたいと。それはうまく成功して、以前《さっき》にも述べたようにその冬に彼女を祝してコロニー・クラブで行われたティー・ダンスに僕はエスコート役をつとめてほしいとおおせつかったわけである。そして、これもさきに述べたように、それは十年かそこら昔の話である。

　その後の年月は、女性のメンストルエーションに対して男が我関せずと超然としていられるとか、あるいはそれは生物学的プロセスにすぎないとのほほんと構えていられると思っていたなんて自分はなんてナイーブだったんだろうと、僕に知らしめてくれた。月経の期間は感情的にハンマーロックで僕を締めつける。メンストルエーションは世の終《ハルマゲドン》りであり、神の赦免であり、そのあいだに位置するあらゆる周期であり段階である。月の満ち欠けの周期にしたがって種子をまき刈り入れるメスクエーキ・インディアンのごとく、僕は自分の収穫高を月経のサイクルの中ではかってきた。生理によってまったく何もすることができなくなった女性はごろんと横になって足をあげて壁に載せ、ジンをがぶ飲みしダーヴォ〔鎮痛剤〕をしこたま服用するのだということを知った。メンストルエーションに対してきまりが悪く思ったり、受難であると考えたり、大地の母的な誇りを感じたり、または木こりみたいに無関心でいたりする女性たちがいることを知った。時計みたいにピタッと正確な安心できる生理があり、遅れぎみの心配な生理があり、人騒がせなとびとびの生理があることを知った。僕は妻の生理が来なかったときにはすわ妊娠と喜んだし、妻ならざる女性に生理が来なかったときにはすわ妊娠かと肝を冷やした。心待ちにしていた出産が流産に終ったときの切なさを知っているし、望まざる妊娠が流産によって終ったときのほっとした思いを知っている。この十年かそこらのあいだ僕は女性の生理によって脅《おび》やかされ、許され、罰せられ、報いられ、打ちのめされ、ほっと一息ついてきた。僕はメンストルエーションを単なる生理学的現象だとは思わない。今では僕はそれをまさに頭上を覆わんとする雷雨を見るときのように見ている。幸福な結婚生活という傘《かさ》の下であたたかく平和に暮してはいるが、それでもやはり僕は恭《うやうや》しくそして注意深くその嵐《あらし》を知らせる雲が湧《わ》きたつ様を見きわめている。そして妻が険しい顔つきと雷光のごとき意地の悪さを僕に向けるとき、僕はそうこれでいい、この雨があればこそ安泰なのだ、と自らに言いきかせるわけだ。そして嵐よ速やかに去れ、と祈るのである）

その冬、僕とアリスはしょっちゅう会っていた。僕とアリスが「できてる」だとか、「カップル」だとか、その当時の流行《はやり》ことばでいろいろと言いたてるものもいたが、でも本当はそうではなかった。はじめに言ったようにアリスはとびぬけて美しい娘だったが、そのせいでいろいろと問題を抱えこみ、精神も不安定だった。彼女は世の中の若い男が自分に興味を持つのはただ単に自分と寝たいからだと思いこんでいたのだ。あるいは若い男が自分を欲しがるのは一種の狩の戦利品としてなのだという考えを抱いていた。そして誰も彼女の頭の良さなんかには関心を持たず、自分の頭の良さを見せつけることに汲々《きゅうきゅう》としていると感じていた。そして彼女の前に次々にあらわれでる青年たちは、明らかに彼女の美しさに骨抜きにされ力を失い、それでもなんとか自分の立場を確保しようとして皮肉や粗暴さを武器に反撃してくるわけである。僕らは学校で一年のうちの九カ月はそんな世界から隔離されていたようなものだから、若い男たちと若い女たちのあいだの関係は、おきまりの曲折や誤解を抜きにしても十分厄《やっ》介《かい》なものであったのだ。そんな状況のせいで多くの関係は浅いものにとどまらざるを得なかった。そして、僕が思うには、アリスの方だって彼女に言い寄る若い男たちと同じように捕食的傾向を有していた。あるとき、ディナー・パーティーの中やすみに、彼女はチャーム・ブレスレットを外して僕に手渡し、ボーイ・フレンドたちが彼女に与えたクラブのエンブレムやフラタニティー・バッジをずらりと並べて見せてくれた。まるで頭皮を数えるみたいに。僕は背筋の凍るような思いがした。

しかし、たぶん彼女の例の生理のおかげで、たぶん我々の家族どうしが知りあいであったおかげで、とにかく理由はなんであれ、僕はダンス・パーティーに行くときのアリスのエスコート役をおおせつかった。それはおそらく二人でいると気楽だったからだろう。僕らはダンス・パーティーをこそっと抜け出して映画を見に行ったり、ヴィレッジに出かけたりするのが好きだった。僕はアリスが好きだった。彼女と一緒にいるのはすごく楽しいことだった。そしてたぶん、みんなが僕らはできていると考えていることを得意にも思っていたのだろう。たしかに、彼女の両親のアパートメントに帰ったあとで、僕らはお定《き》まりの、あまり意味のないネッキングのようなものをした。息が苦しくなるような長いフレンチ・キスを二回、服の上から彼女の乳房をまさぐることが数回。しかしそれらは官能的というよりはむしろ儀式的な性格のものであった。まるでお人良しの宦官《かんがん》のように僕はそれ以上何もしなかった。アリスをディナーにつれていったある夜、僕はワインの勢いにまかせて彼女に向って愛していると言った。そうすれば、儀式的というよりは情感的な夜に我々は辿《たど》りつけるのではないかと思ったからである。でもそうはいかず、しらっとした状況が生じただけだった。僕は二人の友情を、どちらもが望まない何かに変えてしまったのだ。僕は本気になって、その結果問題のある存在になってしまった。

次のダンスには他の男がアリスをエスコートした。

そして僕はアリスを週末にイェールに誘うことを再三考えはしたけれど、結局誘わなかった。ひとつには彼女がそれを断わるであろうことがわかっていたからだし、もっと大きな理由は週末をともに習慣的に（そしてみっちりと）ベッドで過してくれる娘とつきあっていたからだった。

大学を卒業したあと、僕はそのまま海軍士官学校のプログラムに参加し、少尉として駆逐艦に勤務し、一九六一年の秋まで三年間アリスとは会わなかった。

社交界デビューした翌年の夏、アリス・タウンゼンドはカレン・ウィーヴァーというぽっちゃりした女友達とヨーロッパ旅行をした。ナポリで、二人は父親と一緒に自家用ヨットで大西洋を横断してきた双子の兄弟と知りあった。双子とその父はアリスとカレンに一緒にヨットでイタリア側のリヴィエラまで行きませんかともちかけた。

クルーズは二日で終るはずだったが、ヨットの補助エンジンが最初の夜に故障し、風もなかったので、彼らはコースを外れて漂流することになった。七十二時間後に彼らは第六艦隊とともに演習に参加していた米海軍のフォレスト・シャーマンという駆逐艦に発見された。駆逐艦はそのヨットの位置をイタリアの沿岸警備隊だかなんだかに通報して、彼らはナポリまで曳航《えいこう》された。ヨットをあとにするときのアリスとカレンのあわただしい逃げ方と、双子の体の隠しようのない傷あとと、父親に対する二人の怒りと呪詛《じゅそ》とに悪名高きパパラッツォ〔フリー・カメラマン〕たちが気づかなければその救出の報道はもっと簡単なものとして終ったはずだった。アリスとカレンはフィアットを借りて、さっと消えてしまった。兄弟はそれぞれに別に航空券をとり、——一人はパリへもう一人はロンドンへ——父親はさるイタリアの映画監督にしっかり利ざやを稼《かせ》いでそのヨットを売り払った。アリスはヨットの上での出来事について語ろうとはしなかったが、ぽっちゃりカレンの方はとんでもないおしゃべりで、僕の聞いた話は少くとも三段階くらいは経たまた聞きではあるが、それによると、双子が最初わざと無線を、次にエンジンを壊し（そうすることによって二人はアリスに自分たちのうちのどちらかを選ぶための時間を与えようとしたのだ）、父親が彼らに向ってお前らヨットから降りろと言い、そもそも父親自身がしゃかりきにアリスを追いかけまわしていたのだが、アリスは彼のプロポーズを丁重に断わった（ウェストポートでこのニュースを受けとった彼の妻は実に複雑な気持であった）ということになっていた。そして結局イタリア警察はアリスとカレンに無事逃げ切る時間を与えるために、その何とか氏を国境で強制的に拘留しなくてはならなかった、と。

その男はアリスがヴァッサー女子大に戻ってからも、彼女を悩ませつづけた。アリスがその男の気を引こうとしたことは一度もないとカレンは主張していたし、そのときアリスは英文学科の助教授とあつあつになっていたという一事をとってもそれは事実であろうと推察される。ついでながらその助教授は出版活動が十分でないという理由で後日解雇された。

アリスはヴァッサーの三年生のときに大学をやめて、ひょいとハリウッドに現われた。僕はレナード・ライオンズのコラムで彼女がビリー・ワイルダーのコメディーに抜擢《ばってき》されたことを知った。しかし結局何かうまくいかないことがあったらしく実際の映画ではパメラ・ティフィンがその役をつとめ、アリスは東部に戻ってきた。彼女は僕とだいたい同じ時期ワシントンDCにいて、ケネディーの大統領選挙本部で職を得た。僕はワシントン・デイリー・ニューズ紙でナイトクラブの（あるいはワシントンではナイトクラブという名前で通用している代物《しろもの》の）取材をし、ケネディーの運動員をやっているアリスと同年代の何人かの女の子と知りあいになった（その中の「フィドル、ファドル、フィリス」というニックネームの陽気な三人娘は、ケネディーが当選するとそのままホワイト・ハウスで職にありついた）。でも僕はどこかのバーか「キャリッジ・ハウス」かでばったり出くわしでもしない限り、彼らのグループとはほとんど顔をあわせなかった。

僕はアリスにひとつ貸しがある。夜の二時半にジョージ・ワシントン・パークウェイの人気《ひとけ》のない直線コースでドラッグ・レースをやったかどで彼女が逮捕されたという記事が僕のデスクに届いた。僕がネクタイをしめていたせいで、夜間編集長は僕を「上流」通だろうと思い、この女を知っているかと訊ねた。知らない、と僕は答え、それでアリスが大使の娘であることはばれずにすんだのだ。翌日彼女はヴァージニアの判事の前に姿を見せ、三百ドルの罰金を科せられ、一年間の免停を喰《く》った。それで彼女は自分の車（トライアンフＴＲ３）を売り、ケネディー選挙本部の職を辞し、ニューヨーク・シティーに戻り、タイム誌のリサーチ記者を半年つとめ、マディソン・アヴェニューにあるアート・ギャラリーに数カ月勤め、それからニュー・スクール〔ニューヨークにある成人大学〕に通うことにした。

アリスの行動には本格的スキャンダルの影はなかった。彼女は美しく華やかな存在であり、ゴシップの格好のネタであり、新聞は好んで彼女の記事を載せた。彼女ほど美人でなく頭も良くない女性たちなら記者の関心を引くためにプレス・エージェントを雇わなくてはならなかったはずだ。アリスは『ハーパーズ・バザール』誌でヌードになる必要もなければ、バローダ〔インドの藩王国〕の公爵とともに〈エル・モロッコ〉で写真を撮られる必要もなかったし、アンディー・ウォーホールとともにディスコテックで写真を撮られる必要もなかった。ファッション・マガジンに彼女が登場するとき、彼女はギャラを支払われていた。彼女は割引で服を手に入れるためにそこに出ていたのである。服はアリスにとっては重要なものであり、彼女は上手《うま》く服を着こなした。ニューヨークの最高級ホテルの最高級ホールのメイトル・ディーがかつて僕に向って言ったように、「ミス・タウンゼンドはホールそのものを着こなしておしまいになりますね」ということなのだ。そしてアリスの姿はしょっちゅうそのような最高クラスのホールで見受けられた。彼女の父親の事件が持ちあがってくるまでは。

　あるラテン・アメリカの小国で彼女の父親が大使をつとめていた時期に、彼が自分が利権を持っているその国の会社に援助金を誘導し、「合衆国政府財源を不正使用・不正誘導せんと企てた」ことを、政府の調査が明るみに出したのである。聴聞会の二カ月前にタウンゼンド大使は心臓発作で亡《な》くなった。死亡記事は（少くともニューヨーク・タイムズ紙のそれは）スキャンダルについては軽く触れるだけで、他の古顔の大物政治家の弔辞を掲載していた。

後日アリスは父親の死後間もないある朝、母親が三人の子供をニューヨークのアパートメントのベッドルームにあつめたときの様子をジョージに話して聞かせた。タウンゼンド夫人はベッドの上で身を起し、膝《ひざ》の上には朝食の盆があった。彼女はグレープフルーツを食べ終え、話をしながらシャード・エッグ〔卵を浅皿に割り落として焼くもの〕とマーマレードつきのプロテイン・トーストにとりかかっていた。実を言うとうちにはお金が殆どありません、お父さまのあなたたちのためのお金の運用は「ごく控えめに言っても軽率」でした、と彼女は言った。娘たちはなるべく早くお金持と結婚した方がよろしいでしょうと。タウンゼンド夫人はコーヒーをすすりながら話をつづけた。残されたあらゆる形のお金はパッカードの教育の継続のために集中的に注がれることになります（パッカード青年はハーヴァード・ビジネス・スクールに入学したばかりだった）、そんな一家の財政的窮状が世間の耳目を引くようなことはくれぐれも避けなくてはなりません、と。

スキャンダルは表には出ずに終った。聴聞会はキャンセルされた。世間はどのような不正も立証できなかったということで満足した。全《すべ》ては誤解であったのだ。あの大物大使が亡くなる直前にあんなことにまきこまれるなんてまったく気の毒だったね。タウンゼンド家の娘たちが金持と結婚でき、そしてパッカード君が結構な会社に就職し、そしてタウンゼンド夫人が（しかるべき服喪期間を経たのち）地位ある誰かと再婚しさえすれば、タウンゼンド家が何らかの困難に直面したことは誰にも知られずに済むというわけだった。

僕が参ったなあと思うのは、そんな何もかもがどこかの上品な十八世紀小説の一シーンみたいに見えるからである。今となってはそういう感じがする。でも自分がその一部にくみこまれているときには、それはまったく「緊急事態」みたいに見えたのである。

何年か前、ビヴァリ・ヒルズの法律事務所につとめている僕の友人が東部に来て、カクテルを飲みながら、少し前のある夜に起った驚嘆すべき事件の話をしてくれた。彼とその他六人の独身ものが（歳《とし》は二十八歳から五十五歳のあいだ）未亡人になって間もないある女性からブラック・タイ・ディナーの招待を受けた。女性は一人も招かれていなかった。四十代前半のその女性と正装した七人の紳士はとびきり上等のワインととびきり上等のディナーを供され、ディナーのあとで今は亡き御亭主《ごていしゅ》のとっておきのとびきり上等のブランデーととびきり上等のカストロ以前のキューバ葉巻を紳士方は頂戴《ちょうだい》した。それから彼らは一人ずつ読書室《ライブラリ》に呼ばれた。僕の友人の番がやってきた。彼は読書室に入り、勧められるままに暖炉のそばのふかふかとした革張りのソファーのひとつに身を沈めた。その女性は部屋のまん中に立ったまま、じっと彼の方を向いていた。彼女は足首まであるハイネックの緩めにつくられたイヴニング・ガウンを着ていた。友人が身をくつろがせると彼女は話を始めた。

「ねえ、フレデリック、あなたも御存知《ごぞんじ》のようにポールは私に結構な遺産を残してくれました」と言いながら、彼女はイヴニング・ガウンのボタンを外しはじめた。喉《のど》もとから始めて、下の方へと。「私はかなりの財産持ちの女なのよ。そして母親。ポール坊やには、ジュニアには、男親が必要なの。私はあなたより十二は年上かもしれない。でもおばあさんではないわよ、ごらんのとおり」このとき彼女はガウンを両手で左右に開いていた。彼女はガウンの下に何もつけてはいなかった。「私は自分に残されたこの若さを無駄《むだ》に費やすつもりはないの」と言って彼女はガウンを閉じ、ボタンをとめはじめた。「今夜来てもらったのは、私はそう長くはひとり身ではいたくないからなの。私はあなたに結婚してくれって言ってるんじゃなくてよ。私はただ単にあなたに考えてちょうだいって言ってるだけよ。私が地位もあり、財産もあり、コネもあり、かなりの知性もあり、それを誰かと分かちあいたいと思い、そして——」彼女はそこで口をつぐみ、いくぶん冷やかな笑みを浮かべた。「カリフォルニア州法のもとでは結婚によってその半分は合法的にあなたのものになるということをね」「結婚を前提とした関係がお互いにとって好ましいものだとお思いになった場合は、少し時間をおいてから訪ねてきて下さいな。このことは誰にも口外なさらないでね。それから今ここでは何もおっしゃらないで」

彼女はかすかに肯《うなず》き、僕の友人は立ちあがった。彼女は握手のために手をさしだして、こう言った。「今夜はいらして下さってありがとう。お会いできて楽しかったわ、フレデリック。お父さんとお母さんによろしく伝えてね」彼女は彼の手をはなして言った。「申しわけないけれどローレンス・ケーヒルにここに来て下さいって伝えて下さる？」

その女性は明らかに七人の男全員に同じことを言ったわけだ。そしてその結果、中の一人が彼女と結婚した。それが数年前の話である。

僕にとってこの話のもっとも奇妙な部分は、その友だちが僕に対して件《くだん》の女性の体がどのようであったかを説明できなかったという事実である。

「でも、見たんだろ、君？」と僕は訊ねた。

「うん、見たと思う。綺麗《きれい》な体してたはずだよ。僕はだいたい彼女の目を見てたもんでさ」

「目を……？　彼女の目はどんなだったの？」

「どんな？　ブルーだよ、たぶん。普通の目だよ。声と同じようにさ。とにかくその出来事でいちばんおかしかったのはさ、彼女がすごく……彼女がごくあたり前のことをやっているみたいに思えたことなんだよ」

「でもさ、フレディー、君がじっと彼女の目を見ているあいだ、彼女の方はいったいどこを見てたんだい？」

「どういうこと？」

「彼女の方はどこを見てたかってことだよ。君を見てたのか？　それとも自分の体を見下ろしていたのか？　君の背後を見てたのか？　彼女はどんな風に見えた？　恥ずかしがってたか？　怯えてたか？　興奮してたか？　どんな具合だったんだい？」

「なあ、アルフレッド」と彼は言った。「本当に思い出せないんだよ。実を言うとね、恥ずかしがってたのは僕の方だったんだよ。つまりさ、やれやれ、僕の母親の友だちが僕の目の前で裸になったんだぜ。どこを見りゃいいんだい？　じろじろ見たりしたら彼女の方だってそりゃ恥ずかしがると思ったしさ。だからさ、そんなたいした話でもないんだ。君は物書きとかそういうのだからきっと面白がるんじゃないかと思って話しただけだよ」

　さて、「物書きとかそういうの」としては本書の中にこのビヴァリ・ヒルズの御婦人の話を入れることが相応《ふさわ》しいかどうか自信はない。にもかかわらず、僕はどうしてもこれを外してしまうことができないのである。本能とでもいうか、直感というか、よくわからないけれど、この逸話は見かけほどは物語の足をひっぱらないだろうと僕には思えるのだ。少くともこの話はビヴァリ・ヒルズの女性とタウンゼンド夫人（アリスの母親）の間の違いをある程度物語ってくれる。たとえばタウンゼンド夫人はいかに再婚することを強く望み、あるいは必要としていたとしても、そのビヴァリ・ヒルズの女性のように露骨に身を投げだしたりはしなかっただろう。彼女がそうしなかったのは七人の男の前で裸になりたくなかったからではなくて、誰かがそれを口外して、彼女の友だちに自分が再婚したくて焦《あせ》っていることを知られるのが嫌《いや》だったからだ。どういうことかというと、つまり何かを求めるのはかまわないが、激しく求めすぎるのはよろしくない、ということだ。タウンゼンド夫人は自分が何かを――それが再婚であるにせよルノワールの絵であるにせよ――そんなに激しく求めているという不面目を友人に知られるような危険は冒さなかっただろう。

　この貪欲《どんよく》を自らに禁じる傾向はタウンゼンド夫人の世代にのみ言えることではな

くて、残念ながら僕や僕の同世代人の多くにもまた言えることなのである。第四世代――まずは結構な教育を受け、服を着こなし、しかるべき社会にも受け入れられる男女は「お・か・ね」のことをあまり口にしてはならぬと教えこまれたせいで、お金のことになると恥ずかしがるばかりか、僕の場合のように自分の手でそれを稼ぎだすことがまったくできなくなってしまったようである。おそらく風雨に色あせた暗い色あいの板ぶきの家の並ぶ避暑地のどこかで、あるいはつたのはう煉瓦《れんが》づくりのプレップ・スクールで、テニスのセットを落としたあととか馬術ショーでミスをいっぱい犯したあととか、エンド・ゾーン・パスをファンブルしたあととか、ヨット・レースでコースを間違えたあととかそういうときに、両親とかコーチとかプロとかがあまりにもしょっちゅう「勝ち負けは問題じゃない。ゲームの内容が大事なんだ」などと口にしていたもので、我々はそれを信じこんでしまったわけだ。そして正直に真に受けてしまったもので、我々は今でも人生におけるいろんなゲームを区別したり、その重要性を見きわめたりすることにしばしば困難を覚えることになる。僕が言わんとするのはこういうことだ。つまりジョージやアリスが成年に達する頃《ころ》にはその力や才能や多額の財産が消えてしまっていたにもかかわらず、その「スタイル」の持つ意味は依然として残っていたということである。金のあるなしにかかわらず、人はかく振舞うべしというマナーを教えこまれてしまったのだ。世の中には人が維持するべき水準は確固としてあり、それは「お・か・ね」とは関係がないのである。

率直に言って、ジョージがアリスと結婚したとき、彼は相手が金を持っていると考えていた。それもたくさん。そして率直に言って、アリスもジョージに対して同じことを思っていた。

二人の驚きを想像していただきたい。

第六章

ジョージ・デスリフはプラザ・ホテルから五番街を三ブロック北に上ったところにあるツイン・タワー、二十階建てのどっしりとした灰色の石造りの建物、「ジ・アドラー」に住んでいた。茶色の縁どりのついた天幕《オーニング》が普通の倍はある広い玄関から歩道の縁までつきだしていた。そのキャンバス地は清潔でぴんと張ってあった。そのいささか冷やっとした秋の夕方に僕《ぼく》がはじめてジョージのパーティーに出席するべく六十二丁目の角を曲って天幕の下に入っていくと、ドアマンがするりと僕の行く手に移動した。

「何かお役に立てますでしょうか？」と彼は僕に訊《たず》ねた。

その丁重な口のきき方は僕の行く手をはばんだ素速さと正確さに劣らず僕を驚かせた。僕は自分の名を告げ、ジョージ・デスリフの客だと言った。

「ミスタ・デスリフがどうぞお上り下さいとのことです」とそのドアマンは言った。彼がさっとドアを開けると真鍮《しんちゅう》のプレートにその白手袋が映った。「ペントハウスでございます。エレベーター係にそうお申しつけ下さい」

　僕は金メッキの縁のついたふたつの巨大な鏡のあいだに広がる白と黒の市松もようの大理石ばりのロビーを横断した。それぞれの鏡の下にはつややかに光るマホガニーのサイドボードがあり、温室ものの切り花をいけた大きな花瓶《かびん》をしっかりと支えていた。白髪の年配のエレベーター係は茶色の縁のついたグレイの、仕立ての良いお仕着せを着ていた。彼の白いコットンの手袋には真鍮をみがいたあとがほんのかすかに残っていた。

「ミスタ・デスリフのアパートメントでございますね」金属の柵《さく》を閉め、木製のレバーをさっと下ろしながら、彼は訊ねた。

「そうです」

「ペントハウスAにどうぞ」

　カタッとも揺れなかった。ただ上の方にのぼっていくなというおだやかな感触があるだけだった。

「お客はどれくらい来てるんですか？」と僕は訊《き》いた。

「まだ殆《ほとん》ど見えておられません。早いですから」と彼は答えた。「ミスタ・デスリフのお客様はだいたいディナーのあとにお見えになります。何時《いっ》ともよらずです」と彼はつけ加え、それから僕の方を向いて、「しかし午前二時からあとは誰《だれ》も上にあげるなと申しつけられております」と言った。

「ミスタ・デスリフのおかげであなたも忙しそうですね」

「はい。しかしあの方は立派なお若いジェントルマンですから、何の面倒もございませんよ」

　エレベーター係は停《と》まり、「失礼します」とエレベーター係は言って手をのばして重い扉《とびら》をスライドさせて開け、僕がジョージのアパートメントのベルを押すまでそのまま待っていた。少ししてエナメル革の礼装靴《れいそうぐつ》をごく淡いグレイのフラノのズボンとネイビー・ブルーの六つボタンのダブルのブレザー・コートという格好のジョージ・デスリフがドアを開け、「よう、アルフレッド、なつかしいね、元気かい？　よく来てくれた」と言った。それから僕の肩ごしに「ありがとう、チャールズ、待たなくてもいいよ。玄関のところでマーフィーがちゃんとお客をチェックしてくれてるから」と言った。

「かしこまりました。ミスタ・デスリフ」とその老人は言った。

「入れよ、アルフレッド。入りたまえ！」とジョージは言った。「君、ここに来たのははじめてだったな。これが新居だ。さあ、感想を教えてくれよ」

　我々は短い廊下に立っていたわけだが、やがて彼は先に立って、僕を居間の方に案内してくれた。「さ、どうだね?」ジョージ・デスリフの居間は少くとも長さ四十フィート、幅二十フィートはあった。そして天井《てんじょう》の高さは二フロアぶんはあった。僕らの立っているところから向いの壁までの中間あたりに、リネンのカバーのかかったダイニング・ルーム・テーブルがあって、そのうしろにバーテンダーが控えてボトルやグラスを並べていた。バイオリン型背もたれのついた革クッションの椅子《いす》が壁に沿って並べられていた。正面の壁には錬鉄《れんてつ》の階段があり、それは部屋の横幅ぶんの長さのバルコニーに通じていた。階段はそのあと我々の頭上を横切り、縦の壁に沿って延び、手すりが反対側の壁に吸いこまれているところで終っていた。その隣には丈の高いゴシック風のアーチのついた三つの鉛の枠《わく》の窓があった。淡青白の裏柄《うらがら》のフォルトゥニのカーテンが引かれて、窓の外の夕闇《ゆうやみ》の奥にセントラルパークの輝く灯《ひ》をぼんやりと認めることができた。

　最初にも言ったように、季節は秋で、いささか冷やっとしていた。暖炉では焚木《たきぎ》がパチパチと音を立てて燃えていた。暖炉の両側にはしかるべき大きさのふかふかのソファーがあった。ソファーには明るい色あいのプリント地のリネンがかぶせられていた。暖炉の上にはシャガールがかかっていた。

「母のものだったんだ」僕がその絵を見ていると、ジョージが言った。「もっとも母はこれがあまり好きじゃなくてね、ずっとサウサンプトンの居間にかかってたのさ。君も覚えてるんじゃないかな？」

「いや、覚えてないね」

「うん、これはなかなか明るい絵だったよ——いや、明るい絵だよ。僕もこの絵にぞっこんというのでもないけど、もっと気に入ったのを手に入れるまではこれをかけとくさ」

僕は部屋の中を見わたした。「エレベーター係はもう何人かお客が来てるって言ってたけど」

「みんな読書室《ライブラリ》にいるよ」とジョージは言った。「君と二人だけでちょっと話してみたかったのさ。お酒はどうだい？　何がいいかね？」

「マーティニを頂こう」

ジョージがバーテンダーのところに行っているあいだ、僕は部屋の検分をつづけていた。上に緑の革が敷かれた暗めの色調の木製のデスクが片隅《かたすみ》にあり、赤いガラスの笠《かさ》がふたつ並んでついた読書用ランプがその上にあってやわらかい光を放っていた。小型のグランド・ピアノがゴシック窓の方からわずかに斜めにずらせて置かれていた。

ピアノの上にはジョージの家族や、友だちの結婚式や、犬や馬のいろんなサイズの写真が銀のフレームに入れられて少くとも一ダースくらいは並んでいた。小さな桜材のテーブルがいくつか、白のリネン張りのふかふかの椅子のとなりにあり、鉤針編《かぎばりあ》みのレースを敷いたバックギャモン・テーブルがひとつあり、マホガニーの折りたたみ式《ゲートレッグ》のテーブルがあり、その上には雑誌や本やまたまた銀の枠つきの写真がいくつか載っていた。白い、深々とした絨毯《じゅうたん》が黒っぽい板張りの床の上に敷かれ、そのコントラストの鮮やかさの故《ゆえ》に絨毯は空中にぽっかりと浮かんでいるみたいに見えた。

ジョージは酒を手に戻《もど》ってきて、暖炉わきのソファーに座れよという身ぶりをした。ジョージは反対側のソファーに腰を下ろした。彼は僕に向ってグラスをあげ、「戻ってきてくれて嬉《うれ》しいね」と言った。

「戻れて嬉しいよ」と僕も乾杯を返した。「なかなか見事なアパートメントじゃないか」

「ああ、うん――『なかなか見事な』――そうだ。実にそのとおりだ」とジョージは言った。彼は立ちあがってマントルピースの方に行き、とくに必要もなさそうに見えたがシャガールの絵をまっすぐに調整し、僕の方に向きなおった。「正直に言えよ、アルフレッド。いささかやりすぎだと思ってるんじゃないのかい、君は？　けばけばしいんじゃないかって？」

「いや、別にけばけばしいとは思わないね」と僕は言ってから、笑って言い足した。「ま、禁欲的とはたしかに言いがたいが、とても素敵ですよ、うん」

「結構」とジョージは言ってソファーに戻り、腰を下ろした。「他《ほか》のゲストに君を紹介する前に少し水入らずで話したかったのには、そうだな、ふたつの理由があるんだ、実は。ひとつは君が僕の最良の友人の一人で、久しぶりに会ったからだね。昨日連絡してきてくれてとても嬉しかったよ。いつニューヨークに戻ったんだい？」

「昨日さ」

「ここにしばらくいるつもり？　つまりワシントンをすっかり引きはらったわけ？」

「まあ、そうだね」と僕は言った。「あそこはまあ田舎町でね、出版社とか編集者とかエージェントとか、そういうのの大半はニューヨークにあるし、となるとワシントンにとどまっている意味もないものね。それにニューヨークに来たかったのには他の理由もある」

「お兄さんのことかい？」

「うん、ちょっと会いたくてね」と僕は言った。

「そう、それは僕の第二の理由にもつながるんだ。君は今日どこに泊まるんだ？」

「今夜？　イェール・クラブさ。アパートメントがみつかるまでそこにいるよ」

「というと、どこか住む場所のあてがあるわけじゃないんだね？」

「探しはじめてもいないよ」

「結構、結構」とジョージは言った。「僕のふたつめの理由、僕の申し出はこういうことなんだ。ここで僕と一緒に暮さないか？」

「君とここで暮す？」と僕は馬鹿《ばか》みたいに繰り返した。

「もちろん諸経費は僕が払う。それ以外のものを折半にしてくれればいいよ」

「急にそう言われてもねえ」

「でもこのアパートメントが気に入ったと言ったじゃないか？」

「いや、そりゃそれにこしたことはないけど」と僕は自分の収入にみあったうす暗い一間半のアパートのことを思い浮かべながら言った。「でもどうして僕をここに住まわせたいなんて思うんだい？　君の迷惑になるだろう？」

「水くさいこと言うなよ。友だちじゃないか」と彼は言った。「楽しくやれるはずだよ。君は自分の部屋を持てるし、好きなだけ一人でいられる。のんびり執筆すりゃいい。僕は昼間はずっと会社だし、それに――」そこでジョージはちょっと度肝を抜かれるくらい美しい女性に話をさえぎられた。彼女はライブラリから顔を出して、ジョージに、電話がかかってるわよと言った。

「アリスからよ」と娘は言った。「大事な用件で、あなたに話したいんだって」

「オーケイ、階上《うえ》のベッドルームで取るよ」と言って彼は立ちあがった。「そのこと考えといてくれよ、アルフレッド……」そしてそのメッセージを伝えた美しい娘に僕を紹介するとさっさと行ってしまった。

そしてそのようにして僕はテディー・ボールドウィンに出会ったのだ。

ジョージが電話に出ているあいだ僕はテディーとちょっとしたおしゃべりをした。彼女が主に比較的若い世代のためのファッション・マガジン（『ハーパーズ・バザール』とか『ヴォーグ』よりは『マドモワゼル』とか『グラーマー』）に出ているモデルであることを知った。彼女は二十四だったが、二十一で通していたし、十八といってても通用した。私、マジョルカから戻ったばかりなの、あなたロバート・グレーヴズの本を読んだことがある？　と僕に訊ねた。それからジョージとはどういう知りあいかと質問し、幼なじみで、同じ学校に通ったのだと答えると、どうして私、あなたとこれまでジョージのパーティーでお目にかからなかったのかしらと訊いた。それはずっと自分がワシントンにいたからだと僕は返事した。

「あなた奥さん持ち？」

「僕が？」と僕はびっくりして訊きかえした。「結婚してないけど、どうして？」

「私、結婚してるのよ」と彼女は言った。そして僕が彼女の左手の何もはまってない薬指《リング・フィンガー》にちらっと目をやったのに気づくと「本当よ！　ばっちり本当。許可証。牧師さん。誓いだとか何だとか。私、ときどきしか指輪つけないのよ、それだけ」彼女は身をのりだしてライブラリの方をのぞきこんだ。「実の話、今日は亭主《ていしゅ》がそこにいるのよ。会ってみたい？　建築家なんだけど」

「うん、あとでね。ジョージが戻るのを待ってるって言ったから」

「その提案について話しあうためにね？」とテディーが訊ねた。「それボクシングのこと？」

「何、それ？　ボクシングって？」

「ジョージはみんなをそのボクサーに投資させたがってんのよ。『キング』ジョンソンとかいうヘビー級の黒人ボクサーにね。この前のジョージのパーティーでその男に会ったわ」

「君、ジョージのパーティーにはよく来るの？」

「五、六回ね。ジョージにはじめて会ったのはこの夏よ。この部屋をロケに使ったの。ウィスキーの広告。ピーター・デューチンがピアノを弾いて、そのまわりにビューティフルな人たちが群がってるって寸法よ。撮影が終った頃《ころ》にちょうどジョージがオフィスから戻ってきたんだけど彼とピーターは古くからの友だちみたいで、カクテル飲んでいかないかってジョージが私たちを誘ったの。私は残ったけど、ピーターは仕事があったし、他の人たちも彼と一緒にあらかた帰っちゃったの。私たち、ジョージにもウィスキーの広告に入ってほしかったんだけど、彼は嫌《いや》がったわ。アリスが勧めてくれたらやったんじゃないかと思うんだけど——あなた、アリス・タウンゼンドのこと知ってる？」

「この三年ばかり会ってないけどね。素敵な美人だよね。さっきの電話はアリスからだったの？」

「ジョージはアリスにぞっこんなのよ」とテディーは言った。

「アリスもジョージにぞっこんなのかい？」

「アリスはただのいかれポンチ」とテディーは言って、それからこう言い足した。

「口が悪くてごめんね、でもそのとおりなのよ」

「それ、どういうこと？」

「彼女ったら今にも神経がぶっとんじゃいそうなのよ。そういうこと。ねえ、あなた煙草《たばこ》持ってる？」

僕は立ちあがって、テディーに煙草を差し出し、それに火をつけた。彼女は片手を丸めてその上に親指と三本指で煙草を持った。まるでそれはロシア帝政時代の死刑執行人を演じているエイキム・タミロフみたいな格好だった。「ジョージが彼女と結婚したがってるのもちろん知ってるわよね、あなた？」

「彼女の方はどうなの？」

「自分が何を求めているかなんて御本人にだってわかるもんですか」とテディーは言った。

「自分が何を求めているかが誰にわからないって？」と言いながらジョージがこちらにやってきた。

「私の友だちのモデルなんだけど」とテディーは言った。「ある大企業から専属にならないかって誘われてて、どうしようかって迷ってるの」

「ほう」とジョージは言った。「その方面の仕事のことは僕にはまるでわからないね」そして僕に向って「アリス・タウンゼンドからなんだ。今日来《こ》られそうにないんだって。彼女に君がここにいるって言ったら、よろしく伝えてくれ、近々会いたいってさ」

「そりゃ残念」と僕は言った。

「僕も残念さ」とジョージは言って、唐突に指をぱちんと鳴らした。そしてつづけてまた三、四回ぱちぱちと鋭い音を立てた。「さてさて……さてと！　さ、ライブラリの方に行こうじゃないか、テディー。みんなで話そう」そして僕に向って言った。「君は何人かのゲストとはもう知りあいだと思うよ、アルフレッド。その他の連中はやって来てからゆっくり紹介しよう」

ライブラリには五組のカップルがいた。あるものは暖炉の近くにまとまって並んだ深々とした赤い革張りの椅子に座り、あるものは狩猟を描いた古い美しい版画がいくつかかかった黒っぽい板張りの壁のわきに立っていた。版画の緑色は褪色《たいしょく》し、赤はピンクになり、もやっとした色あいの中にはぽっかりと色が落ちて白色の空白になっている部分があった。ブーツの上の部分とか、馬のぎょろりとした目とか、遠くの柵なんかがそうだった。入った右手にはテラスに通じるドアがあった。暖炉の両側には革装の本が何段にもぎっしりとつまった本棚《ほんだな》があった。詩集は緑色のモロッコ革で、戯曲はブドウ酒のような赤だった。歴史家は青を、伝記作家は黒を、エッセイストは紫を身にまとっていた。本がこの二十五年の間に革装されたものであることは明らかだったし、いったん革装された後はただ単に装飾の用途にのみ用いられていることも明らかだった。そしてヘンリー・ジェイムズとジョン・ゴルズワージーとイーディス・ウォートンをのぞけば二十世紀に足を踏み入れた作家がこのライブラリに収められていないこともまた明白だった。

「じゃ、あなた作家なんですね」とテディー・ボールドウィンの夫が僕に言った。

「作家志望ですよ」と僕は言った。

「おーい、アルフレッド」とジョージが僕に呼びかけた。「そのワーズワースを取ってくれないか。君に見せたいものがあるんだ」

　僕は本棚を探してみた。

「ずっと下の方だよ」とジョージは言って、こちらの方にやってきた。「右から四冊めくらい。そう、それだよ。ひっぱりだしてくれ」

　それはぶ厚い二冊にわかれた本で、僕が片方を引っぱり出すともう片方も一緒に出てきた。よく見るとその二冊はぴったりと糊《のり》づけされていた。本のページを開くと、そこにリヴォルヴァーが収まるような格好に中身がくり抜かれていた。銃身の部分がくるりと丸くなり、輪胴とトリガー・ガードと銃把《じゅうは》のところでそのくりが深くなっていた。布張りの薬莢《やっきょう》入《い》れまでついていた。しかし本の中には何も入ってはいなかった。

「なかなか面白いだろう?」とジョージが訊いた。

「拳銃《けんじゅう》はどこなんだい？」

「もともとなかったんだよ。でもこんな風に本がくり抜かれてるのを見たことあるかい？　こんなにこまかい部分までくっきりとさ」

「ここの本はみんな偽物《にせもの》なのかい？」と僕は訊いてみた。「トランプとか短剣とかさいころとかそういうのがいろんな秘密のかくし場所に収まってるわけ？」

ジョージはあははと笑って首を振った。「いや、偽物はそれだけだよ。それどころか見りゃわかると思うけど、その他の本はページだってちゃんと切ってあるよ。ロバート叔父さんはクリスマスのたびに僕に一冊か二冊プレゼントしてくれたんだ。思いだせる限り昔から、そして今に至るまでね。昔はプレゼントに本をもらうなんて嫌でたまんなかったもんだよ。クリスマスの朝に包みを開けて『チェッ！　本か！』って言ったよ。そうすると父が『大きくなればお前にもその価値がわかるようになる』って言いながら、さっさとそれを持っていってしまった。そして鍵《かぎ》をかけてしまっちゃうものだから、エロ本か何かじゃないかって思ったよ」

「エロ本？」とテディーが訊ねた。「どこにあるの、それ？」

テディーの夫は彼女の手をぱんぱんと叩《たた》いて「まったく君って女は現実よりはいつもいつもファンタジーにひきよせられるときてるんだから」

「ねええ、アレックス」とテディーは言った。「お願いよ、お願い。今夜はよしてよ」

僕はジョージの方に行ってみたが、彼の姿は消えていた。僕がそのモデルの女の子のところに戻ってみると、彼女の姿も消えていた。

「じゃ、あなたは作家なんですね」と彼女の夫が繰りかえした。

結局のところ何時間かの後にパーティーがお開きになるまで僕はジョージと話をすることができなかった。ライブラリでの二言三言が最後の会話となった。ライブラリで会った何組かのカップルを別にすれば、僕はそのパーティーにちゃんと招待された数少い人間の一人であったと思う。人々はジョージのパーティーには——少くともカクテル・パーティーには——招待状なんかなしにやってきた。ディナーは招待客のみだった。

最初に出席したそのパーティーがジョージの催すパーティーの典型的なものであることを後日僕は知った。だいたい九時半くらいから客が雲霞《うんか》の如《ごと》き勢いでそのペントハウスに流入し、バーのあたりで渦巻《うずま》き、ライブラリへと押し寄せていった。鮮やかな色あいのカクテル・ドレスを着た女たちは熱帯魚のように家具のサンゴ礁《しょう》のまわりに群がり、一方ディナー・ジャケットやダーク・スーツに身を包んだ男たちは鮫《さめ》のようにそのあいだに切りこんで抜けていった。場にはいつも動きがあり、色があふれていた。会話が喧騒《けんそう》の上方に泡《あわ》のようにポッカリと顔を出し、人々の声は誰かの新しい声か笑い声が割りこんでくると引き波にすくわれるように色あせ、姿を消していった。その最初の夜の状況を見れば、彼らにとってジョージのパーティーこそがその夜のメイン・イヴェントであるらしいことがはっきりしてきた。そのようにして続々と人々は押し寄せてきた。そして彼らのあいだを何の苦もなくするりと抜けて、微笑《ほほえ》み、肯《うなず》き、肩をすくめ、耳をすませ、楽しそうに笑い、移動していくのはジョージ・デスリフであった。

真夜中になると前夜に幕を下ろしたオフ・ブロードウェイのレヴューの女の子が一人やってきて、ピアノの横に座り、ギターを弾き始めた。彼女は背中を窓に向けて少く見積っても一時間はギターを弾きながら唄《うた》を唄っていた。それからギターを置いて、ふらふらとどこかにいってしまった。そのあとで若い男がギターをとり、べつの誰かがピアノを弾き、ほどなく何組かのカップルが踊りはじめた。男たちは女たちを軽く抱き、きちっとした輪を描いて彼らは踊った。女たちは男たちの支える腕にぐっともたれかかるようにして後ろに身をそらせ、笑い、相手の言葉をもっとよく聴きとろうと前に頭を下げ、そしてまた笑った。僕が座ったライブラリの椅子からは彼らの姿がよく見えた。僕はまた例のモデルの御主人のアレックスにつかまっていたのだ。今回の彼はずいぶん酔っ払っていた。

「テディーの亭主であるってのがどういうことかわかるかい？」と彼は僕の耳もとで言った。「去年の年収が八万ドルの娘と結婚してるってのがどういうものか、君にわかるかい？　はち——はち——むあん——どるう——だぜえ」

「彼女はその自分のお金をどうしてるんですか？」と僕は訊いた。

「俺たちの金だよ」と彼はかみつくように言った。「ま、それがテディーのすっげえところだよ。あいつその金を投資にあててるんだ」アレックスは僕の腕をぎゅっと握った。「信託だよ。いろんな信託を作りまくってんだ。俺《おれ》名義、自分名義、生まれてない子供名義」彼は僕の腕をはなした。「あいつはすごい女だよ。よく覚えといた方がいいよ、これ」

「たしかに凄《すご》い娘だと思いますけどね」と僕は言った。

「ばっちりさ！」と彼は言った。「ずっとそのことをあんたに言おうとしてたんだよ」アレックスは前かがみになって、また僕の腕をむずとつかんだ。「あのね」と彼は声をひそめて言い、それから僕の肩ごしに何かの姿を認めて惨《みじ》めな顔つきになった。「君がどれくらい凄いかってことをこの我らが友に説明してたところだよ」と彼は言った。

テディーは僕の顔を見て、それから夫の方を向いた。「この『我らが友』を少しお借りするわよ。この人はいろんな人と会って話をしなくちゃならないの。この人はジョージのパーティーに来たのは初めてだし、会わせたい相手もいるのよ」

「誰に会わせるっていうんだよ」とアレックスは言った。「同じような顔ぶれが同じようなお話をしてるだけじゃないか」

「アレックス、あなたしつこいわよ、ちょっと」とテディーは言って僕の方に手をさし出し、僕をぐいとひっぱった。

僕は立ちあがり「じゃ、ちょっと失礼、アレックス」とアレックスに言った。

「どうぞ」と彼は言って、行っていいと言うように小さく手を振った。

テディーは僕を居間の方につれていった。「ごめんなさいね」と彼女は言った。「あの人は酔っ払うと退屈な人間になるのよ、ああいう風に」

「いや別になんでもないけど」と僕は言った。

「あなたまで退屈なこと言わないでちょうだいよ」と彼女は笑って言った。

「誰に会わせたいの、僕を？」

「私よ！」と彼女は言った。

パーティーがお開きになるまで僕はずっとテディーと二人でいた。我々は笑ったり話をしたり、お互いの体を抱きたくなったときは踊ったりして、楽しく温かで気持の良い時間を送った。やがてライブラリからアレックスがぬっと姿をあらわしてテディーを呼んだのでそれも終ったが、でもそのときまでに僕とテディーは翌日の午後に一緒に動物園に行こうという約束をかわしていた。だから僕はさほど残念とも思わずに彼女を夫のもとに返したのだ。

午前四時前に僕とジョージ・デスリフは二人っきりでライブラリにいた。彼は暖炉の前に立ち、焚木のもえさしを赤くなった炭火の上に丸くあつめて、炎が小さく上がるようにした。僕はカット・ガラスのデキャンターの並ぶホーム・バーに行って新しい飲物をふたつ作り、それを手に暖炉のわきの革張りの椅子に戻った。我々は椅子に座って黙っていた。心地良さの感じられる沈黙だった。それから僕が沈黙を破った。大したパーティーだったね、と僕は言った。

「楽しんでくれた？」とジョージが訊ねた。

「とても」

「アリスが来られなくて残念だった」とジョージは言った。「君によろしくって言ってたけど、そのことは言ったっけね？」

「うん、聞いたよ。ありがとう」

「なあ、アルフレッド、あの娘はすごくきれいだし――素敵だし。ま、いろんな意味で僕は残念なんだよ、彼女が来られなかったことがね。彼女が来られないときの――彼女が来ないときのパーティーったら、そんなのまるっきりの下らない消耗みたいに思えるんだ」

「まるっきりの？」

「パーティーまるごとさ」とジョージは言った。彼は礼装靴を脱いで、両足を皮製の豚の上にのせた。「やれやれ、アルフレッド、こんなパーティー阿呆《あほ》みたいだ。僕がこんなことやってるのはアリスのためなればこそなんだぜ」僕のびっくりした顔を見て彼は説明した。「アリスはパーティー好きなんだ。彼女はパーティーで育てあげられたようなもんさ。彼女がデビューしたときのこと覚えてるかい？　彼女はみんなを目いっぱい楽しませたし、自分も目いっぱい楽しんだ。いつもはつらつとしてたね、覚えてる？」

「うん覚えてるよ。今ははつらつとしてないのかい？」

「昔と同じようにはね」とジョージは言った。

「まあ僕らは歳《とし》とっていくものだからねえ。楽しみとか、はつらつとするといった観念自体が変化するよ」

「うん、そう、それはよくわかってる」とジョージは言った。「でもアリスは違うんだ。アリスは僕らと一緒に育った他の娘たちとは違うんだよ。アリスにはね、いつもこう、何かとくべつなものがあるんだ。アリス……彼女のために僕はこんなパーティーを開いてるってわけさ」

「たとえそのパーティーに彼女が姿を見せなくても？」

「たとえそのパーティーに彼女が姿を見せなくてもさ」とジョージは言った。「パーティーがあるっていうだけで彼女は嬉しいのさ。自分がいなくて残念がられるってことが嬉しいのさ」

「ねえ、ジョージ、僕には君の言ってることがもうひとつよくわからないよ」

「数え切れないくらいの人間が『今夜アリスは来ないの？』って僕に訊くんだよ」と彼は言った。

「アリスがいないとみんな残念がるんだ。僕はアリスに求婚したんだ。君、そのこと知らなかったっけ？」

「結婚したがってたってことは知ってたよ」と僕は言った。「で、彼女、なんて言ったの？」

「もっと時間がほしいってさ……」ジョージはグラスの中の氷をかたかたと鳴らした。二人のあいだにまた沈黙が下りた。僕はなんとなくバツの悪い思いで、じっと暖炉の火を見ていた。ジョージはずっと自分の足を見下ろしていた。「アリスをもう少しスロー・ダウンさせることができたらね、そしてああいう風につっぱしることを止めさせられたらね……なあ、アルフレッド、変なんだぜ、彼女は自分が退屈するってことが怖くてしょうがないんだ。結婚生活が退屈とは決まってないさと僕は言いつづけているんだけどね」

「そしてこんなパーティーを開きつづけている」と僕は言った。

「そしてこんなパーティーを開きつづけている」

「アリスに結婚を申しこんだのはいつのことなの?」

「去年。初めて彼女に出会った夜さ」と彼は言った。「ディナー・パーティーの席でね。デビュタント以来、彼女に会ったのはその夜がはじめてだった。ディナーの席がとなり同士だったんだ。どんな話をしたのかも思いだせない。覚えてるのは、ディナーの終るまでにこう心に決めたってことだけ――俺はこの女と結婚しなきゃならん、とね。そんな気になった女はアリスの他にはいない。そんなことあるわけないと思ってた。でもあったんだよ、実際に」

「一目ぼれの恋」と僕は微笑んで言った。

「それどころか」とジョージは笑って言った。「一目ぼれの結婚さ。これだっと思って、僕は彼女に結婚してくれと言った」

「そして彼女は時間が欲しいと言った」

「あのね、いや、実を言うと、彼女はなんというか笑いとばしたよ」

「さもありなん」と僕は言った。

我々はまた黙りこんだ。申し出のこと考えてくれたかいとジョージが訊いた。僕は結構な話だと思うし、とりあえず最初試験的に期間を区切って住んでみることにする。それでうまく行かなきゃいかないで、そこで考えてみようよ、と言った。

「結構。決まり」とジョージは言った。「僕はもっと沢山パーティーを開きたい。君には面白い友だちがいるだろうし、そういう人たちをパーティーに誘ってほしいんだ。そうすれば僕に劣らずアリスも楽しんでくれるだろうしね」ここからまたジョージは僕に向ってアリスの話を始めた。いかにしてアリスが彼の人生を変えたかだとか、いかにしてアリスが彼に母親のアパートメントを出ていくように勧めてくれたかだとか、いかにアリスが彼の服装やマナーやふるまいに対して影響を与えたかだとか、そういうことだ。そして彼がそういうことを話しているあいだずっと、僕はこういうの前にどこかで経験したなあといううなんとなく落ち着かない思いに捉《とら》われていた。それは正確にはデジャ・ヴュではなくて、ただ単に前にどこかでこういうことがあった、それも僕の身に起ったことじゃないというような知覚にすぎなかった。僕はジョージの話す最初にアリスと会ったときの回想話をあるときは聞いたりあるときは聞きながしたりしながら、どこでそんな話を聞いたことがあるのか思いだそうと試みていた。そして僕の視線が革装の本に落ちたとき、僕は突然ジョージがこう言ったことを思いだした。「ページだってちゃんと切ってあるよ」と。僕は「ギャツビイ！」と殆ど叫びに近い声をあげて、ジョージの話の途中にわりこんでしまった。ジョージはぎょっとした。「ジェイ・ギャツビイ！　そうだよ！　ザ・グレート・ギャツビイ！　F・スコット・フィッツジェラルドのほら例のあれ！」

「何の例のあれだって？」

「この会話そのもの。この夜そのもの。何もかも今晩ずっと僕はこれには覚えがあるなって思いつづけてきたんだ、そして今その覚えが何だったかがわかったんだよ、ジョージ。これはまったく、僕がジェイ・ギャツビイのパーティーってこんなんじゃないかって想像していたそのとおりの夜なんだよ」

ジョージは微笑んだ。「最初にアリスと会った夜、彼女は僕がギャツビイに似てるって言ったよ」

なるほど、そういうことか。

僕は我が友ジョージ・デスリフを見た。彼は向いの革張りの椅子に腰をかけ、かかとを皮製の豚の上にのせ、ほっそりとした長い指でけだるく、琥珀色《こはくいろ》のウィスキーの入ったクリスタルのグラスを持っていた。僕の視線に対して、彼はキラキラとして邪気のない、殆ど少年のものといってもいい、いかにも嬉しそうな微笑をかえした。美しくエキサイティングな一人の女性が、僕の友だちに向ってあなたってF・スコット・フィッツジェラルドの登場人物の一人に似てるわねと言ったのだ。アリス・タウンゼンドはジョージ・デスリフに彼もまた若くてエキサイティングでハンサムな青年だと思いこませたのである。そして僕が彼の役まわりとか幻想とか彼が呑《の》みこまれてしまった神話とかに思いあたったことでジョージはとても嬉しそうだったので、僕は彼に向って「そんなの間違いだよ」と言いだすことができなくなってしまった。でもそのときから既に僕は気がついていた。他人の幻想を継承しようとすれば、それに応じて責任を負わねばならないのだということを。

僕は『夜はやさし』におけるマーフィー夫妻に対するフィッツジェラルドの献辞を思いだそうとしていた。それは僕の頭の中でドン・マーキス〔アメリカのユーモア作家。一八七八―一九三七〕

の『アーチーとメヒタベル』の中の「いつも陽気な」なんとか云々《うんぬん》という文句とどうしてもごちゃまぜになってしまうのだった。たしかなんとかの祝祭《フェート》だったなあというところまで思いだしたときにドアのベルが鳴った。ジョージと僕は二人とも反射的にマントルピースの上の時計に目をやった。五時十五分前だった。ドアのベルがもう一度鳴った。

「どっかの酔っ払いさ」とジョージは言った。「出ることない」

三度めのベルが鳴り、それからどんどんというしつこいノックの音が聞こえた。

「ドアマンもエレベーター係も酔っ払いを上にあげたりはしないんじゃないのかい」と僕は訊いた。「それに二時もすぎてるし」

「そうだな」とジョージは言って立ちあがった。「誰なのか見てきた方が良さそうだ」

僕はジョージのあとについてリビング・ルームを抜け、短い廊下をとおって玄関まで行った。彼がドアを開けるとヒステリー状態のアリス・タウンゼンドが髪をふり乱し、はれぼったい顔に涙のあとをつけて、破れたドレスという格好で、ジョージの腕の中にとびこみ、ひしと彼に抱きついた。

第七章

ジョージのパーティーとアリスの突拍子もない到来とがあった翌日の午後、僕《ぼく》はテディーに会うべくセントラルパーク動物園まで歩いていってアシカの水槽《すいそう》の前に派手な黄色のヘリウム風船を持って立っている彼女の姿をみつけた。これまでにも風船を持っている二十代の女の子を見たことはある。でもそういうのってキュートに見せるためにちょっとムリしすぎてるなとか、ブッてるなといった感じがしたものだ。テディーの場合は、どういうわけか様になっていた。彼女はダーク・ブラウンのバルキー・ニットのタートル・ネック・セーターを着て、上手《うま》い仕立ての黄と青と緑の格子《こうし》柄《がら》のツィードのベル・ボトムのパンツをはいていた。僕の姿を見ると、彼女は無関心なふりなんかしなかった。アシカの水槽をぐるっとまわって走ってやってきて、僕に抱きつき、キスをした。そして僕は自意識でいっぱいになり、興奮し、とまどい、有頂天になり、頭がぼうっとしてしまった。僕らはその寒々とした午後、あてもなく公園を歩き、結局ボート池で二人でココアを飲んだ。そして僕に向って、アリスがジョージのアパートメントに来たときあなたまだそこにいたの、と訊《き》いた。

僕は彼女をじっと見て、なんでいったい彼女がそんなこと知ってるんだろうと思いをめぐらせた。彼女は僕をじっと見ていた。そして僕のおどろいた様子をおかしがっていた。「あなたアリスとヘンリー・スタンリーとのこと知ってるんでしょ？」

「ヘンリー・スタンリーって誰《だれ》だい？」

「モーガン保証会社につとめてる人よ、彼のお父さんはそこの社長で、あと何やかやいっぱい到《いた》るところの会社の重役」

「そりゃ結構な話だけど、その男とアリスとどういう関係なんだい？」

「その息子のヘンリーと結婚したがってたのよ、アリスが」

「アリス・タウンゼンドが？」

「アリス・タウンゼンドがよ」とテディーは言った。

「じゃ、ジョージはどうなる？」

「だからそのことをあなたに訊いてるんでしょう」と彼女は言った。「アリスが来たときあなたそこにいたんでしょ、ね？」

僕は肯《うなず》いた。

「彼女のドレス破れてた？」

「ちょっと待ってよ、なんでそんなこと君が知ってんだい？」と僕は訊いた。「彼女がやってきたのは今日の朝の五時だぜ。どうして君がそんなこと――」

「サリー・モリスが今朝私に電話かけてきたのよ」とテディーは言った。「彼女のお兄さんのファーガスはヘンリー・スタンリーの無二の親友で、ヘンリーは今朝モーガン保証でファーガスにそのことを言って、ファーガスがサリーにしゃべって……じゃ、それ本当のことだったのね……、私、サリーを信じていいものかどうか迷ってたんだけど……本当だったんだ、やっぱり！」

「本当って、何のこと？」

「アリスがドレスを破いたってこと」

「いや、それは知ってるよ、テディー。でも何がどうなんだい？」

「だからアリスがドレスを破いたのよ」

「だから、それがどうなんだよ！」

「愛してるわ！」とテディーが言った。

「テディーねえ、昨夜アリスの身に何が起ったんだい？」

「あなた、私のこと好き？」

「好きだよ。でも何があったのか教えてくれよ」

「ちゃんと愛してるって言ってよ、アルフレッド、ちゃんと」

「愛してるよ」

「すごく？　私、あなたのことすごく愛してるのよ」と彼女は言った。「あなた、私のこと本当に好き？　ちょっと、もう一度言ってよ、私のこと本当にすごく愛してるって」

「愛してるよ、テディー」と僕は言った。「本当にすごく愛してるよ」

　我々は良い気分でにこにこしてボート池の縁に座っていた。近くの手すりの上をスズメたちがぴょんぴょんとはねていた。そしてテディーの風船は二人の頭上でけだるく左右に揺れていた。

「あなたジョージのところで暮すの？」とテディーが訊いた。

「いや、決めてないけど、どうして？」

「そうなるといいなと思ったの。そしたら今すぐあそこに行ってメイク・ラヴできるでしょ」

「そりゃいいね、うん」

「いいわよ、そりゃ」とテディーは言った。「あなたあれ得意？」

　僕はにっこり笑った。「そうありたいとは思ってますけどね」

「その答気に入ったわ。得意だなんて答えなくってね。今さっそくベッドインできたらいいわね」

「となるとジョージんとこに引越した方がいいのかな」

「あなたとアリスの二人ともがね」と彼女は言って笑った。「あなたこうなったらアリスがジョージのところに引越してくると思わないの？」

「君の話じゃ彼女はスタンリーなんとかと結婚したがってるんだろう。それがどうしてジョージのところに越してくるの？」

「ヘンリーよ。ヘンリー・スタンリー」

「ヘンリー・スタンリー。アリスはヘンリー・スタンリーに恋してるんでしょ？」

「どうかしらね。ま、恋と結婚はあまり関係のないことだから」とテディーは言った。

「結婚したらあなたにもわかるわよ、それ。アリスはヘンリーの生活スタイルが欲しいだけなのよ」

「何の何だって？」

「何の何？　ヘンリーの生活スタイルのこと？　要するに三百万ドルのことよ。だからこそ昨夜アリスはそれを持ちだしたわけよ。彼に自分と結婚する気があるのかどうかってきいて、彼の方はしっかりとその気はないって返事したのね」

「スタンリーは結婚する気があるように匂《にお》わせていたのかな？」

「知らないわ」とテディーは言った。「彼女はそう考えてたと思うわ。だってその気はないって彼が答えたとたん、彼女ったらヒステリー起しちゃったんですもの。サリーから聞いたファーガスの話だとヘンリーは――」

「おい、よしてくれよ！」と僕は笑った。

「笑いごとじゃないわ！」とテディーは言った。「ニューヨークじゃ人はそんな風にしてしか物を学べないのよ。サリーが言うにはアリスはヘンリーを叩《たた》きはじめて、あなたに強姦《ごうかん》されたってみんなに言いふらしてやるってわめきはじめたの」

「彼女が強姦された？」

「いいよってヘンリーは言ったの。誰もそんなこと信じやしないさって。そうするとアリスは自分のドレスをびりびりと破いて『どう、これで信用するんじゃない？』って言ったの。そして廊下にとびだしていったわけ。でもそれは朝の四時で、人なんか誰もいなくて、自分一人がそこにつったってるだけ。そしてやっとエレベーターのドアが開いて、どっかのパーティー帰りの酔っ払いの一団がそのフロアで下りたの。まるで芝居のはねたあとの人ごみみたいにごったがえしてて、その間にヘンリーはエレベーター係にすっと五ドルわたしてアリスにタクシーをみつけてやってくれと言って、自分はさっさとアパートメントに帰っちゃったの。彼女を一人廊下に残して」

「かわいそうなアリス」と僕は言った。「ひどい相手を選んだもんだね」

「あなたならどうした？」

「さあね。そんな風にはしなかったろうと思うけど」

「それで、ジョージのところではどんな風だったの？　アリスがジョージのところにきてどうなったか知りたくてしょうがないのよ。アリス、なんて言った？」

「たいしたことは何も言わなかった」と僕は答えた。「少くとも僕は何も聞いてないね。すぐに退散しちゃったしさ」

「帰った？」と彼女はびっくりしたようにききかえした。「ひとことも聞かずに？　なんで帰ったのよ？」

「ぐずぐずしてるのは良くないと思ったからさ。アリスが現われて、わんわん泣いてて、ジョージが慰めたりそういうことしてて、アリスは謝って、こんなひどい格好でとか言ってたな。その先は聞いてない。そのときには僕はもうオーバーコートを着て外に出てたから」

「でもジョージはなんて言ったの？」

「僕にあとで電話してくれって言った」

「それだけ？」

「それだけさ、本当に」と僕は言った。「僕はほとんどアリスの顔だって見てないんだ。ジョージに訊きなさいよ」

「ジョージに訊きなさいですって！　そんなこと話すわけないでしょうが。そうでしょ？」テディーはパン屑《くず》をテーブルのまわりにまきちらしはじめた。一羽の雀《すずめ》が餌《えさ》を食べにぴょんぴょんと近くにやってきた。「そんなの公平じゃないわよ」とテディーは言った。「私の方は知ってることあらいざらいしゃべったっていうのに。ぜったい不公平よ」

「でも僕の方も知ってることは洗いざらいしゃべったよ。君の方が立派な情報源を持ってただけのことさ」

「でも少くとも愛してるってくらい言ってくれたっていいじゃない」

「さっき言ったでしょう」と僕は言った。

「どっか行けるとこある？」と彼女が言った。「今どこに泊ってるの、あなた？」

「イェール・クラブ。でもあそこの部屋に君をつれて帰るのは無理だ」

「どっちみち時間もそんなにないし」とテディーは言った。「私、うちに帰ってアレックスのために夕食の買物しなくちゃならないのよ」

「アレックスといえば、彼には今君はどこにいることになってんの？」

「どういうこと、それ？」と彼女は質問した。「セントラルパーク動物園であなたと会ってるコトになってるわよ。あなたとここで会うからって言って出てきたのよ。どうして？」

「あの、彼、気にしないの？」

「なんで気になんかするのよ？　あの人にはあの人の友だちがいるし、私には私の友だちがいるのよ。アレックスが自分の友だちに会いたいって時に私、文句つけたりしないわよ」とテディーは言って風船をとめていたひもをほどきはじめた。「私が私の友だちに会うときに、あの人がなんで文句つけなきゃならないわけ？」

「一言もない」

テディーは風船をはなし、ひもを手首に巻いた。僕は彼女の椅子《いす》を引いた。「土曜の夜にディナーにお客呼ぶんだけど、あなたもいらっしゃいよ、ね？」とテディーは言った。

「喜んで」

「お客の大方はモデルとその夫かボーイフレンドだけど」

「面白そうだね。モデルって一人も知らないから」

「新しいのを一丁ひっかけようなんて気をおこしたりしちゃだめよ、君」

「僕のお相手にはどんな子を選んでくれたの？　それとも自分でつれてきた方がいいのかな？」

「私があなたのお相手なわけ」とテディーは言った。

「君が？」と僕は笑って言った。

「アレックスはその日シカゴなの。だからこそパーティーやるわけよ。ま、正直言ってパーティーのこと思いついたのは今から一分前のこと。それで、パーティーが終ってみんな帰っちゃったあとで、私の家で一晩楽しみましょう、そして——ね、どうしたのよ？」

　僕は彼女のびっくりした顔を見て笑った。「なんでもない。君にはまったく度肝抜かれるよ」


　クラブのメッセージ・ボックスにジョージ・デスリフからの連絡メモが入っていた。電話した、また電話するということだった。僕はそのメモをポケットに入れ、肖像画のかかったクラブのすり減った大理石の階段を上って、バーに入ったところで、年配の知りあいと出会った。彼はロバート叔父のイェール時代の同級生で、僕の両親の友だちでもあった。彼のその目を見たせいで、僕は二人ぶんの飲みものをサインして払った。その目は疲れ、打ちのめされ、傷ついていた。ここのところ僕はよくこういった人々を見かける。彼らはジェントルマンであり、文字どおり「心やさしき人《ジェントル・マン》」であり、性分に合わないビジネスにしばりつけられている人々なのだ。彼らはその世界でやっていくにはタフさや狡猾《こうかつ》さや利己心や強欲さが欠けており、それで人生に不幸の烙印《らくいん》をおされてしまっているのだ。この人物は実にきちんとした服を着て、髪にはこめかみのあたりにちょうどうまく白髪《しらが》がまじり、日焼けのあとがまだほどよく残っていた。しかし、気の毒に、彼は傷を受け、怯《おび》えているのだ。僕はよくそういう人たちのことを考える。彼らはこの先どうなるんだろうと。でもその答をとくに知りたいとは思わない。どうせもうすぐわかるのだから。一杯だけで彼には失礼することになる。

風呂《ふろ》から上って服を着ているところにジョージ・デスリフが電話をかけてきて、いつこっちに越してくるんだいと訊いた。「アリスはどうだった?」と僕はたずねてみた。

「元気だよ」と彼は言った。「朝まで話して、朝飯を食べて、家まで送った。大丈夫だよ、ちゃんと。いつ越してくるね?」

「どうしたものかね、ジョージ。君の方の生活もなんだかゴタゴタしてるみたいだし、邪魔になるような気もするし。つまりさ、アリスはどうするんだよ」

「水くさいこと言わないでくれよ。君がここにいてくれるのがいちばんなんだ。この前も言ったようにそうすりゃ最高のパーティーが開けるし、アリスがしょっちゅうここに来ても人の口《くち》の端《は》にものぼらない」

「のぼらないわけないだろう」

「荷物を持って来たまえ。今夜にでもどう？」

「今夜はダメだ。ウォーカーに会いに行ってみようと思うんだ。でも、ま、いずれにせよ明日君に電話して、引越しのだんどりをしよう」

「そうしてくれ。じゃ、明日会おう。ウォーカーによろしく伝えておいてくれよ。そして彼に――そうだな、あなたのことをよく考えてるって言っといてほしいんだ。そしてもし僕に何かできることがあったら……」


僕とウォーカーくらい似てない兄弟も珍しい。彼は僕より四つ年上で、背は僕より四インチ低い。僕の顔は面長でこけているし、兄の方は丸顔で頬骨《ほおぼね》が出ている。僕の髪の色は明るく、彼のは黒い。彼は筋肉質でつりあいのとれた体つきで、僕の方はさにあらず。人のいっぱいいる部屋に二人で入れられて、さあ僕のお兄さんを探して下さいと言ってもきっと誰もあてることはできないだろうと思う。でもそういう外見的なことを別にすれば、多くの点で我々は似かよっている。声とかアクセントとか身ぶりとかはそっくりだ。我々の笑い声の音階は同じだし、喜んだり頭に来たりする基準はよく似ている。ある範囲内に限っていえば、我々は同じような考え方をすると言ってもいいだろう——こういったことは全《すべ》て、少くとも昔はそうだった。そしてその夜ウォーカーに会いにヴィレッジに向うタクシーの中で、僕はいまでもそのとおりなのだと思いこもうとしていた。彼は僕の人生に大きな影響を与えた。その影響力は彼が望んだであろうよりも強力だったし、僕が求めたよりも強力だったし、またそうあるべき限度をこえて強力だった。僕がそう言うのは、我々二人は根本的にまるで違う人間だからである——いや、僕は決して前言と矛盾したことを述べているわけじゃない。そう、僕らはとてもよく似ている。そりゃ同じ家で、同じ両親に育てられた二人兄弟だもの、かなり多くの共通項を抱えこむことになる。それでもなお、外見的なところでの違いと同じくらいはっきりと、我々は精神的にも異なっているのである。そしてそれ故《ゆえ》に人々は僕ら兄弟に対して違った反応をするのである。

ウォーカーのまわりには僕とはまったく違ったオーラがある。僕は安全人間である。一方、ウォーカーにははらはらさせられるところがある。彼は「悪の華」であり、堕天使であり、彼の中にそういう堕落の匂いがあり気配がある。それ故に人々は彼に対して抗しがたくなってしまうわけである。この五年というもの彼を知りいささかなりとも彼を愛するものは、何とか兄を救おうとしてきた。そして我々はことごとく傷つけられた――傷つけられたというばかりではなく、我々が無力であることに茫然自失《ぼうぜんじしつ》してしまったのだ。

その五年というもの僕の兄はヘロインをやりつづけていたのだ。そしてその金を払うために、兄は僕らから金を借りまくり、僕らのものを盗み、僕らをだまし、僕らを利用した。そして、ああなんてことだろう、僕らは以前にも劣らず彼を愛しているのである。それはとりかえしのつかない感情的破産とでもいうべき五年間だった。ウォーカーはそんなことじゅうじゅう承知の上で、我々を傷つけてきたのだった。我々にもそれはわかっていた。本人がそれを承知していたにせよ、彼にもどうしようもなかったのだと。

そして一年経《た》つごとに兄の眼《め》はどんどん冷たくなっていった。その体は縮んでいった。その顔は生気を失っていった――ジャンキーの顔をたとえるのに死化粧以外の何を思いうかべればいいのか？　そして、ああ、兄貴はなんてひどい嘘《うそ》をついたんだろう？　兄貴は我々みんなに嘘をついたのだ。彼は精いっぱい嘘をついた。我々が精いっぽい彼を信じようとしたのと同じくらいに。この年月、兄貴がもうクスリはやめたよと言うたびに、我々は石にもすがりつく思いで、それを信じようとした。しかし彼は止《や》めなかった。止められなかったのだ。でも我々はずっと彼を助けようとしてきた。なぜならその冷やかで生気のないこそこそした眼の奥に我々は時折怯えきった子供のようなまたたきを見出《みいだ》すことができたし、その子供は助けを求めて泣き叫ぶ僕の兄のウォーカーだったのだ。

三年間というもの僕はウォーカーがハードなドラッグにたよっていることを知らなかった。僕が海軍にいるとき、兄貴はパリにいて、そのあいだ彼はずっとヘロインをやっていたのだ。家に帰ってのはじめての仕事がニューヨークの兄貴のアパートを母さんが引き払うのを手伝うことで、それでやっと僕はその事実を知ったのだ。ウォーカーはそのとき二十八だった。兄貴は自発的にドラッグ中毒治療のための病院に入っていた。それには長い時間がかかるはずだったので、母さんと僕が何日もかけて彼のアパートの家具や本や服やレコードや、そんな生活の付属物を整理して荷づくりしたのだ。そんなものを段ボール箱や封筒につめていると、兄貴の変り具合が僕にも痛いほどよくわかった。そのアパートは汚なくて、信じがたいくらい不潔だった。何もかも腐りかけているみたいだった。

かつてウォーカーは自分の持ちものに対していつもほど良い距離を保っていた。それらに執着しすぎもせず、また拒絶したりもしなかった。気に入ったものなら、彼はそれをとてもきちんと扱った。でも今や彼のレコードは残らず傷だらけで、本は破れたり背中を折られたりしていた。彼の描いた絵には裂き傷が入っていた。家具にはひっかき傷としみがついていた。電灯の笠《かさ》はどれも割れて、はすにかぶったパーティー用の帽子みたいな格好で電球の上にぶらさがっていた。絨毯《じゅうたん》は焼けこげだらけだった。そんなに人間が変ってしまうなんて、僕にはとても理解できなかった。でもそのとき僕はまだ兄貴に会っていなかったし、ハード・ドラッグの何たるかも知らなかった。

家に帰って二週目に、母さんが僕をその兄貴のいる病院につれていってくれた。ある日曜の午後、僕ら三人はテニス・コートときっちり刈りこまれた芝生の庭を見下ろす木のベンチに座っていた。三人で話をしながら彼は仲間の患者を一人一人指さして説明したものだった。「あれが父さんの友だち。僕と同じ陶芸のクラスにいるんだ」「ここが（ある有名な女優が）戻《もど》ってきたとき入るところさ」「あれがアンディー。あいつまだ十六なのに、これがもう四度めの入院なんだ」僕らのまわりはタンポポが咲いていて、その綿毛が風に漂っていた。

　ウォーカーが僕に向って言ったことで僕が覚えている唯一《ゆいいつ》の言葉はこうだ。「おい、兄弟《バル》、ここで黒のニット・タイなんてしめちゃ駄目《だめ》だよ。外せよ。黒ってのは悪いしるしでね、それは今完全に内向状態だっていうしるしなんだよ、わかるか？　自閉状態にあるってことだよ、つまり。お母さんにしがみついてなよ。さもなきゃお前もここから出してもらえなくなっちゃうぜ」僕がそのあとを思いだせないのは、兄貴の顔を見るたびに僕の心が哀《かな》しくなったからだ。兄貴は三十ポンドもやせて、二、三分に一回がたがたと身ぶるいした。まるでひどい寒気に襲われたみたいに。僕らが彼を病院の鉄の門の向うに残して立ち去ったとき、兄貴はブリキのコップで鉄格子《てつごうし》をガンガン鳴らしている囚人の真似《まね》をして、それで母さんはわっと泣き崩れた。

　その頃《ころ》、母さんはよく泣いた。もともとは涙を見せるようなタイプの人では全然なかったのだけれど。母さんは自分が息子を救うことができず、結局いつもウォーカーがヘロインに戻っていくことになるから泣いたのだ。兄貴が自分の命をすり減らしていることに対して泣いたのだ。兄貴はゆっくりと、自分でも承知の上で、苦しみに悶《もだ》えながら自らの命をすり減らしていた。そのことが母さんを怯えさせた。何故《なぜ》ならどうしてそんなことをするのかまったく理解できなかったからだ。そして母さんはウォーカーがヤクを買う金を手に入れるために何かするんじゃないかと怯えていた。五年間もヘロインに入りびたるというのはとてつもなく金のかかることなのだ。自分の絵が盗まれたとか、宝石が失《な》くなったとか、レコード・プレイヤーが故障して修理に出しているとかウォーカーが言うとき、我々はみんな知っていた。そんなものみんな質入れされてしまったんだということを。病院に戻っていくたびに、母さんは兄貴のアパートをきれいに掃除し、質札をあつめ、できるだけのものは回収してきた。しかし年月が経てば経つほどますます質札はみつけにくくなった。そしてやがて我々はひとつの絵も一冊の本も一個の宝石もみつけることができなくなってしまった。そしてウォーカーの回復に対する希望もますます弱くなっていった。

ヴィレッジでタクシーを降りたのは八時ちょっと前だった。ウォーカーのアパートはワシントン広場から少し離れたマクドゥーガル・ストリートの建物を六階ぶん歩いて上ったところにあった。ドアの前で僕は息を整えるのに少し時間をかけなくてはならなかった。それからノックした。返事はなかったが、部屋の中から物音が聞こえた。それで僕はもう一度ノックした。

「ウォーカー？　いるんだろう？」と僕は言った。「僕だよ、アルフレッドだよ」しばらく待ったがやはり返事はなかった。かわりに誰かが歩くギイッという床板のきしみが聞こえた。

「ウォーカーはいますか？　僕は弟なんです」と僕は言った。そしてまたドアをノックした。緑のペンキが金属製のドアからはげおち、ささくれ、その下の錆《さ》びた茶色の鉄の部分を露《あら》わにしていた。鍵穴《かぎあな》のまわりはひっかき傷だらけで、かけがねを誰かがかなてこでこじあけようとしたらしく金属がへこんでいた。僕がもう一度ノックしようとしたときにノブがまわるのが見えた。ドアが鎖錠の幅だけさっと開いた。若い娘がじっと僕を見た。娘は灰色のタオル地のバスローブを着ていた。

「ウォーカーはいないわよ」と娘は言った。

「中に入れて待たせてくれないか？」

「あの人、いないんだったら」と娘は言って、バスローブの前をきゅっと閉じた。

娘の肩ごしに乱れたベッドと床じゅうにちらかった古新聞が見えた。「いつ戻る？」

「知らない」と娘は言った。

「いつ出てった？　ずっといないのかい？　どこに行くって言ってた？」

「なんでそんなこと知りたいのよ？」

「僕は弟だって言ったろ？　今ニューヨークに戻ってきたところで、兄貴に会いたいんだよ。これでわかったろ？　さあドアを開けて中に入れて、君が誰なのか教えてくれよ」

「ウォーカーに他人は入れるなって言われてるのよ。どうしてあんたが彼の弟だってわかるのよ」

「どうして弟じゃないって思うんだい？　何を求めてるんだ、君は？　運転免許証がいるのかい？」

「そうねえ」と娘は言った。「わかったわよ。ちょっと待って」彼女はドアを押して閉め、鎖錠を外した。そして僕を中に入れてくれた。僕は彼女のわきを通って部屋に入った。僕は床の上の残骸《ざんがい》をじっと眺《なが》め、流し台にちらばった皿《さら》にこびりついた冷えた食べものを眺めた。

娘はムスッとした顔で僕を見ていた。

「僕はアルフレッド」と僕は言った。

「座ったら」と娘は言った。彼女は椅子のところに行って、その上の服を払って床に落とした。

「ウォーカーはいつ出ていったんだい？」

「一時間くらい前よ」と娘は言った。「すぐに帰ってくるって言ってたわ。会わなきゃならない人がいるんだって」

「彼、元気？」

「誰よ？　ウォーカーのこと？　彼なら元気よ」

「本当？」

「たしかよ」と娘は肩をすくめた。「なんか悪いとこあるの？」

「ちゃんと食べてる？」

「はい、父ちゃん」と彼女は言った。

僕は突然カッとして、その娘に噛《か》みついた。「下らんことを言うなよ。なんでそんなこと言うんだよ？」

「ちょっと、オッサン、おちつきなよ」と娘は言った。「ウォーカーはすぐ戻るよ、座んなよ……ほら、座んなったら……」

僕はカッカしたまま腰を下ろした。ウォーカーに対して感じている怒りや無力さやフラストレーションをあらいざらいこの下らない女にぶちまけてやりたいという気持を僕はぐっと押しとどめなくてはならなかった。ウォーカーや彼の友だちと話をしようとするとき、いつも同じようなあしらわれ方をされることに僕は、本当にうんざりしていた。彼らにとって僕は部外者であり、アウトサイダーでありスクェア（まじ）でありストレート（まとも）なのだ。何年経っても彼らの独善的な狭量さは変化しなかった。ボキャブラリイが変化しただけだった。常に僕は彼らにとってひとつの世界を代表したような存在だった。彼らが拒絶した世界、彼らが同化することのできなかった世界をである。そして僕が何か言ったところで、彼らは僕のことをサカナにして自己正当化するのに忙しくて、誰も僕の話なんて聞こうとはしなかった。僕は連中の仲間うちのジョークの壁打ち板みたいなものなのだ。そのことで僕は彼らに対して腹を立てたし、連中にそんなことをさせておくウォーカーに対しても腹を立てた。僕は彼の弟として存在したかったのであり、連中の冗談のネタにされるなんてまっぴらだった。

「おたく――ん――と――なんか飲む？」と娘が訊いた。

「ビールみたいなのあるかな？」

「どうかしらねえ。ちょっと見てくるわ」

娘が冷蔵庫をのぞきこんでいると、ウォーカーが食料品の袋を手に戻ってきた。

「よう、アルフレッド」と彼は言った。「元気かい、兄弟《パル》？」

「元気だよ、ウォーカー。久しぶり」

「リサにはもう会ったよな？」彼は食料品の袋を娘にわたした。「晩飯食ったかい？」

「いや、一緒に食べようかと思ってさ」

「いいともさ。ここにどっさりあるよ」

「外に食いにいかない？　料理する手間が省けるよ」と僕は言った。

「いや、家で食おう。あとで何人か客が来るから」

「誰よ？」とリサが訊いた。

「アニーとチェトとジョージとあと何人か」

　娘は肩をすくめた。「あいつに会ったの？」

「もち」と彼は言った。「美味《うま》い晩飯になるぜ。少くともコールド・ターキー〔ヘロインが切れたときの状態〕はなしってわけ」

　娘が笑った。

　そんなわけで、僕とウォーカーとその娘と三人で夕食を食べた。たいした話はほとんど何もしなかったけれど、彼と一緒にいるだけで嬉《うれ》しかった。ちょっとすると僕はリラックスして、娘もリラックスして、ウォーカーもリラックスしてきて、二人がかわりばんこにバスルームに行って一本打ってきたときでさえ僕は逆上したりはしなかった。僕にできることは何もないのだ。それから他《ほか》の連中がやってきた。それが十一時頃《ごろ》だった。僕は兄貴にジョージのところにいるから何か用があったら電話してくれと言った。

「用なんてあるもんか」と兄貴は言った。「ただお前の顔が見たくて電話するってんでどうだろう？」

「それはいいね、すごく」と僕は言った。

「決まり」とウォーカーは言った。

でもそんな電話はかかってこなかった。それから二カ月というもの、僕はウォーカーに会わなかった。つまりジョージとアリスの結婚式までのあいだだ。最初の二、三週間に僕は二回ヴィレッジまで行ってみたが、彼はいなかった。あるいはいたとしても、ドアを開けようとはしなかった。一度百ドル貸してくれないかという電話はかかってきた。マクドゥーガル・ストリートまで持ってってやろうかと僕が言うと、いやもうあそこにはいないんだと兄貴は言った。

「どこに住んでるんだよ？」

「いろいろとね」と兄貴は言った。電話口からパーティーの音が聞こえた。インド音楽と人々の笑い声。

「どこに金を送りゃいいの？」

「銀行に送ってくれりゃいいんだよ」

彼は銀行の口座ナンバーと所在地を教えてくれた。そして僕は金を送った。正直言ってそれ以外にどうすればいいのか見当もつかなかった。僕は兄貴を愛してはいたけれど、その愛が裏切られることに耐えられなかった。

第八章

僕《ぼく》がウォーカーをヴィレッジに訪ねた夜に、アリス・タウンゼンドがジョージのところに越してきた。彼女は自分のアパートメントをまだ持っていて洋服の大部分をそこに残していたけれど、夜はいつもジョージのところに泊った。

そこに住むようになって間もないある朝、僕は階下のバスルームで髭《ひげ》を剃《そ》ったあと錬鉄《れんてつ》のらせん階段を上った。僕は二日酔いで、吐き気がして、舌がざらついていて、パジャマのズボンだけをはき、上の方は肩にひょいとひっかけていた。

「あなたいつもバスルーム使うときドア開けてないと気がすまないの？」とアリスが僕に訊《き》いた。

「僕は今朝はすごく調子わるいんだよ、アリス」と僕はアリスに警告を与えた。

「それからもうひとつ」と彼女はつづけた。「もし私にそういうの露出して、私がおかしがるとか、んー、その、興奮するとか、何かそういうこと考えてるとしたら、おかど違いですからね」

「あのね、アリス……」

「何よ？」

「バルコニーの手すりからぐっと身をのりだしでもしない限り、バスルームの中はのぞきこめないんじゃないですかね」

「私は今ここのことを言ってるの！」

僕は自分のパジャマのズボンを見下ろした。紐《ひも》はちゃんと結んである。しかし窓のところの小さなボタンがとめてなかった。それでもパジャマはぴたりとあわさっていたし、何かが見えるというわけではなかった。僕はジョージのベッドルームのドアの前に立っているアリスの顔を見た。こっけいなふわふわ玉つきのスリッパをはき、バスローブを着て髪はくしゃくしゃで化粧はしてなかった。僕はゆっくりと彼女に背中を向けて、パジャマのズボンの紐をひっぱり、床の上に落とした。

「これでよし」と僕は言い、ささやかなりといえども可能な限りの威厳を持って、両方のくるぶしにパジャマをからめたまますり足で自分の部屋まで行き、中に入ってドアを閉めた。

その翌日の夜まで僕と彼女は顔を合わせなかった。その夜僕はシャワーを浴びて服を着替え、階下に降りてライブラリでジョージとアリスに会った。ジョージは暖炉に火を入れ、ベストのボタンを外し、アバクロンビー&フィッチ社製の豚の上にストッキングをはいた両脚をのせていた。その向い側の革張りの椅子《いす》に、アリスがその長い両脚を折り畳むように座っていた。「こんちは、アルフレッド！」とアリスは言った。「さ、こっち来てキスして。本当、久しぶりねえ」

「うむうむ君も変らないいな」と僕は言った。そして身をかがめ、頬《ほお》に軽くふれる程度のキスをかわした。

「今夜はどうするんだい、君？」とジョージが僕に訊いた。

「もう一度ウォーカーとなんとかして連絡をとりたいし、ヴィレッジまでいってのぞいてみるよ」

「電話すりゃいいじゃない」とアリスが言った。

「電話がとめられてるんだ」と僕は言った。

「まだ？」とアリスは言ってジョージの顔を見た。「あなた彼の電話料金を払ってあげたんじゃないの？　先週あなたウォーカーに会って、そのとき電話料金を払ってあげたって言ったわよね」

「ちょっと待ってよ」と僕はジョージに言った。「なんで君が僕の兄貴の電話料金を払うんだい？」

「いや、ウォーカーが僕んところに電話してきてねえ」とジョージは実にきまり悪そうに言った。

「僕がここにいるときに？」と僕は訊いた。「僕はそのときどうしてたの？」

「君が映画に行った夜さ」とジョージが言った。「君には言わないでおくつもりだったんだ。それに僕はべつに電話料金を払ってあげたわけじゃない。ただちょっとお金を融通しただけなんだよ」

「いくら？」と僕は訊いた。

「いいから気にするなって」とジョージは言った。

「けっこうな額のお金よ」とアリスが抗議した。彼女は立ちあがってジョージを椅子からひっぱりあげ、居間につれていった。「さ、ジョージ。バックギャモンやりましょ」

ウォーカーにいったいいくらやったのかと僕はもう一度訊いた。

「百ドル近くよ」とアリスが言った。

「料金は八十何ドルかだよ」とジョージが言った。

「でもあなた百ドルあげたでしょ」とアリスが言った。

僕は小切手帳をひっぱりだした。

「おい、よしてくれ。僕はあげたくてあげたんだぜ」

「君はそんなことするべきじゃなかったし、兄貴もそんなこと君にさせるべきじゃなかったんだ」

「おい、アルフレッド、そんな水くさいこと言うなよ」とジョージは言った。「小切手帳なんかしまって、酒でも飲みたまえ」

「ジョージったら」とアリスが苛々《いらいら》した声で言った。「かわりにサイコロふりましょうか？」

「現金で渡したの？」と僕はジョージに訊いた。

「かわりに振るわよ」とアリスは言った。「あなたが七で、私のが——私のは九。だから私の先攻ね」彼女はサイコロをカップに入れてもう一度振った。

「僕はたまたまいささかの金を持っていた」とジョージはアリスがコマを動かすのを見ながら言った。

「あなたの番よ、ジョージ」と彼女が言った。

「彼は女の子と一緒で……」とジョージが言った。

「あなたの番」とアリスがくりかえした。

二人はしばらく無言のうちにゲームをつづけ、僕は百ドルの小切手を書き、それをゲートレッグ・テーブルの上に置いた。

「やめてくれよ、アルフレッド」とジョージは言った。「僕が間違ってた。彼にお金を渡すべきじゃなかったんだ。でも他《ほか》にやりようもなかったし」

「わかるよ、それ」と僕は言った。「僕にだってどうすりゃいいかわからないんだもの。でも君まで巻きこみたくないんだ、そういうのに。だからさ、この小切手受けとってくれよ。おねがいだから」

「家族の誇り？」とジョージが訊いた。

「そういうところかね」と僕は言った。

「またあなたの番」アリスが言った。

「渡した金を兄貴は使っちまったんだろう？」と僕は言った。「いつものことなのさ」

「僕はウォーカーにひどくバツの悪い思いをさせちゃったと思うんだ」とジョージは言った。「つまり僕はウォール・ストリート風シックス・ピース・スーツに身を包んでさ、一方彼は古びた水着でNYU〔ニューヨーク大学〕の女の子に背中をさすってもらっていたんだ。彼らの目から見れば僕は火星人みたいにみえただろうな」

「それよりうちの父親みたいに見えただろうね」

「正直なところ、その娘は僕のことをFBIの関係者だと思ったと思うね。僕の黒い靴《くつ》をじっと見てたから」と言ってジョージは笑った。「おいアリス、君、そんなコマの動かしかたでいいの？」

「いいわよ」とアリスは言った。「さ、あなたの番」

「そして兄貴は君に金の無心をしたんだね？」

「いや、そうでもないんだ。さっきも言ったように彼が電話をかけてきて、僕が彼のアパートに行って、そこにその女の子がいたんだ。どう、元気？　ってウォーカーに訊くと、いや今オケラで、電話会社がやいのやいの言ってきてって言うんだ。僕は電話会社ってのはうるさいからねえって言って、少し用立てようかと申し出たんだ。それでさ、ま、ウォーカーの性格は君も知ってるだろう？　彼にお金を渡すとさ、その小娘がせせら笑ってこう言ったんだ。『何、それ？　おこづかい？』ってさ」

「それで兄貴はこんなものパッと使っちまわなきゃと思ったわけだな」と僕は言った。

「まさに」とジョージは言った。

「パッと使ったりするべきじゃないのよ」とアリスは言った。「それに、ジョージ、あなただってお金をあげたりするべきじゃなかったわ」

「よせよ、アリス」とジョージは言った。「僕はお金を持っていた。それが友だちってものさ。ウォーカーはアルフレッドのお兄さんだよ。彼がお金を必要としてたんだ。

立場が逆なら彼だって同じことしてたさ。それに彼はもう何日も何も食べてないような顔をしていた。がりがりにやせてさ」ジョージは僕にそう言った。「彼は菜食ダイエットしてたんだ。茶色とか、そういう色をしたものしか食べないんだって。なんのことだかよく知らないけど、でもすごく具合悪そうに見えたな」

「私が教えてあげるわよ、そのことなら」とアリスが言った。「そういう風に見えるのは菜食ダイエットなんかのせいじゃないのよ」

「もういい、アリス」とジョージは言った。

「あなたたちだってどういうことなのかわかってるんでしょ」

「アリス、君の番だぜ」とジョージが言った。


僕がそこを出て行くちょっと前の夜、アリスは母親と夕食を食べに出て、アパートメントにジョージと僕と二人きりだった。僕らは何杯かずつ酒を飲み、ジョージは自分は結婚したらきっとこう変ると思うんだというようなことを話しはじめた。彼はとても子供をほしがっていた。田舎に住みたいとも考えていた。彼の買った株のいくつかが信じられないくらいの値上がりを見せて、彼はその金を投資するべき土地を探していた。そしてそういう田舎にアリスや子供たちと住むのは楽しいだろうなあ、というような話をした。暖炉に火を入れるのも面倒臭くて、僕らは革の椅子にぼけっとして座っていた。僕は言った。「なあジョージ、なんでアリスと結婚するんだ、いったい？」

彼はグラスの縁の上からちらっと僕の顔を見たが、何も言わなかった。

「アリスがはじめて寝た相手ってわけでもないんだろう？」

「おい、まさか」と彼は言った。

「じゃ、なんでまたアリスと結婚するんだ？」

「愛してるからだ」

「でも寝たいならずっと彼女と寝てりゃいい。結婚しなくちゃならんのか？」

「いや、結婚しなきゃならんということはないよ、もちろん」と彼はムッとした声で言った。「君の質問の主旨はどうも『彼女は妊娠したのか？』ということらしいが、その答は断じてノーだ！」

「おーい、ジョージ。僕だよ。アルフレッド・モールトン、君の昔なじみだよ。そうムキになるな」

「君はアリスのことがわかってないんだ」と彼は言った。

「そうかもしれない。そうじゃないかもしれない。ただささ、どうだい、ちょっと試験的に彼女をここから出してみたらどう？　しばらく自分のアパートメントに帰ってもらうんだよ。どうせあと一ヵ月で結婚するんじゃないか。ちょっとは息抜きしろって。彼女をここから追いだして、ひとつ命の洗濯《せんたく》しようじゃないか。僕が君をつれてってやるよ。二人でパーティーに行こう。パーティー好きだって言ってたじゃないか。町のどっかで毎日、御機嫌《ごきげん》なパーティーやってるさ。もし女の子と寝たいんなら、そんなの簡単だよ。僕が――」

「あのね、女の子と寝たいってわけじゃないんだよ、アルフレッド。女と寝るくらいのことは誰《だれ》にだってできる。女とやることになんか僕は飽きた。正直なところ、女とやることとなんてつくづくうんざりしてる。愛を交す《メイク・ラヴ》ってのは、それとはまた別なんだ。僕はアリスを愛している。君にはそれがわかってないようだね。僕は彼女を愛してるし、世界にこれくらい大きな差はまたとないんだ」

「わかった、わかった」と僕は言った。「アリスはたぶん――ま、いいや、それは。たしかにそれは余計なことだ。たしかに僕が口をはさむべきことじゃない。でもね、僕にはわかるんだ、何かが歪《ゆが》んでるってことがね」

「君はアリスのことわかってないんだ、アルフレッド」とジョージはくりかえした。

「なあ、おい、ジョージ、君の方こそ彼女をどれだけよくわかっているって言うんだい？　彼女はつむじ風の如《ごと》くやってきてここに腰を据《す》えた。そして君を支配した。彼女は君の全《すべ》てのプランを決定し、彼女は——」

「君にわかっていないのは、僕がそれを求めてたということだよ」

「でも君たち二人がここに座ってバックギャモンをしながら紅茶をすすっているのを見てるとさ。なあ君はいつから紅茶なんか飲みはじめたんだ？」

「昔からずっと紅茶好きだよ」

「この一ヵ月くらいのもんだよ、君が紅茶なんか飲んでるのを見たのは。君たち二人はここに腰を下ろして、暖炉にまきをくべて、紅茶をすすって、バックギャモンをして——」

「それのどこがいけない？」とジョージが訊いた。「僕は紅茶が好きだし、バックギャモンも好きだ。暖炉の前に座るのも好きだよ。それのどこがいけないんだい？」

「さあ、どこがいけないのかな」と僕は言った。「でもね、ジョージ、そういうのちょっと年寄りじみてるよ。まるで親の世代のパロディみたいじゃないか？　そんなのこれから先だってたっぷりやれることじゃないか。どうしてそんなにあわててままごとみたいなことやりたがるんだい？　つまりさ、だから——どうしてかはわからないけど、僕はなんだかそういうのにうんざりするんだよ」僕はワゴンのところに行って自分の酒を作った。「なんでそう急いで中年になりたがる？　なんでそうせっかちに結婚して子供を欲しがる？　なんでそうせっかちに田舎の農場になんかひっこもりたがる？　なぜ楽しめるうちに人生を楽しまない？」

「でも楽しんでるぜ、僕は」

「知ってるよ、よく知ってるよ。でもなんで外に出て思いきり楽しまないんだよ？」

「アリスが外に出たがらないのさ。彼女はどち――」

「アリスがどうのこうのってのはよせよ！」と僕はどなった。「僕がここに戻《もど》ってきて君が最初に言ったことは、最初の最初に言ったことは、こういうことだった。『僕はパーティーを開くのが大好きだ』ってね。いろんな人に会って、楽しむことだってね。今君に言いたいのは、言わんとしているのは、こういうことだ――その調子で楽しくやれってね。どんどんやるのさ。アリスなんか忘れろ。一カ月、たった一カ月でいいから、一人きりでいろよ。僕は出てくからさ、君もその方が都合よくやれるだろう。君に五十人くらい女の子を紹介してやるよ。バックギャモンがやれて紅茶が飲めて、それに加えて町にくりだすのが大好きな女の子をね。パーティーを開いて騒ぐのが大好きな女の子をね。そういうのが望みだって言ったじゃないか」

「でもそれは僕が孤独だったせいさ」とジョージが言った。「君にはそれがわからないのか、アルフレッド？　僕は孤独だった。淋《さび》しかった。でも今はそうじゃない。すごく単純なことさ。僕はアリスを愛してる。アリスは僕を愛してる。そして――」

「アリスが君を愛してる？」と僕は口をはさんだ。「君を本当に愛してる？」

「うん、そうだよ」と彼は言った。

「彼女が自分自身を愛している以上に君を愛してるって言うの？　いいかい、アリス・タウンゼンドは自分のことで頭がいっぱいなんだ。そして君にだって権利はあるんだ。彼女と同じくらい利己的になる権利がね」

「君の言ってることがどこまで真実なのかは知らん」とジョージは言った。「しかしね、僕がさっきから言いつづけているようにだな、君にはアリスのことがわかってないんだ！」

「僕が気になるのは、君が見当ちがいな理由からアリスと結婚しようとしてるってことなんだ。僕が気になるのは、そろそろ結婚する時期だなと思ったから君が結婚することなんだ」僕はバーから戻って、革の椅子にまた腰を下ろした。「君は自分がもう十分年をとったと思ってる。そしてそろそろ潮どきだと思っている。だからアリス・タウンゼンドと結婚しようとしてるんだ。でもまだ遅くないぜ。やめようと思えばやめられる――僕はそれが言いたいんだよ」

「やめたくないね」とジョージは言った。

「よろしい、次なる案。来月結婚するかわりに、アリスとどこかに行って二人で暮すんだ。君たちが結婚してないことなんて誰も知らないところに行くんだよ。法的に正式に夫婦になる前に試してみるんだよ。何か僕には匂《にお》うんだよ、君が何か責任感とか——何に対する責任感かは知らんけれど——そういうものから結婚しようとしてるんじゃないかってね。君のお母さんはなんて言ってる？　アリスのこと、どう思ってるんだ？」

「母はアリスが好きだ」とジョージは言った。「母は良いことも悪いこともべつに何も言わないんだ。干渉するとかそういうことを好まない人でね、君も知ってのとおり。アリスのお母さんと僕の母は——そういえば君のお母さんもそうだけど——みんな友だちだしね」

「君のお母さんはアリスと一緒にいて気楽そうかい？」

「それどういうことだい、アルフレッド。何が言いたい？　気楽だと思うよ。義理の母と娘が最初に顔を合わせるのってそりゃむずかしいもんだろう？　少くともぎこちないもんだ。それがそう不自然かね？」

「結構、君の友だちはどう？　あのＩＢＭの男と細君は？　トランブルっていったっけ？」

「ターンブル、ジムとナンシー・ターンブル。彼らがアリスのことをどう思ってるかってことかい？」

「あるいはウォルトとミッシーのカーライル夫妻がね」と僕は訊いた。「君の友だちの細君達はアリスのことをどう思ってるね？」

「それが何か大事なことかね、アルフレッド？　彼女たちは僕には別に何も言わないよ。彼女たちがアリスと結婚するわけじゃないもの。結婚するのはこの僕だよ」

「アリスは彼女たちのことをどう思ってるね？」

「アリスは彼女たちが好きだよ」

「アリスの友だちを君は好きかい？」

「女の友だち？　会ったことないよ」

「そういうの変だって気しない？」

「しないね。まず第一にアリスはタイプとして女の子に人気のある女の子じゃない。第二に彼女の話してくれた二人の女友だちはどちらもニューヨークには住んでいない」

「なるほど、じゃ、それはそれでいい。君の酒を作るよ。それで君の結婚に祝杯をあげよう。それがハッピーな驚きに充《み》ちたハッピーな結婚であることを僕は希望する」

「そうなるとも」彼は言った。

そのようにして我々は肩の力を抜いてくつろいだ。ジョージは酒のおかわりを手に自分の椅子に戻り、両脚を例の豚の上にのせていた。そしてべつに気を悪くしてなんかないよ、君の心づかいはありがたく思う、そういうのが友だちってもんだ、なんたらかんたらと言った。そして僕に向って、アリスがいかに孤独で、いかに美しくて、いかに熱心に料理を勉強しているかということを話してくれた。そしてヴァッサーで美術を専攻していて、本当はちゃんと卒業すればよかったと思っている。何故《なぜ》なら今は暇があって絵を描《か》きたいと思っているが、自分にどの程度の才能があるのかよくわからないからだ。そしてジョージは贈りもの《サプライズ》として彼女にそのための道具を全部買い揃《そろ》えてやったことを話してくれた。絵の具とか、イーゼルとか、そういう必要なものをだ。ハネムーンにはフィレンツェに行くつもりだよ、と彼は言った。僕は心からアリスを愛しているし、彼女と一緒にいるとすごく楽しいし、保護してあげたいという気持になるんだな。いや、保護してあげたいっていうんじゃないな。やさしい父性的な気持だね。いや、父性的っていうんでもないな――とかなんとかその手のこと。そして彼はこれからの計画について話してくれた。彼が株ですごくうまくやって、のんびりと旅行するだけの休みをとる余裕ができたのだということを。フィレンツェに行くだけではなく、ずっといろいろ旅行して回ることができるのだ。彼とアリスは二人でどんな旅をしたいだの、どこに行こうだの、何を見ようだの、何をしようだのと、その旅行について語りあっていた。そして彼は自分が時折馬鹿《ばか》みたいに振舞っていることも知っていた。でもそれはどうしようもないことなのだ。君にはわからないのか……？　理解できないのか……？

でも僕にわかる唯一《ゆいいつ》のことは、僕に理解できる唯一のことは、ジョージ・デスリフが巨大な幻想の救いがたいとりこになっているということだった。それはアリスの幻想をさえも凌駕《りょうが》し、彼女が抱いているイメージさえをも超越していた。彼は神話を受け入れたばかりではなく、神話が生みだす二次神話にさえひざまずいたのである。ジェイ・ギャツビイは実際にデイジー・ブキャナンを手に入れようとしていた。ドックの彼方《かなた》に彼が目にしていた小さな緑の灯《ひ》は彼自身のものだった。そして僕はそんなものに対していったいどう意見すればよかったのだ？　君たちはタイタニック号の船上から遥《はる》か岸辺を眺《なが》めているんだぜと僕は言いたかったけれど、そんなこととても言えなかった。

アリスは母と祖母がともに着たウェディング・ドレスに身を包んだ。美しいドレスだった。すごく古風で、カラーが高く、レースがいっぱいついた素敵なドレスだった。いにしえの花や香料を入れた匂い袋の香りがした。アリスは誇らしくそのドレスを着ていたし、僕はそんな彼女を好ましく思った。彼女は幸福に包まれ、上気し、『ヴォーグ』の写真のアリスに戻っていた。でもその写真は成長して今日に至っていた。その漠然《ばくぜん》とした約束は果されたのだ。その予感は現実となったのだ。そしてジョージが彼女の指にリングをはめたとき、彼女はその愛にきらめいた銀灰色の目でじっとジョージを見つめた。そしてたとえその愛の一部が勝利を意味するものであったとしても、それはやはり素敵な目だった。

ジョージのお母さんは僕がセレモニーのあとでその手をひいて教会を出てくるときとんでもない言葉を口にした。通路の半ばあたりで彼女はこう言ったのだ。「ま、いつでも離婚できるしね」と。

新郎付添いたちからジョージへのプレゼントは我々全部の名を彫りこんだ大きな銀のシガレット・ケースだった。ジョージとアリスのイニシャルと結婚式の日付けが彫ってある。花嫁の付添いは六人いて、そのうちの三人は人妻だった。介添をした女の子はすごい美人で、アリスと同じく長身で、ブロンドで、胸がとんがっていて、見事に日焼けしていた。ジャマイカで焼いたのよと彼女は僕に教えてくれた。あとでコロニー・クラブで開かれた披露宴《ひろうえん》の席で、彼女は僕に私アリスのこと本当はよく知らないし、結婚式に出てくれって言われたときはすごくびっくりしたのよとそっとうちあけてくれた。

新婦付添いたちから花嫁へのプレゼントはステューベン製のセンターピースと四台の燭台《しょくだい》だった。僕がジョージやアリスと一緒にフィレンツェにいるときに、アリスはその付添いの一人が堕胎がもとでピッツバーグで亡《な》くなったという手紙を受けとった。ジョージは僕にその名を教えてくれた。でもそれがどの付添いの女性だったか僕には思いだせなかった。鼠《ねずみ》みたいな顔の子よ、とアリスが言った。

第九章

アリスに約束したように、僕《ぼく》は翌日フィレンツェを離れた。でもニューヨークには戻《もど》らなかった。僕の手にはまだ雑誌に書いた長めの短編小説の稿料の残り二千ドル以上の金があった。そして僕の遺産と信託の利息も限られた額ながらもあてにすることができたし、たとえ一銭も稼《かせ》がずとも手持ちの金でスペインで一年くらいは生活できるだろうと大胆に考えていた。そしてまた僕はナイーヴにもいざ本当に困ったらまた短編のひとつも書いてそれを雑誌に売りこみゃいいさと考えていた。そしてそのうしろだてといえば青春のあのいやしがたいオプティミズムだけだった。そして僕はデスリフ夫妻に別れを告げ、本を一冊書くためにスペインへと向った。それがどんな内容の本になるかというきっちりとしたアイデアはなかったけれど、それは名誉とか家族とか威厳とか国家とか旧弊であることとか、そういう類《たぐ》いのものに関連した小説になるはずだった。僕は自らにそのしめきりを課した。第一稿を六カ月で完成させる。第二稿を三カ月で、そしてポリッシュされた最終稿を年内に完成させると。僕は南スペインの小さな町に腰を据《す》えて仕事にとりかかった。

第一稿を書きあげるのに二年かかった。

スペインにいる最初の半年間に、僕はときどきジョージとかジョージと僕の共通の友だちとかから手紙をもらった。手紙によればデスリフの結婚生活にはいろいろと問題があるということのようだった。しかし結婚生活なんて夫婦そろって前頭葉ロボトミー手術でも受けていない限り何かしら問題のあるものである。そしてデスリフ夫妻と別れてから約一年半後に、僕はたまたまバルセロナでジムとナンシーのターンブル夫妻にばったりとでくわした。僕はターンブル夫妻のことはよく知らなかったし、ニューヨークのジョージのパーティーで数回会ったきりだったが、僕は話相手にひどく飢えていたので、まるで帰還した放蕩息子《ほうとうむすこ》を迎えるみたいに彼らにべったりとくっついてしまった。彼らはヴァレンシアまで車で一緒に旅行しないかと僕を誘ってくれた。そして道中僕が最近ジョージから手紙をもらってないと言うと、彼らは君、ジョージとアリスがコネティカットのウィナンダーに改装された馬屋を買ったことはもちろん知ってるよなと言った。

引越したのは知ってるけどそれ以上は殆《ほとん》ど知らないと僕は言った。

ウィナンダーはニューヨーク・シティーから約四十マイルのところにあって、コネティカット州グリニッチのほぼ真北に位置している。ずっと昔、僕はそこで週末を過したことがある。年に一度開かれる当地のデビュー舞踏会に出席したわけなのだが、それがまだタウンゼンド姓だった頃《ころ》のアリス・デスリフがデビューした舞踏会であった。ウィナンダーは美しい町で、大きな石づくりの家が私有湖岸《プライベート・レイク》を見下ろして立ち並んでいる。家々のうしろには森と丘があり湖の上にはボート・ハウスがあって、僕の記憶によればそれはだいたいダーク・グリーンに塗られ、白のふちどりがついていた。舞踏会は巨大な旧式の木造のクラブ・ハウスで開かれたが、そのクラブ・ハウスの銘板《プラク》には一八九七年のオープニングを記念してかくのごとき文句が刻まれていた。「大きな曲線を描く階段と二階の完成によって、ウィナンダー・クラブはニューポート以西における最も豪華なクラブ・ハウスとなった」と。それはたしかに最高だった。アリスのデビューのその週末、我々はみんな雪にとじこめられた。湖上では氷上ヨットやアイス・スケートができた。森の切りだし道でスキーもできた。雷鳥撃ちはまだ解禁だったし、そしてもちろん、女の子の方も御同様だった。

ターンブル夫妻は私たちもデスリフ夫妻に会うことがめっきり少くなってねと言ったが、それは彼らがウィナンダーに越してしまったということだけが原因ではなかった。この前デスリフ夫妻に会ったのは感謝祭の二、三週あとだったと彼らは言った。

ナンシーの両親がニューヨークで週末を過すためにフィラデルフィアから出てきた。そしてナンシーの母はジョージ・デスリフの母親の古くからの友人だったので、ジョージと彼女の母親を会わせたらいいんじゃないかと思ってナンシーはジョージとアリスを「街《ニューヨーク》でカクテルとディナーを一緒にどうだろう」と誘った。アリスが姿を見せた瞬間から事態は悪化しはじめた。彼女はそこにいることに憤然としているようで、誰《だれ》とも話をしなかった。彼女は疲れた疲れたと文句を言っていた。アリスはそのとき妊娠四ヵ月で、その一年前には流産をしていた。ナンシーは彼女に外にディナーに出るのはやめてサンドイッチでも食べて横になってたらと言った。アリスはあら知らなかったわ、外に出ることになってたの？　ここでディナーいただくのかと思ってたんだけど、と言った。ジムは「ルーチョウ」ならここから五ブロックくらいしか離れてないし、そこに行くことにしてたんだと言った。歩いてもすぐだし、新鮮な空気を吸うのはいいことだしね。ディナーにでかける時間になると、アリスはジョージにタクシーを呼んでよと言いはった。「ルーチョウ」でテーブルのセッティングが遅れると、アリスは一人で電話ボックスの中に座っていた。ジョージは見るからに動揺しており、ナンシーに向ってどうも我々はこの場を乱しているようだし、僕はアリスをつれて家に帰るよと言った。

「リラックスなさいよと私、彼に言ったの」ヴァレンシアに向うレンタ・カーのフォルクス・ワーゲンのシートから身をのりだすようにふりかえってナンシーがそう言った。「二、三杯お酒飲めばアリスも落ちつくわよってジョージに言ったの。アリスのせいでそんなに具合の悪い思いをしてるあの人の姿を見ると、私、気の毒で」

「水くさいこと言うなよって彼に言ってやったよ」とジムは言った。「アリスのことなら気にするなって。俺《おれ》たちみんな、アリスのこういうの馴《な》れてるからって」

「そしたらなんかこうひどくしーんとしちゃったわけ」とナンシーが言った。「まずいこと言っちゃったなあと思ったわよ。ジョージの目には痛みのようなものが浮かんでいて、それで私たち――」

「入りたいにも穴はなし」ジムが口をはさんだ。

「私、ジョークを言おうとしたけど、それがもっと具合のわるいことになっちゃったの。でも運良くそこでテーブルがセットされて、私たち中に入れたの。そして晩ごはんをどうにか食べ終えて、それっきり会ってないってわけ」

「じゃあ、今頃アリスはお母さんになっているのかな？」と僕は言った。

「男の子よ」とナンシーが答えた。「四月の半ばに生まれたの、幸運なアリス。私とジムも子供作ろうとはしてるんだけど……なかなかね。ヴァレンシアまではまだ遠い？」

「あと一時間」と僕は言った。「ところで僕らはヴァレンシアに何をしに行くんだっけね？」

「何故《なぜ》人はヴァレンシアに行くのか？」とナンシーは笑って言った。「より多くの教会と絵画を見るためによ。他《ほか》にどんな理由がある？」

「予約してあるから」とジムが言った。

ヴァレンシアで週末を共に過したあと、僕はターンブル夫妻と別れた。彼らはより多くの教会と絵画を見に行き、僕は小説を完成させるべくすみかのある小さな町に戻った。

僕はアメリカがだんだんなつかしくなりはじめた。どこの場所がとくになつかしいというのではなく（まあニューヨークだけは例外だけど）、その大いなる漠《ばく》とした姿のようなものが恋しくなり、アメリカのことを頭になんとなく思い浮かべるたびに僕はホームシックにとりつかれるようになった。古いニュース映画のイントロみたいに、僕の白日夢はロケット・ダンスから波のごとくうねる広大な小麦畑へ、リンカーン・メモリアルへ、白い柵《さく》のケンタッキーの牧場の中の競走馬へ、ハワード・ヒューズの木製飛行艇へ、兵士や水兵たちの行進の上に舞う紙吹雪、動物園のリスとスペルマン枢機卿《すうきけい》へ、インディー五〇〇の煉瓦《れんが》じきのコースを疾走するレーシング・カーへ、八十六丁目のローズの店内へ、二十人もの水着の美女が何が書いてあるのか判読しがたいのぼりを持ってパレードしている光景へと速いカット割りで進行していく。僕はそういう自分が実際には目にしたことのないアメリカをなつかしく思った。こんなもの『ニューヨーク・デイリー・ニューズ』の見開きページの中にしか実在しないんじゃないかとかねがねうたがっていたアメリカをである。でも何にも増して僕になつかしかったのはあの活力と興奮であった。テディーの言っていた「血のかよった生命ある今日の世界」が全国的に浸透し、国中で人々が中年の沈滞を放《ほう》りだしにかかっていることを僕は感じとり始めていた。ウォルター・ブレナン的老人たちがホワイト・ハウスから退場し、ケネディー兄弟がかわって入った。再びアメリカは若々しい国になった。僕は国に戻りたくなった。でもその前にやるべきことがふたつあった。ひとつは小説を仕上げることであり、もうひとつはハワイにいるウォーカーに会うことだった。

僕とテディーがローマに出発したのと同じ頃に、ウォーカーはニューヨークを離れてハワイに行った。その一年半のあいだに僕とウォーカーがやりとりした手紙は五通もないと思う。もうクスリはやめたよとウォーカーは書いていたが疑わしいもんだと僕は思った。過去にも何度となくだまされていた。そして何カ月も何万キロも彼と隔たっていたせいで、僕はどちらかというとウォーカーのことを現在のウォーカーよりは、かつて一緒に育った兄のウォーカーとして思い浮かべるようになっていた。

でもヨーロッパにいる最後の半年間に、僕は明るいニュースを耳にするようになった。ハワイを訪れていた何人かの友だちが兄の姿を見かけたというのだ。「ウォーカーはすごく健康そうだったよ」麻薬中毒患者は健康そうに見えたりはしない。「黒サンゴを採りにダイヴィングしてたよ」とか「サーフィンの名人になってたぜ」とか彼らは言った。そうこうするうちに母から希望に充《み》ちた手紙が届くようになった。そしてやがていささかの額の小切手が同封された手紙を受けとったが、そこにはそれでハワイ行きの飛行機の切符を買いなさいとあった。

その郵便にはジョージからの手紙が同封されていた。

1963年10月11日

親愛なるアルフレッド

ジムとナンシー・ターンブルが週末にウィナンダーにやってきて、君に会ったことを話してくれた。そうそう、ついにナンシーにも子供ができそうなんだ。その原因はヴァレンシアの夜らしいと彼女は言っている。夜というか、実際には午後だね。彼女の話では彼の地《かち》では夕食が出てくる前にみんななんとか暇をつぶさなくちゃならんらしい。彼女の話からすると君の生活はものすごくエキサイティングなものみたいだね。

馬屋の改装がやっとあらかた完成した。赤ん坊のための部屋もちゃんとある。君にはやく泊りにきてほしい。ちなみに、うちにはボート・ハウスもある。冗談じゃなくて本当にあるんだぜ！　そして向う岸には別のボート・ハウスの灯《ひ》も見える。それはウェブスター・ニール家のものだ。ニール氏は今七十代で、彼の最初の奥さんは三十年前にクラブでちょっと異様な死に方をしている。それは彼らの娘のデビュー・パーティーで、何千もの風船のあがるすごく盛大な催しだった。エミル・コールマン楽団がジャズ・バンドと交代で演奏をつづけ、森のごとく花が飾られ……エトセトラ。ニール夫妻は彼らのディナーのゲストとともに他のディナーのゲストの到着するのを待っていた。何台かのリムジンがまさに到着しようとしたとき、ニール夫人はちょっと失礼しますと言って化粧室に行った。その当時化粧室は大きな曲った階段を二階に上ったすぐのところにあった。みんなわいわいと楽しくやっていて、酒もずいぶん入っていた。他のゲストがみんな揃《そろ》ったとき、ニール夫人が階段の上に姿を見せて「ねえ、みんなこっち見てよ！」と言った。そしてそこで夫人は手すりをすべり下り始めた。彼女は最初のカーブを曲りきることができなかった。彼女はそこから落ちて二階ぶん下の大理石の床の上に落ち即死した。当然のことながらパーティーはそれで中止だ。しかし、もし君がまだフィッツジェラルドみたいな小説を書きたいと思っているなら、このシーンは使えそうじゃないかね？

僕は最近君と最後にフィレンツェで会ったときのこととか、結婚前にアリスのことで君と話しあったときのことをよく思いだす。君の言ったことをきちんと聞いていたとしても、所詮《しょせん》同じことだったろう。誰かがどこかで書いていたように、我々はみんなそれぞれのゼルダと結婚するのだ。そして僕はずっとこう思ってきたのだが、我々の今ある姿とはつまるところ我々がかねがね演じたいと思っていた役柄《やくがら》であり、僕はその役柄をずっと以前に選んでしまったのだ。君は『グレート・ギャッツビイ』は要するに最後のパーティーの終了するところで終る一連のパーティーだって自分が言ったことを覚えてるかい？　僕はね、結婚というのもそんなものなのかなと最近考えるようになった。その舞台装置やら小道具やら悪意やら丁重さやらについてね。それは時として同じ女の子ばかりと踊っていて、誰かがわりこんできてくれないかなと思っているダンス・パーティーに似ている。でももし誰かがわりこんできて踊りが終ったとしても、君はその女の子を家まで送りとどけなくちゃならない。ねえ、すごくおかしいんだぜ、アルフレッド。アリスと僕は目につくパーティーに手あたり次第にでかけている。受けとる招待状には全部こたえている。招待状の数が少くなり間遠になっているだけだ。早く戻ってきて、僕らにパーティーを開く口実を与えてくれよ。

アリスも君によろしくとのことだ。

ジョージ

追伸。君の要望にこたえて我が跡取りの息子《サン》の写真を同封する。可哀《かわい》そうなどうしようもない奴《やつ》(the poor son of a bitch)。

第十章

二週間というもの、僕《ぼく》はジョージの手紙に対してなんとか返事を書こうとしたのだけれど、なんと書いていいものやら皆目見当がつかなかった。ハワイにいるウォーカーには手紙を書いて、そちらに行ってもかまわないだろうかと訊《き》いてみた。いいから早く来《こ》いという返事が間髪を入れずかえって来た。

僕の方も兄の方もそのハワイ行きが何を意味するのかはわかっていた。僕は彼を点検しに行くのだ。

ホノルル国際空港に降りた僕のいでたちはライト・グレイのフラノのズボンにエルボウ・パッチのついたツィードの上衣《うわぎ》、金のカラー・ピンのついた青と白のストライプのカスタム・メイドのシャツ、赤い水玉のついた黄色いシルク・タイというものだった。ウォーカーの方は色褪《いろあ》せたカーキ色のズボンに、太陽で白っちゃけたアロハ・シャツ（青の地の上に大きな白い花）、ソックスなしのこれもまた色褪せたテニス・

シューズという格好だった。彼は口髭《くちひげ》と頬髯《ほおひげ》もはやしていて、太陽と塩水がそれに黄金色の斑紋《はんもん》をつけていた。飛行機を降りて兄の方に近づいていくとき、どこを見ればいいのか僕には見当もつかなかったし、それは兄の方も同様だった。

「アロハ、兄弟《バル》」と兄は言って、僕の肩にレイをかけてくれた。

「ニューヨーク流に『ヘロー』といくね、僕は」と僕は答えた。そして花輪に鼻をつけて、その香りを吸いこんだ。

「お前は日いちにちと親父《おやじ》に似てくるなあ。その鼻のまわりの花をべつにすればね」

僕は笑った。「兄貴も日いちにちとお袋に似てきてるぜ。その髯をべつにすればね」

「お袋のは色が違ったっけな？」

「あっちはもっとふさふさしてたね」と僕は言った。

僕らはそこに立ってにこにこしたり、右脚から左脚に体の重心を移動したり、なんとなく照れ臭くてぎこちなかった。

「どう、元気かい？」と彼が訊いた。

「そっちも元気？」

「申しぶんないよ。荷物多いか？」

「バッグひとつだけ」と僕は言った。ビニールの腰みのをつけたフラ・ガールが僕らの近くで旅行客と並んで写真撮影用のポーズをとっていた。

「なあおい、ああいうのと写真とりたくないよな、お前？」とウォーカーが訊いた。

「ぜんぜん」

荷物が出てくるとウォーカーは僕のスーツケースを抱えて空港を出て駐車場を横切り、青いフォルクス・ワーゲンまで運んだ。車が汚なくて悪いなと彼は言ったが、それから「でも、なあ、おい、俺《おれ》がこれの前に持ってた車を見るべきだったぜ。ひでえ車でさ、なあ、あまりひどいんで俺はそれを玉撞《たまつ》き棒《ぼう》と交換しちゃったくらいさ」

「玉撞き棒？」

「俺はずっと玉撞き棒の長いのが欲しかったんだよ」

僕らは車やらオートバイのショー・ルームとか、パールハーバー・ツアーやらサンセット・クルーズの広告看板のある観光船の桟橋《さんばし》やら巨大なショッピング・センターやら、ガソリン・スタンドやらネオンや電球でギラギラの食いもの屋台やらを通り越してホノルルへと向った。僕らはしばらくは車の話をした。この車は新しいマフラーにかえなきゃとか、ホノルルの警察はすごく厳しくてだとか、そういうことを。俺はこの車を気に入っている、何故《なぜ》ならこれは俺にとっちゃはじめてのまともな買物だからさと兄は言った。そして彼は言う。「なあ、おい、お前が来てくれてすごく嬉《うれ》しいよ」

「まったくの話、僕も嬉しいよ」と僕は言う。「この二年っていうものずっと会いたかった」

「俺もさ、兄弟《パル》」

そして僕らはホノルルの話をする。南国の楽園という風に頭の中で想像していたものと、その街の第一印象との落差について。「どうしてお前、『まったくの話』って言いつづけてるんだよ？」と兄は言う。

「兄貴だって『なあ、おい』って言いつづけてるよ」と僕は言った。

「そうだな、まったくの話」

「本当だよ、なあ、おい」

ウォーカーのアパートはホノルルの町を見下ろす丘の上にある。アパートは三台ぶんのガレージの背後にのしかかるようにあぶなっかしくへばりついている。ベッドルームがバスルームをはさんでふたつあり、メイン・ベッドルームには小さなキッチンがついている。ハワイ人の家族が一方のとなりに住み、中国人の一家がもう一方のとなりに住んでいる。ウォーカーの部屋の真下にはマックスというフィリピン人が住んでいる。マックスはロイヤル・ハワイアン・ホテルに二十五年間勤めている。

「マックスと俺とは長いつきあいでさ」とウォーカーは言う。「週に一回くらいスキン・ダイヴィングに行くときに俺は奴《やつ》に魚を持ってきてやるんだ。そしてそのかわりに奴は俺に新鮮な果物を持ってきてくれる。マンゴー、パパイヤ、グアバ……奴は自分が心臓発作を起すことが心配でしょうがなくて、それでホウキの柄《え》をベッドのわきに置いて寝るのさ。俺たち二人で、それを考えついたんだよ。もし奴が心臓発作に襲われたら、その柄で天井《てんじょう》をどんどんと叩《たた》く。そうすると俺が目をさまして、奴を病院につれていくってだんどりさ」

扉《とびら》までの狭い道を歩きながら、兄はそういう話をしてくれる。兄がドアの鍵《かぎ》を開けていると、突然猫《ねこ》の一群が足もとにどっと押し寄せてくる。猫の数は全部で七匹。母猫が一匹と、最初の出産で残った息子、そしてついこのあいだの出産（どうも息子が父親であるらしい）で生まれた子供が五匹である。「こいつの愛欲をしずめるためのスイッチがまだみつからなくてね」とウォーカーは言う。

「でも少くともこいつを欲情させるスイッチがどこにあるかは想像がつくね」

玄関の扉が開くと、そこはすぐウォーカーのダブル・ベッドである。彼は部屋に入るとさっとわきにどいて、全体を見わたせるようにする。

僕はただ「すごいじゃないか、これ！」としか言えない。

どの梁《はり》からもあざやかな色あいのステンド・グラスの板《プレート》のようなものが下がっていた。緋色《ひいろ》、ターコイズ、黄金色、エメラルド色、深青色、そんな様々な色が魚釣《さかなつり》糸《いと》で吊《つる》されてけだるく回転している。そんなのが二十五個くらいはあっただろう。直径は五インチから十五インチくらい。

「こういうの作ってるんだ」とウォーカーは言った。

息を呑《の》むような眺《なが》めだった。背後では日が沈みかけていて、目の高さのあたりに下がった板はまるで燃えたっているように見えた。ひとつひとつは実に綺麗《きれい》だったし、それぞれに色彩的な実験を試みていた。標的の円を模したものは白と黒ではなく、朱色と黄土色で、そのかたちも同一中心の円ではなく、傾いたフライパンの中の卵の黄身みたいに中心がずれていた。あるものは石英のようにキラキラと細かく輝き、あるものは今にもぴくぴくと脈を打ちだしそうに見えた。しかしそれほど沢山の板が釣糸から下ってひょこひょこと上下に揺れたり回転したりしている様子は全体としては美しいというよりはいささか異様な眺めだった。

「プラスティック・クリスタルなんだ」とウォーカーは言った。「いろんな違った色のクリスタル、鉛、ガラスのかけら、木の実、浜で拾ったもの、その他……そういうのをトレイにのせてオーヴンにつっこむと、みんな溶けてステンド・グラスみたいになるわけさ。上手《うま》く行くときは上手くいく。上手く行かんときゃ犬のゲロの焦げみたいなのができる」

「犬のゲロの焦げ」と僕は言った。「そいつはいいや！　この次誰《だれ》かに兄貴のことを訊かれたらハワイで犬のゲロの焦げを作ってるよと言ってみるよ。これまでどう答えていいものか困ってたから、ちょうどいいや」

「もし俺と一緒に何か作ってみたいんなら、若い犬を一匹つかまえてきて……」

「喉《のど》の奥に指をつっこむんだろ？　それとも本格派は羽根をつかうのかな？」

「俺は足でずっと上手くやってきたがな」と彼は笑って言った。「こっちに来いよ、他《ほか》のを見せてやる」

パペーテの木彫り像があり、タイの寺院の彫像があり、タヒチの布があり、サモアの剣があり、日本製のガラスの釣りの浮きがあり、ウォーカーのベッドの上には柱つき天蓋《てんがい》のように網がさがっていた。

「前に一緒にいた女が、眠ってるときに上からトカゲが落ちてくるんじゃないかって怯《おび》えたもんで、それで網をはったんだよ」

低い背もたれのついた木の椅子《いす》があり、細長いコーヒー・テーブルがあり、その上にはテレビとステレオがのっていた。そして本がいっぱいあった。書棚《しょだな》の中の本、本箱の中の本、椅子の下に積み上げられた本、ベッドのわきの床の上の本、本の上の本、本のとなりの本、他の本を支えている本。そしてどの本もきちんと敬意を持って扱われていた。

「こっちの部屋使えよ」とウォーカーは言った。

彼はバスルームの向うにある小さめのベッドルームを見せてくれた。彼がものを書くための部屋だ。質素な修道院のような部屋で、狭い簡易寝台があり、作りつけの棚の前には椅子がひとつ置かれ、棚の上にはタイプライターや紙や切り抜きが並び、タイプライターの上の壁にもメモや紙片や切抜きがピンでとめてあった。そしてまた本箱があり、僕のベッドのとなりの小さなテーブルの上には花をいけた花瓶《かびん》があった。

僕は花瓶を手にとって眺めた。「こりゃ綺麗だ」と僕は言った。「僕は花が大好きなんだけど、昔からそれが恥ずかしくってね」

「恥ずかしがることない」と兄は言った。「花は美しいもんさ」

「まったく」

「ハワイへようこそ、兄弟《パル》」

作りつけの棚の下にウォーカーはサーフボードを押しこんでいた。僕は花を下ろし、床に膝《ひざ》をついてサーフボードを見た。

ウォーカーはとなりで身をかがめて、「興味あるんならサーフィンにつれてってやるよ」と言った。

「かなりきついんだろう、あれ？」

「とにかく一度やってみりゃいいさ。興味あるんならね」彼は立ちあがって両手をポケットにつっこんだ。「飛行機で長旅してきたあとでお前がどれくらい疲れてるのかわからなかったから、とくにどうするって計画立ててないんだ。ま、二、三日二人でゆっくりして、お互いの感じをつかんで、いろいろと話しあえたらと思ったんだ。積る話もあることだし」

「僕の方にも話したいことは山とある」

「なあ、おい、アルフレッド、ちょっと横になって休みたいんならそうしろよ。もし他にああしたいとか何が欲しいとか、そういうのがあったら遠慮なしに言ってくれよ」

「ちょっと一杯やりたいね」と僕は言った。

そして我々は一杯やった。そしてもう一杯おかわりをした。そしてすっかり酔っ払ってしまった。

その約三日後、僕らは「クラウチング・ライオン」という名のバーに腰を据《す》えていた。その朝我々が立てたプランはオアフを一周するというものだったのだが、「クラウチング・ライオン」はまだその道のりのやっと三分の一のところだった。我らの行く手には砂糖黍畑《きとうきびばたけ》やらパイナップル畑やらがまだまだどっさりと控えていた。

「あのさ」とウォーカーが言った。「俺、本当はこんなに酒飲むの好きじゃないんだ」

「やれやれ、僕もだよ」

「お前が来るまでは、俺、正直なところ平均して一ヵ月に一杯くらいしか酒飲まなかったんだぜ」

「じゃ、何故こんなに飲むんだい？」と僕は訊いた。

「お前が飲みたいんだと思ったから」

「そりゃそうだけど、これじゃ飲みすぎだよ。僕は兄貴が飲みたがってると思ったんだよ」

「俺が？」とウォーカーは言った。「実を言うと、俺、今はぜんぜん酒を飲まないんだ。ときどきクスリ《ドープ》を吸うくらいでさ」

「どんなクスリだよ？」

　ウォーカーは僕の顔を見て言った。「なあ、おい、兄弟《パル》、心配すんなって。ハードな奴からはもう足洗ったよ、永遠に。グラス吸ったり、手に入ったらハシシやったりするくらいさ。お前もちょっとやってみろって。そうすりゃたいしたことないってわかるから。第一にアルコールなんかよりずっと体には良いし、第二にすごく気持よくなる。マリファナやったらヘロイン中毒になるなんてたわごと信じるな。そんなの嘘《うそ》っぱちさ。そんなのチョコレート・ミルクシェーク飲んだらアル中になるってのと同じさ。俺がお前を悪いことにひっぱりこんだりするような人間だと思うか？」

「僕は酒を飲むのに馴《な》れちゃってるし……」

「お前、家《うち》の納屋《なや》のいちばん高いたる木からとびおりるのをすごく怖がったこともあったよな」とウォーカーは言った。「でもそれを克服した」

「ああ、でも正直言ってあれ好きになれなかったぜ」

「よせよ、俺だって好きじゃなかったさ！」とウォーカーは笑った。「なんであんなことやったのか自分でも見当つかんよ」

「なんで兄貴はあんなことやったんだよ？　僕がやったのはそうしなきゃ兄貴のエリート・コマンド部隊に入れてもらえなかったからだけれどさ」

「もうそういうのには心が引かれないのか？　つまり一服やらなきゃ俺のエリート・コマンド部隊に入れてやらないとか……そういう風に言われても」

「でもさ、何故クスリが必要なのさ？」

「おーいおい、アルフレッド、必要で俺はクスリやってるんじゃないよ。俺がグラスやるのはそれが好きだからだ。気分良いからだ。酒を飲むと気持が悪くなるんだ。なあ、そんな大げさに考えるなって。いいか、こうしよう。一本巻いて、吸わせてやるよ、今晩部屋に戻《もど》ったら。最初はあまり期待せん方がいいぜ。あまり気に入らんかったら吸わなきゃいいさ。しかしそれはそれとして、なあ、おい、もう酒はこれくらいにしようや」

「まったくの話、同感だね」

そしてそんな具合に、僕はその夜ウォーカーのアパートで最初のマリファナを吸った。僕はウォーカーのベッドにしゃちほこばって真剣な顔つきで腰かけ、その色濃い黄金色の煙を胸ふかく吸いこんでぐっと奥にとどめた。そして何かが始まるのを待った。ウォーカーと僕とで最初の一本を分けあい、それがローチ〔短い燃えさし〕になると、ウォーカーはそのローチを普通の煙草《たばこ》の先に押しこんで吸う方法を教えてくれた。僕はそっと注意深く紙巻の先から煙草の葉を抜きとって、外科医的な細心さでもってその穴の中にローチを詰めた。ウォーカーの方を見ると、彼はそれに火をつけてくれた。そして僕はそのローチの方もすっかり吸ってしまった。

「どんな具合だ？」とウォーカーが訊いた。

「喉が渇いたよ」と僕は言った。

「何が飲みたい？」

「自分でとってくる」と言って僕は立ちあがったが、ぐるぐると回るウォーカーのプラスティック・クリスタル板の群れのまん中に頭をつっこんで、一瞬にして僕は釣糸にからめとられ、まるでリリパット国のガリヴァーみたいな格好になってしまった。ウォーカーはずいぶん長いあいだそんな僕を眺めていたが、「お前、そういうのよく似合ってるよ、アルフレッド。二、三カ所手直ししなきゃならんけど、そのままの格好で表にでてもよさそうだぜ」と言った。

　二人がかりで糸を外すのに二十分かかったが、そのあいだ僕とウォーカーは腹が痛くなるくらい笑いころげた。僕はこんなに楽しく、ハッピーで、リラックスしたのは初めてだった。ウォーカーはマリファナなんてたいしたことないと言ったけれど、そんなことはない。実に素晴らしいじゃないか。僕はそれがすっかり気に入ってしまった。それ以来、僕とウォーカーはワイン以外の酒を口にしなかったと思う。

　ハワイの最初の週で覚えているのは、ウォーカーの沢山の友だちに次から次へとひきあわされたことだ。ビーチボーイたち、スキン・ダイヴァーたち、艇庫にいた連中、サーファーたち、銀行に勤めている女の子。彼女は僕のチェックを現金化してくれ、おまけに説得された末にとうとうウォーカーの仔猫を一匹ひきとらされた。それからハワイ人、ポルトガル人、中国人、ハワイに住みついた白人《ハオレ》。──彼らはみんなウォーカーと大の仲良しだった。そしてウォーカーは彼らに僕をこんな風に紹介してくれた。「こいつは俺のいちばんの親友の一人でね、おまけにどういうわけか俺の弟なのさ」

「あんたのおとうと《ブラダ》？　本当かい？」とビーチボーイたちは言った。

「俺のたった一人の、血のつながった兄弟」とウォーカーは言った。

彼らは我々の外見の違いをじっと見て、それからウォーカーの背中をどんと叩いて「へい、あんた、なんでこんな風になっちゃったんよ？」と笑って言ったものだ。

彼らはウォーカーの弟であるという理由で僕にも親切にしてくれた。彼らは無料《ただ》で僕にサーフィンとスキン・ダイヴィングのレッスンをしてくれ、カタマランとかアウトリガー・カヌーとかにも乗せてくれた。ウォーカーが誰かとどこかに行ってしまって、僕が一人でビーチに座っていたりすると、彼らがやってきて隣に座り、スペインのこととか、僕自身のこととか、ハワイをどう思うかとか話しかけてきた。いったい何人くらいの人がウォーカーを知っているのか、彼を愛し信頼している友人がいったい何人くらいいるのか、僕にはもう見当もつかなかった。ニューヨークではウォーカーにはそれほど多くの友人がいなかった——あるいは少くともそれほど多くの友人は残ってはいなかったのだ。

一度ビーチのカフェテリアでソフト・ドリンクを買おうとして並んでいるとカウンターの向うのハワイ人の女性が「何にするね、ウォーカー」と僕に向って、兄貴の名前で話しかけた。彼女は僕の名を知らないのだが、彼女はウォーカーのことが好きで、そして僕がウォーカーの弟であることを知っていたのだ。ウォーカーと呼ばれたことは、彼女が僕らを同一視してくれていることで、僕は嬉しい気持になった。そういうのはいいものだった。

それからもちろんハードボディーという呼び名でとおっている可愛《かわい》い女の子たちもいた。シルヴァー・ブロンドの髪にごきげんなスタイルのLAから来た二十歳のビーチ・バニーたち。彼女たちはみんなピチピチと健康そうで、すごく若々しく、クリーンで、ヒッピー見習い世界のようなところで暮していた。そこでは「ウッソォ！」とか「ホントォ！」とかワイセツな言葉とかが等しく好ましい同義語として口にされ、嫌味《いやみ》・皮肉があいもかわらず主要な防御法であり、世界は「落ちこむ」と「ごきげん」という尺度で規定されていた。「しびれるねえ」というのが最高の讃辞《さんじ》であった。

彼女たちは僕を魅了した。そんなタイプをこれまで目にしたことがなかったからだ。

「ワオッ、もうウソッてかんじよ！」と彼女たちの一人がある朝ビーチで僕に言った。

「昨夜のパーティー、もう凄《すご》かったんだから。ビンビンしびれたわねえ」

「楽しかった？」と僕はまた例によって気の利《き》かないスクェアな質問をする。

「楽しかったも何もよく覚えてないわけよ。何があったかも覚えてないわけよ。わかってるのは二人のルームメイトが一晩中うちに戻って来なかったってコトだけ」

「ルームメイトが二人いるんだ？」

「私、なんでこんなにお酒飲んじゃうんだろ？　一種の強迫神経症的なものよね、きっと。なんで毎晩毎晩こんなにビシバシ自分を痛めつけるのか自分でもよくわからないの。そんな人間存在ってまるっきり不毛じゃない」

「うん、君がそう考える気持はわかるよ」と僕は言った。

「ねえ、あんた私のこと落ちこませるつもりじゃないわよね？」

「いや、そうじゃないけど」

「ときどきね、みんなが私のコト落ちこませようとしているみたいに思えることがあるの」と彼女は言った。そしてゴロンと転がって僕の方に横向きになった。ビキニが包みのこしたその若々しい乳房の広大な地域を眼前にして、僕の心は千々に乱れた。

彼女が楽な姿勢をとろうともぞもぞと体を動かすのを眺めていると、まるで波の動きを眺めているみたいな気がした。

「マジな話ね、私、絵が描《か》きたくてしょうがないのよ」と彼女はつづけた。「それで、私の大学の美術クラスの教師は私を落ちこませるのよ。私の絵がひどいって言ってさ。そりゃ私だってそれほど良いとは思わないわよ。でもさ、人間誰だって人に教わる時期ってのがあるじゃない。そして私、ずいぶん上手くなったわよ。みんなそう言ってくれるもん。でもその美術教師だけは別で、テクニックがどうのこうのって言うわけよ。ダルイわよ、まったく。サーカスだわよ、まったく。とくにひどいのが大学。誰も彼も馬鹿《ばか》やってて、ＬＳＤでトリップして、寝まくってね。怖いのよ、私。わかる？」

「何が怖いの？」

「アシッドやること」と彼女は言った。「だって頭がどうかなっちゃったらどうするのよ」

「じゃ、やらなきゃいいじゃない」

「でもみんなやってるし」と彼女は言って、ごろんとあおむけになった。「やらないとバカみたいじゃない」

「バカみたいに見えるっていうのは、怖くってアシッドをやらないことが？　それとも誰かに怖がっているんだろうって見すかされることが？」

「私、怖いのよ！　寝てまわることなんかたいしたことないわよ。そういうのは個人の選択の問題だから。でもアシッドやるのはそれとは違うのよ。ぜんぜん違うことなのよ。でもそれにもかかわらずね、私、逃したくないのよ、人生最大の経験になるかもしれない機会をね」

「アシッドやって、十五階の窓からとびおりた連中の話、何度も読んでるだろ？　下の方に見える人生最大の経験に向ってとびおりた連中のこと」

「ときどき窓からとびおりるのも悪くないなって思うコトあるわよ」と娘は言った。彼女はまたゴロンと横向きになって、サングラスを外した。「つまり、私、ここにいるわよね。マリファナやって、これまでに六人くらいの男と寝て」彼女はまたサングラスをかける。「くらいじゃなくて正確に六人よ。私、最近すごくお酒飲んでるの。私二十歳だけど、もういろんなコトみんなやっちゃってて、あと十年たって自分がどんなになってんのか見当もつかないのよ——これから先の十年なんてものが存在すればだけどね」

次から次へと彼女は語りつづける。アイデンティティーの問題、ＩＢＭカード、マンモス大学、離婚、カリフォルニア、堕胎、ドラッグ、サンタン・オイル。彼女は答も求めないし、儀礼的なあいづちも求めない。そして最後にすごく真剣な顔つきでこう言う。「ねえ、これで私のことはもう十分しゃべったと思うけれど、それで、あなた私のコトどう思う？」

「君、サイコーだよ」と僕は言う。

「あなた、私のコト気分よくさせてくれるわね」

「そう言ってもらえると僕も嬉しいね」と僕は言った。

ビーチ・バニーの全員がウォーカーに夢中になっていて、ウォーカーの方も彼女たちと共に楽しんだ。ウォーカーは彼女たちには惚《ほ》れなかったし、また彼女たちの方もそういうのを求めていたわけではなかった。彼は娘たちのまん中にさっととびおり、黄金色の髭と、黄色のサングラスと、日焼けした肌《はだ》とそのハッピーな物腰でもって、彼女たちの絶望的にして報われざる愛の、やさしく思いやりぶかい支え板《バックボード》の役をつとめた。彼は娘たちを大事に扱い、彼女たちが自分たちを傷つけるようなことをしないようにと心懸けた。彼女たちの一人として心に傷を負うことはなかった。そういうのもまた素敵だった。

そのように、ウォーカーと僕がハワイでの最初の週にやったのは、お互いがお互いに馴れることだった。最初の日から、兄がヘロインをやっていないことははっきりとわかった。彼はとても元気そうだった。彼はもちろんまっ黒に日焼けしていたけれど、二年ハワイに住めば誰だってそうなるし、日焼けをかくれみのにすることだってできる。しかし兄の体はとても良い状態にあった。目は澄んでいて、手もふるえなかったし、鼻をすることもなかったし、甘いものをいやにほしがるということもなかった。そしていちばん重要なことは、彼がもの静かに見えることだった。彼は僕なんかよりはずっともの静かに見えた。僕の方にはまだ海外にいるアメリカ人特有の殻《から》が残っていた。堅苦しさ、うたぐり深さ、身がまえ、そんなものだ。そういうのを溶かしきってしまう必要があった。僕は昼のあいだはビーチに寝ころんで、その解凍につとめた。夜になるとウォーカーと二人でマリファナを吸って話をした。ウォーカーは料理がとてもうまくなっていた。だから彼が料理を作り、僕が洗いものをした。物事はうまく運んだ。

二人がずっと顔を合わせなかった二年間のあいだに、実にいろんなことが起っていた。僕らは二人とも変っていた。そして少しずつ僕らはその互いの変貌《へんぼう》について語りあえるようになった。僕らはそういう話のときは決して笑わなかった。ヘロインの話で笑える人間なんてどこにもいない。語りあうことは骨が折れる困難な作業であった。話したいことはいっぱいあるのに、それを表現する正確な言葉が存在しなかったからだ。でももし僕らが兄弟じゃなかったとしたら、それはもっともっと困難な作業になっていたにちがいない。まちがいなく、僕らはまだ同じような考え方をしていたし、そのおかげで途中で話を止めていちいち説明する手間を省くことができた。僕らは兄弟だったし、お互い「その言葉はどういう意味なの？」と質問したりすることもなかった。言葉をみじかくはしょっても問題はなかった。

　そして我々は互いの話に耳を傾けた。

　僕らは世間の多くの親子・兄弟のようにお互いを当然のものとして受け入れたりはしなかった。一緒に育った兄弟が十年の後にはまったくの別人になっている――でも考えてみればそれは当然のことだ。僕はウォーカーがどんな風になったかを知りたがったし、それと同じくらいウォーカーの方も僕がどんな風になったかを知りたがった。お互いをあざむこうといった試みもなかった。そんな必要はなかったのだ。その一週間のあいだに我々はあらたな信頼感と敬意と親密感と友情を確立したからである。僕らはそれぞれ相手が理解しようと努めてくれるに違いないと思えることを話した。なぜなら相手を理解したいというのが二人の望みだったからだ。よくわからない部分はそのまま受け入れようとした。

　ハワイ滞在二週間めに入って間もないある午後、ウォーカーは僕をつれて浜の堤防に沿ってドリス・デュークの家まで歩いた。巨大な黒い溶岩のかたまりがブロックに切断されてどうみても高さ十五フィートはある壁として積みあげられ、そのてっぺんには鉄条網がめぐらされていた。壁の近くに立っている木にもやはり鉄条網がまきつけてあった。防波堤のついた入江も同じ溶岩のブロックで造られていた。家は空家で、かつてはけっこう安全で波のないモーターボートの船着き場になっていた入江も今は打ち捨てられ、日本人の漁師たちが網やルアーをしかけるために岩の上を大きな足の親指でひっかけるようにしてせかせかとカニみたいに上り下りしているだけである。壁に沿って歩いていくと、金属製の格子《こうし》のついた大きな黒い鉄扉《てっぴ》の前に出て、そこで僕らは歩をとめた。

「二年前、最初にここに来たときにはな」とウォーカーはいった。「この壁の向うにばかでかいマスティフ犬がいたんだ。俺がちょうど今いるこのあたりにさしかかると、犬がそれを聞きつけるか嗅《か》ぎつけるかして中を走ってくる音がこっちから聞こえたもんさ。息づかいとか、足音がどんどん近くに聞こえて、俺が扉のところまでくると、犬は扉に体あたりするんだ。一カ月というもの、毎日俺は扉の向うの犬のうなり声を聞いていたよ。そりゃおっかなかった。そしてある日突然犬は来なくなった。扉のところに行っても寄ってこないのさ。なんだかすっといなくなっちゃったわけさ」

「俺はただ時間を潰《つぶ》すために散歩してた」とウォーカーはつづけた。「麻薬から自分を遠ざけておくためにだよ。二カ月めのある日、俺は散歩の途中ビーチで小さな白い犬と出会った。そして犬は俺のあとをついてきた。その仔犬《こいぬ》の飼主が誰かはわからん。でもその犬は毎日ビーチで俺のこと待ってるのさ。俺たちは仲良しになって一緒に堤防沿いに散歩し、端まで行って戻ってきた。そして奴はどこかに行ってしまい、俺は家に帰った。そんな具合に俺はヘロイン抜きの一日をひとつまたひとつとつみかさねていったわけさ」

「それで、ある日の午後」とウォーカーは言った。「二カ月めの終り頃《ころ》だな、仔犬と俺とは一緒に壁に沿って歩いていた。するとまたあのマスティフの息づかいが聞こえた。ちょうど今いるこのあたりだ。マスティフが力いっぱい扉に体あたりして、金属の格子がたわむのが見えた。白い仔犬は肝を潰して海にとびこんで泳いで逃げようとした。でもそんなに遠くまでは行けなかった。ここの波は荒いし、引き波が犬をひきずりこんでしまった。俺にはどうしてやることもできなかった。何もかもがあっというう間に起っちまったんだよ。そして仔犬は二度と浮かびあがっちゃこなかった。そして俺はここに座って泣いたよ。その十年の間に声をあげて泣いたのなんてそれがはじめてさ、兄弟《パル》。自分自身以外の誰かを可哀《かわい》そうだと思ったのはね。俺は本物の涙が頬をつたうのを感じた。ゲロも出ないむかつきの空涙とか、その手のものじゃなくってさ、なあ、正真正銘ちゃんと湿った涙なんだよ。そして泣きながら、俺は突然ふっとこう思った。やりとげたってさ。俺はヤクから抜けたんだってさ。俺には泣くことができるんだ」

話をする気分ではない時、我々はウォーカーのベッドに座って一緒にギターを弾いた。ウォーカーの女友だちの一人が、僕がギターを弾くのが好きだと聞いて、いるあいだ使っていいわよと言って自分のギターを置いていってくれたのだ。僕はなんとかジミー・スミス風のぶ厚い和音をつけて『我が心のジョージア』を弾き、ウォーカーは『ワン・ノート・サンバ』を弾いて部屋をブラジル風の空気で包んだものだった。一度マックスが贈答用スコッチのパイント瓶を手みやげにやってきた。

第二週めになるとウォーカーの友だちの何人かが僕らを夕食に招待してくれ、彼らと僕はすぐに友だちになった。僕らは彼らの家の居間に座って海の話をし、夕陽《ゆうひ》を眺め、音楽を聴いた。ウォーカーが席を外すと、みんなは僕に彼がどれほど僕が来ることを心待ちにしていて、しょっちゅう僕の話をしていたかということを教えてくれた。そして彼らは「君たちみたいな仲の良い兄弟を見てると本当にうらやましいよ」と言った。ウォーカーが戻ってくると、我々はまた海の話をした。

ある朝、ウォーカーはダイアモンド・ヘッドの沖で波が高いというラジオの放送を耳にした。その夏いちばんのうねり《スウェル》で、波の中には十五フィートに達するものもあった。ウォーカーが家を出たのは夜明け頃だった。何時間かあとに戻ってきた彼の顔は紅潮し、目は生き生きと輝いていた。それで僕は何があったんだいと質問した。彼は僕に波の話をし、何故波のりをするかについて話してくれた。

「最高にエキサイティングで――心躍る体験なんだぜ、想像を絶するくらい」と彼は言った。僕は彼のベッドのはしに座り、ウォーカーは回転する板《プレート》の銀河の中に立っていた。「俺は波の中に二時間たった一人でいたんだ。高い波の中で一人でいるってことはだな、ひどい怪我《けが》をしても、波にひきずりこまれても、鮫《さめ》に襲われても、助けてくれる人間がまわりに誰もいないってことなんだ。もちろんそんな波のブレークするポイントの向うの方にいて波に乗らないでいることだってできるわけだし、だから何かマズイことが起ったとしても自分以外の誰を責めることもできない。でもな、そんなんじゃないんだよ――つまりさ、つきつめてつきつめて自分一人っきりになるわけさ。つまりさ、家から小切手送ってもらって助け出してもらうこともできないんだよ」

ウォーカーはまるでサーフボードの上にいるような姿勢で立っていた。一方の足をもう片方の足の前にだして、わずかに膝をかがめている。「波の上で最初に立つ瞬間というのは、こりゃちょっとしたもんだ」と彼は言って、両腕を伸ばし、顔を一方に向ける。「そしてまるで万里の長城みたいなのがこっちにぐーんと迫ってくるのが見える。そしてこう思う、俺はこの波を乗りこなせるだろうか、それともこの波に俺は打ちのめされちまうだろうか、とね。そしてその瞬間に突然俺はその波のパワーと一体化するわけさ」と言って、彼は両腕をぴしゃっとわき腹につける。「そしてな、これが実にね、他の何をもってもかえがたい最高の禅的瞬間なのさ。もっと凄いのはさ、なあ、それは波に乗るたびに、でかいうねりが来るたびに起るってことなんだよ。このパワーは、この波と一体化し海の一部になるっていうフィーリングは、すごく特別なものなんだよ。本当だよ」とウォーカーは言って、ベッドの僕のとなりに腰を下ろした。「なあ、アルフレッド、それはまるでな、一歩家を出るたびに新しい女とセックスするようなもんだぜ」

（僕はサーフィンをしたことがない。人々は時として自分がどういう死に方をするかを前もって予知するが、僕は自分が窒息死することがわかっている。溺《おぼ》れるか、煙にまかれるか、あるいは肺気腫《はいきしゅ》でゆっくりと死ぬのだ。そのうちのどれかはわからないが、とにかく僕は空気が不足して死ぬのだ。だから、僕は一度もサーフィンをしなかった。僕は臆病《おくびょう》と思われるのが嫌で——男なら誰だってそういうところはあるだろう——無理して水泳もしたし、スキューバも素潜りもやった。でもサーフィン？　ブラック・ジャックのディーラーは十八の札でストップするものだ）

僕らの過した日々は暖かく、心おだやかであった。僕らは泳ぎ、ビーチに寝そべり、通りがかりの誰かれとなく話をした。パールハーバーにも行ったし、シー・ライフ・パークにも行った。動物園に行って、人参《にんじん》ジュースがフラミンゴのピンクを保たせているのだという説明書きも読んだ。ガラスのエレベーターに乗ってイリカイ・ホテルのてっぺんに行って、トラミー・ヤングがトロンボーンを吹いているダンス・バンドを聴きながらカクテルを飲んだ。僕らは昔トラミー・ヤングが大好きだった。ニューヨークの〈ジミー・ライアンズ〉とか〈五十二丁目〉とかなんていう店がまだまともだった時代のことだ。そんな時代を覚えていればこそ、トラミー・ヤングも『セント・ジェームズ病院』を演奏した。

そして僕らは夕陽を眺めた。僕らはオアフ島のあらゆる場所から夕陽を眺めた。僕らは丘のてっぺんまで車を走らせ、ブルーのフォルクス・ワーゲンの中に座ってマリファナを吸い、他の島に家を一軒買いたいねと話しあった。タヒチの小帆船《ケッチ》を買って、それで世界中をまわろうよという話をした。僕らはいつも二人で何かを一緒にやりたかった。今二人ともやっと自由の身なんだから、何かひとつやってみないという手はないじゃないか。ホノルルのけばけばしさに飽きると我々はマウイに移ってラハイナにあるバーの二階の一晩三ドルの部屋に泊った。

ウォーカーはマウイにもホノルルに負けず劣らず沢山の友人を持っていた。ダイヴィング用品の店の店主、フライド・チキンのスタンドの巨大な体の女の子、ラハイナ・ブロイラーのバーテンダー、パイオニア・インのウェイトレス、その他大勢。彼らはみんな温かく気持の良い気さくな人々で、兄と再会したことを心から喜んでいた。ウォーカーの求めに応じて、僕は彼が本にしようと思って書きためたメモや記録や走り書きをマウイまで持ってきて、ある日ウォーカーがサーフィンに出かけているあいだにそれらに目をとおした。その夕方我々はここはひとつ美味《うま》い食事をして、じっくりと膝をつきあわせて話しあおうじゃないかということになった。ブロイラーに行き、ワインを一本取った。波が足もとに打ち寄せていた。沈む夕陽が雲にその光をちかちかと反射させていた。まるでトランプを帽子の中にはじきとばすみたいに。

「お前、どう思った？」とウォーカーが訊いた。

「これは良い本になりそうだと思うね。タヒチのところはとても力強さを感じるね。兄貴がこれほどタヒチにくわしいとは知らなかったよ」

「あのへんの島は今どんどん変化してるから、実態をつかむのはすごくむずかしいんだ。でもタヒチのあのあたりは自分でもよく知ってると思う。なあ、出版社のアドバンスとれると思うか？」

「もしアドバンスなんか取れたら本は完成しないぜ」と僕は笑って言った。

「言えてるね」とウォーカーは言った。

「どれくらいこれ書いてるの？」

「五年くらいぼちぼちとさ。書いてないときの方がずっと多かった。長かったね」

「書きあげられると思う？」

「そのつもりではいるけれどね……」

二人とも沈黙した。兄にばつの悪い思いをさせるようなことを言ってしまって、僕自身もばつの悪い思いをした。彼がいくぶんばつの悪い思いをしたのは、それはまるで親が子供に向ってするような質問だったからだ。突然ウォーカーがこう言った。

「なあ兄弟《パル》、お前が俺のことをどう思ってるのかすごく知りたいんだけどな」

　そこで僕らは大笑いした。というのも僕はビーチで会った例のハードボディーの女の子のことと、彼女の「これで私のことはもう十分しゃべったと思うけれど……」という科白《せりふ》の話をウォーカーにしてあったからだ。

「でも俺、本気で言ってんだよ」とウォーカーは言った。「お前は俺の弟であり、いちばんの友だちだ。だから正直に言ってほしいんだよ」

　僕は海に目をやっていた。「兄貴のことどう思うかって？　ねえ、ウォーカー、そんなことうまく言えないさ。そりゃ星占いみたいなことなら言えなかないよ――良いことはこれこれこれ、悪いことはこれこれこれ、とかさ」

「言ってみてくれよ」

　僕は兄の顔を見た。その目は奥まで澄みきって輝いていた。ずいぶん長いあいだつづいていたあのとろんと死んだような目つきとは全然ちがっている。顔に刻まれたしわは母親のそれとそっくりの線を描いている。肌はあの青白い死化粧のような色ではなく、赤茶色でつやがあって、ぴんと張りきっていた。

「言ってみてくれよ」と兄はくりかえした。

「でも兄貴は僕にとっちゃただの兄弟という以上の存在だからね、何を言ったって兄貴はもうそんなこと承知だと思うよ」

「たとえばどんなことだよ？」

「まずさ、そうだね、兄貴はハワイを出るべきだと思うな。僕も兄貴もここが美しい島だということを知っている。ここの人々が兄貴のことを好きで、兄貴の方もある意味では彼らを愛していて……」

「俺は愛してるよ、本気で」

「でもここを出ていくべきなんだよ。兄貴は肉体的にも精神的にも今が最高の状態だ。ずっと長くいろんなことがあって、こんなに調子良くなったのは初めてだろう。兄貴にはもう支えは必要ないし、ハワイは兄貴にとっての最後の支えなんだよ。ここは綺麗だし、みんな兄貴のことが好きだし、夕暮は素晴らしいし、何もかも素敵だ。でも僕には兄貴がここで満足できるとは思えないんだよ。ここには何ひとつとして実体らしきものがないじゃないか？　何ひとつとしてさ！　ハワイにおける唯一《ゆいいつ》の実体は、美しいってことだけさ」

「どこの場所にも実体なんてないのさ、兄弟《パル》。そんなものは一人一人の頭の中にしかない」

「じゃあその頭をどこか別のところに持っていくんだね。もっとずっと気の散ることの少い場所にね。もし本当に本を書きあげたいと思うんなら、ハワイを離れることだね。ここにいたんじゃ本を完成させることはできないよ。ここにいたんじゃ本を書こうという気にならないだろう。書けない言い訳はいくらでもあるからね。友だちが立ち寄る、弟が一ヵ月遊びにくる、女の子が相談にくる、その女の子の友だちがこれもまた相談事がある、男の友だちが一緒に他の島に行こうと誘う。そうだろ？　でもさ、この本は兄貴一人でしか書くことができないんだぜ」

「あの本は良い出来だと思うか？」

「まだ書きあげてないじゃないか。僕は良い本になりそうだと思うよ。でも本なんてものは全部仕上がってみないとわからないんだよ。いいかい、兄貴はあれを仕上げるべきなんだよ」

「仕上げるさ」と兄は言った。

「いつ？」

兄は黙りこんだ。

「わかるだろ、ウォーカー？　こんな風に自分を無駄《むだ》にしているのはいけないことだよ。兄貴はそんな素晴らしい頭を持っているのに——なあ、みんなそう言うだろ？——それをだらだらと無駄にしているんだ。それを何かかたちのあるものにまとめようとはしないんだ。本を仕上げるんだよ。何かを仕上げるのさ。あれはすごく良い本になるよ。そんなことで僕は絶対に兄貴に嘘をついたりなんかしやしない。あれはね、良い本になるべくしてあるものなんだよ。兄貴になら書ける。そしてあれだけひどい目にあったんだから、あと二冊か三冊の本を書けるだけのものが兄貴の中にはある。でもね、最初の一冊を仕上げなきゃわないことには、そいつが見えてこないのさ。兄貴のやるべきことはとにかく書くことさ。書くことを邪魔しているあらゆる言い訳をふり払ってね。他の誰のためにでもなく、ただただ自分のためにあれを書いちまうんだよ」

ウォーカーは笑った。「お前がワインを飲んでるときには忠告を求めたりしちゃいかんと肝に銘じておくよ」

「問題はね、兄貴は自分が最高でないと我慢できないってことなんだよ。だからギリギリのところまでやるのが怖いんだよ。つまりさ、兄貴は最高のサーファーになりたいと思ってた。選手権の準決勝まで進んだ。ところがいざ試合ってときになると出場しないわけさ」

「よせよ、アルフレッド、あのときは島のあっち側に良い波が立ってたんだ。俺は大会とか勝ったの負けたのとかって興味ないんだよ。良い波がありゃそっちに行くさ」

「違うね、兄貴が競争をさけるのは負けるのが怖いからだ。自分の何かを他人にきちっと評価されたり、実力のほどが人目にさらされたりするのが怖いからだ。そして——」

「おい兄弟《パル》、ちょっと待て」とウォーカーが口をはさんだ。「ちょっと待てったら。なにをそんなカッカしてるんだ？」

「兄貴のせいさ！　あんたが僕に訊《たず》ねたんじゃないか、自分のことどう思うかって。そして僕が一所懸命答えているんじゃないか。あんたはビーチの可愛いハードボディーじゃなくて、僕の兄貴だ。もしお望みとあらば口あたりの良いやつをべらべらと並べてやるよ。あんたは僕の知ってる中でいちばん感じがよくて思慮深くて、寛容で親切で優しい人間の一人だ。あんたはビューティフルだ、実に。そしてそういうのは全部本当のことだよ。あんたの何について悪く言うことができたとしても、それを帳消しにする良いところは見つけられる。兄貴だって僕の悪いところは幾らだって並べたてられる。僕ら二人は許されている限度以上に今まで他人を傷つけてきたし、そういうのはどちらにとっても全然自慢できることじゃない。そしてはっきりとわかってるのは、僕らがこれからも、どれだけそうするまいと努力したところで、やはりもっと沢山の人々を傷つけていくだろうってことなんだ。何故なら僕ら二人は冷血人間だからさ。それがもうひとつのはっきりとしてることさ、兄弟《パル》。僕らは冷たくなるまいと努力することはできるし、また実際にそうしているわけだけれど、でも僕ら二人にはずいぶん多くの共通性がある。奥底深く、我らが矮小《わいしょう》な魂の深淵《しんえん》においては、僕らは冷血人間なんだよ。そして僕らはそこに誰も立ち入らせようとはしないのさ」

「お前の言ってることよくわからんな」

「何がわからんもんか。僕らはこんな具合に愛だとか温かみだとか寛容さだとか何だとかについてしゃべりながら、二人でお互いきちっと何センチメートルまで測りあってるんじゃないか。これだけは向うにやって、これだけはこっちに引いてという具合にさ。僕らは親切さとか思慮深さとかで他人の目をあざむくことはできる。何故なら僕らはそういうことにたけているからだ。僕らはそんな風に育てられたんだよ。僕らにはそれ以外の生き方はできないし、そうすることにまったく何の苦も感じてはいない。何故かといえばそうしていれば僕らとしてもいちばん楽だからだ。まあ、僕は自分のことを言ってるのかもしれないね。でもこれだけはたしかだよ。僕ら二人は他人の傷つけ方を知っている」

「もうずいぶん長い間俺は他人を傷つけてないぜ」とウォーカーは静かな声で言った。

「ねえねえ、アウシュヴィッツの番兵の生き残りだって長い間誰も傷つけてないよ！」

「おいそんなたわごとはやめてくれ、アルフレッド。お前の口からそんな科白が出てくるなんて俺にとっちゃ正直言ってびっくりだね」

「なあ、ウォーカー」と僕は言った。「愛してるよ。あんたは僕の兄貴であり、たった一人の兄弟だ。僕はずっとあんたのことをうらやみ、嫉妬《しっと》してきた。そして愛してきた。もし世の中に『兄弟コンプレックス』なんてものがあるとしたら、それは僕のことだ。僕はずっとあんたみたいになりたかった。あんたみたいに頭が切れて風采《ふうさい》もよくて女の子にモテてね。でも僕はそうはならない。僕らは全然ちがう別の人間なんだ。僕は二十七で四十五みたいな気分だ。あんたは三十一で、二十六のつもりだ。僕らは二人ともなんとか出遅れたぶんをとり戻そうとしているのさ。他人の期待する人間像に自分をはめこむことに汲々《きゅうきゅう》として失われた時間のぶんをね。だから腹を立てないでくれよ。いったい僕にどんなことを言ってほしかったんだよ？　兄貴が本当に思ってること言えよって言うからそうしてみようと思ったんだよ。それというのもそうすれば僕ら二人が他人にそう広言しているように本当に心を通いあわせられるんじゃないかと思ったからさ」

「でも俺たち本当に心が通いあってるじゃないか」とウォーカーは言った。「お前は俺の最良の友だちだし、いちいち分解して原理を調べてみなくったって俺たちの心が通いあってることはわかるはずじゃないか」

「ねえウォーカー、僕はその原理を調べようとしているんじゃないよ。僕はその『心が通いあってる』というのがどの程度『通いあってる』のか調べてみたかったのさ。その距離を測ってみるとか、ひとつ証明してみてくれとか、そういうバカなことを言ってるわけじゃないよ。僕はね『我々の心は通いあってる』というときの『我々』というのが誰のことなのかを知りたかった。それだけさ。そしてもしその『我々』というのが誰のことなのかがわかったら僕は——ああ、もう嫌になっちゃうよ。結局僕が言いたいのはだね、結局最初の話に戻っちゃうんだけど、やっぱり兄貴はハワイを去るべきだっていうことなんだよ。ここでの問題点はハワイにいる人たちがみんな兄貴のことを凄《すご》いと思っていることなんだ。みんな兄貴のことが好きで、凄いと思ってる。でも僕は兄貴が凄いことを知ってるし、兄貴がそれを証明するチャンスに賭《か》けてみないことに対してとことんアタマに来てるんだ。他人に対して証明するってことじゃないよ。他人なんて何だってかまやしない。僕が言ってるのは兄貴が自分自身に向ってそれを納得させるってことだよ。僕はあれをすごく立派な本にしてほしいんだ。書かなきゃいけないという重荷から抜け出すためにさ。あんたはこれまで自分のことを作家だと言いつづけてきたくせに、自分ではそれを信じちゃいなかった。あんたはラハイナをうろつき、ホノルルをうろつき、作家と自称している連中をゴマンと目にしてきた。でも僕と同様そんな連中を作家とは思わないだろう？　小さなメモ帳に小説のための立派なアイデアやら科白の断片やら思いつきのシーンやらをぎっしり書きこんだってそれで作家になれるわけじゃない。それは逃避だ。本当にそうなんだよ。兄貴は自分をごまかしているだけだ。兄貴に本を仕上げてほしいんだよ、僕は。そしてあんたのこれまでの全《すべ》ての知りあいがあんたを誇りに思うくらい立派な本に仕上げてほしいんだよ。みんなが『俺、昔あいつのこと知ってたんだ』と言えるくらいのね。僕の言わんとすることわかるかい？　僕は他の連中にも兄貴のことを誇りに思ってほしいんだ。この僕同様にね。僕はこの島で兄貴に会って胸も張りさけんばかりに誇りでいっぱいになったよ。でも僕が兄貴のことを誇らしく思ったのは、島のみんなが兄貴のことを好いているからでもないし、あんたが立派な本のための断片を書きあげたからでもないし、素晴らしい心の持ち主でサーフィンの名人だからでもない。僕が兄貴を誇らしく思うのは、兄貴が薬をキックしちゃったからさ。あんたは立派にキックしたし、そうするには僕の想像力を超えたガッツが必要だったはずだ。もし僕にそうできたなら名誉勲章でも授与していたところだよ。兄貴は僕に何よりも素晴らしいものを与えてくれたからだ。兄貴は僕に機会を与えてくれたんだ。母さんに向ってもう大丈夫だよって言うことのできる機会をね。大丈夫、ウォーカーは立ちなおったってね。神様……まったくもう……素晴らしいじゃないか！」

「でもまだ十分には……」

「立派なスタートだよ」

「俺はお前にここにいてほしいんだ、兄弟《パル》」とウォーカーは言った。「俺たちはタヒチの小帆船《ケッチ》を買って、それでどこにでも行くことができる。お前に見せたいところがいっぱいある。駄目になっちまう前にパペーテを見せておきたい。インドにも一緒に行きたい。京都に行くことだってできる。お前いつも行きたがってたじゃないか」

「そいつは無理だ。ニューヨークで編集者と会う約束があるもの」

「そうだったな」

「ねえ、クリスマスにニューヨークに戻ってきなよ。僕のところに泊ればいい。家族にも会えよ。そうしなよ、ぜったいに楽しいから」

「そうしたいのは山々だけどね」とウォーカーは言った。

「迷うことないさ。それで計画を立てようよ」

「でもな――ニューヨークは寒い。俺はもう二年もハワイにいるんだぜ。あの寒さに耐えられるかどうか」

「しかしクリスマスのニューヨークは素敵だよ。デパートのウィンドウやら、ロックフェラー・センター、うしろで手をくんでスケートしてるおじいさん、パーク・アヴェニューのクリスマス・ツリー……」

そしてまさにそのとき観光客向けにレンタル・バイク屋をやっている男が僕らのテーブルにやってきてそっと囁《ささや》いた。「やったぜ、ウォーカー、アシッドが手に入った。あんたの弟にも他の連中にもいきわたるだけたっぷりある。ほれ、キューブ〔LSD入りの角砂糖〕が二つにキャップ〔カプセル〕が一個で、キャップの方はあんたのやってるのと同じくらい強力だよ。だから二人でこれやんな。サイコーだぜ」

そしてLSDが手に入った。

ウォーカーと僕はLSDの話をしたことがあった。ウォーカーは二、三度やったことがあって、一度やってみたいなと僕も言っていた。どうしてだろう？　それはたぶんあのビーチで会った女の子とだいたい同じような理由からだと思う。「偉大なる体験《エクスペリアンス》」のためだ。それまでの人生で、僕は偉大な体験なんてものにろくにお目にかかったことがなかった。もちろんその体験がひどいやつ《バッド・ワン》になるかもしれないということは知っていた。LSDをやるのはサーフィンをやるのより遥《はる》かに怖かった。というのはもし僕がサーフボードから落っこちたとしても、海の危険というのは僕が何とか対抗することのできるものであると思うからだ。でももし僕がＬＳＤでバランスを失ったとしたら、僕がどんな海に落っこちるかなんて誰にもわかりやしない。でも僕はそれを試してみたいと思った。おそらく僕としては賭けを、どんな賭けでもいいからしてみたかったのだ。おそらくそれは僕が自分の精神に対して侮蔑《ぶべつ》の念を抱いていたからだろう。おそらくそれは僕があいかわらず納屋《なや》の天井のたる木にのっているみたいな小さな子供だったからだろう。下では兄貴がこう叫んでいる、「弱虫！　とびおりてみろよ、俺だってやったんだぞ！」と。そして頭の中で自分はもう子供じゃないんだし、やりたくないことを無理にやらなくてもいいんだとわかっていても、心のどこかにまだ「証明の必要」とでもいうべきものが残っていたのだと思う。

僕はテーブルの向うの兄の顔を眺め、相手を信用していいものかどうかと考えた。結局またドラッグだ。前回との唯一のちがいは僕も一緒にやれと勧められていることである。何故？　もし僕らの心が本当に通いあってるとしたら、兄がそれで頭がおかしくなるかもしれないようなものに僕をわざわざ誘いこんだりするものだろうか？あるいは「心が通いあう」なんて全くの神話にすぎなかったのか？　あるいは本人が言うように、ウォーカーは僕自身のためを思って誘っているのだろうか？

ハワイでアシッドを手に入れるのは厄介《やっかい》なことだった。そしてたぶん僕は心の底でそんなの手に入らなきゃいいのにと願っていたんだと思う。でもそれにもかかわらず手に入ったぜというウォーカーの友だちの言葉を耳にしたときには、僕は幸せな気持になった。怖いよ、と僕はウォーカーに言った。ナーヴァスになるのは当然のことさ、とウォーカーは言った。でも心配することない、お前くらい精神の安定した奴もいないし、すごくビューティフルな体験《エクスペアリアンス》になるさ。忘れることのできないような奥の深い体験《エクスペアリアンス》にね、と。それでも僕はまだこう思っていた——何故やるんだ？　と。

あるいは僕は「お前くらい精神の安定した奴はいない」なんて言われることにうんざりしていたのかもしれない。あるいは僕は自らの退屈さにうんざりしていたのかもしれない。僕はこれまでただやらなくちゃいけないことをきちんとやって生きてきただけじゃないかという気がしていた。それ以外の道があるかもしれないなどとは真剣に考えもせず、何故だとも自らに向って問いかけることもせず。もしこの危険にあえて挑《いど》まなかったなら、もしそれを避けてとおったりしたなら、この先ずっと自分自身を許すことができないだろうと僕は思ったのだ。そしてウォーカーも二人で一緒にやりたがっていることだし。

僕らはハレアカラのてっぺんでアシッドを飲むことにした。ハレアカラというのはマウイ島にある死火山の火口で、ハワイ人たちは「太陽の生まれる場所」と呼んでいる。それは慎重に舞台設定されたトリップだった。ハレアカラから見る日の出はただでさえ壮麗な眺めなのだが、ＬＳＤの影響下にあるとそれは信じられないくらい凄いものになるという話だった。ウォーカーと彼の友人たちは僕の最初のトリップをグッド・ワンにしようとしてくれたのだ。もし少しでも具合がわるくなりそうだったら、僕がハズレになっちゃいそうだったら、みんなで助けてくれるということだったが、そう言う彼らもやはりみんなアシッドをやっているわけだ。そしてウォーカーには、果して僕を助けられるのだろうか？　でもそんな質問には答えようがない。とにかく意を決して、アシッドをごくりと呑《の》みこみ、トリップ状態に入ってしまわないことには。

　要するに、ウォーカーは僕に対して俺を信頼しろよと要求していた。彼は僕が心を委《ゆだ》ねて自分を信頼してくれることを求めていたのだ。僕はテーブルごしに兄の顔を見た。かの「悪の華」、かの堕天使の顔を。もし僕がこれを断わったとしたら、僕とウォーカーの関係はこの先どうなるのだろう？　そこに含まれている意味あいは実に明白だった。それでも、僕にはまだうまく呑み込めなかった。兄貴はヘロインをキックしたっていうのに、なんでＬＳＤなんかやってるんだ？

　でも結局のところ僕の頭に浮かんだそれらの疑問はどれもこれも無意味だった。僕はウォーカーを信頼していたからである。そして彼が僕と一緒にそれをやりたいのは、彼がその喜ばしさを二人で分かちあいたいがためであるというのもちゃんとわかっていた。

「きっと素晴らしいビューティフルなトリップになるぜ、兄弟《パル》」とウォーカーは言った。

僕はたよりなげに微笑《ほほえ》んだ。「そうなってほしいね」

「なるとも。大丈夫さ」

その日の午前二時にブロイラーのバーテンダーとレンタル・バイク屋の男とウォーカーと僕は借りもののフォルクス・ワーゲン・バスでハレアカラの火口クレーターの上にのぼった。長い道のりで、ラハイナから三時間近くもかかった。高さ二千四百メートルのところで我々は雲の上に抜け、まわりを見まわすとその上にあと一千メートルあまりの高さを残した死火山と月と空が見えた。道路は前にうしろに折れ曲っていたので、我々は白々とした満月につっこんでいったかと思うと、今度は銀色の雲をかすめるというのを何度もくりかえした。上の方に行けば行くほど風景は美しくまた荒涼としたものになっていった。ハレアカラのてっぺんのまっ暗な展望台に着いたときには、我々はゾクゾクするような神秘的な気分のたかまりを感じ、この世の中には我々四人とフォルクス・ワーゲン・バスと天の他には何ものも存在しないんだという気になっていた。

僕らはLSDを呑んだ。カプセルとかキューブとかを舌の裏側にはさんでじっとそれが溶けるのを待った。みんな車を降りて血行を良くし体をあたためるために足踏みをしたり腕をばたばた振ったりした。そして車を離れ、火山の暗いへりまで行き、そこで待った。LSDは約三十分で効いてくるはずだった。

ウォーカーと並んでそこに立って暗いクレーターを見下ろしていると、彼が言った。
「なあ、変な話なんだが、俺はハワイに来て以来ずうっとこの場所に来たくってしょうがなかったんだよ。でもとくべつな理由がない限りここには来るまいといつも我慢してたんだ。どうして自分が今までここに来なかったか、その理由が今やっとわかったよ。お前と二人で来られるまで待ってて良かったなと思うよ、兄弟《パル》」

ふりかえると、月は肩越しに少しずつ色を失い、我々の背後の雲の中にかすんでいった。我々は巨大なクレーターのがけっぷち近くに座った。十分後には月はすっかりその姿を消してしまった。そしてクレーターの反対側に太陽の最初の光が認められた。暗黒は深い紫に道をゆずり、そのあとにやわらかなブルーがやってきた。

「どんな気分だい？」とウォーカーが僕に訊いた。

「まだちょっとナーヴァスだね」

「大丈夫さ、兄弟《パル》。オーケーだよ」

口の中にかすかにチョークのような粉っぽさが感じられた。そして舌の先に金属の味がする。火山の頂上は冷えたので、僕は上着の襟《えり》を立てた。彼方《かなた》の山際《やまぎわ》は既に炎のような色あいに染まり、ピンク色の火先があたり一面ちらちらと踊っていた。見下ろすと、僕らが腰を下ろした火口縁の下の方にもまだまだいっぱい火口縁があった。巨大なクレーターはその中に小型のクレーターをいくつも抱えていて、その小型クレーターも中に火山円錐丘《えんすいきゅう》を抱え、その円錐丘もまた小型の円錐丘を抱えていていという、まるで箱の中に箱があるというあのややこしい中国の箱みたいなしかけになっていた。突然遠くの山際が炸裂《さくれつ》して白い閃光《せんこう》となってとびちり、ハレアカラの正面から太陽がその先端をのぞかせた。そしてゆっくりと、きわめてゆっくりと、茶や緑や黄の色彩《カラー》が丘の頭上に注がれ、それは煙のようにすうっと足もとの谷間に漂い流れていった。円錐丘がぴくぴくと脈を打ちはじめた。僕は吸いこまれるようにじっとそれを見ていた。まるで生きているみたいだ。膜となって広がった溶岩はその下に肺がかくされているみたいにどきんどきんと上下に動いていた。あたりを見まわすと、円錐丘はどれもこれもひとつ残らず脈を打ちはじめていた。僕のまわりにはあたたかく、生き生きとして、やさしくて、あけっ広げで、気のおけないリズムが巨大な心搏《しんぱく》のように充《み》ちあふれ、クレーターはすうっすうっという柔らかい音を立てて呼吸をくりかえし、僕をとりかこんだ生命の息吹《いぶ》きはさわさわという音を立てつつ僕の心をおだやかに慰撫《いぶ》した。用心深くそっと、僕はそちらに手をのばした。火口の縁の向うに指をさしだすと、指先はその中に呑みこまれ、そこをすうっと音もなくとおり抜けていくヴァイブレーションにあわせて脈を打ちはじめた。僕にはそれを見ることができた。怖いとは思わなかった。いや、それどころか、こんなに自分が安全だと感じたこともなかった。何故ならこれが原初だからだ。そこにはまだ苦痛はなく、そこにはまだ暴力もなく、そこにはまだ悪もなく、そこにはまだ時間さえなかった。太陽はもう遠い山際の上に出て、世界中に光が注がれていた。眼前のクレーターは雲のクッションの上に鎮座し、その巨大なゴブレットは充たされるのを待ちうけていた。僕はすぐわきの岩の上に茶色いガラスの破片が落ちているのをみつけてそれを手にとり、太陽に向ってかかげた。茶色が溶けて僕の親指と手のひらに注がれた。僕はそのかけらを兄にわたした。「このガラスすごいよ、ウォーカー。このガラス見てみなよ」

彼はにっこり笑ってその尖《とが》ったガラスを僕の手から取りあげた。

　クレーターのずっと遠くの方に緑の谷があった。その谷は他のどんな谷よりも緑が濃く、また優しげに見えた。そこに行ってみたいなと思ったが、べつに急ぐことはなかった。僕の手には世界中の時間が収まっているのだ。そして世界中にあるものすべてを見ることができるのだ。このクレーターは我々の宇宙であり、それはまさに誕生したばかりなのだ。

「こんなにいっぱい緑があるなんてちっとも知らなかったよ！」と僕は言った。

「色ばかりにこだわるなよ、兄弟《パル》」とウォーカーが僕に言った。「何が見えるか教えてくれ」

「世界」と僕は言った。「世界の創造」

「そして俺たちはそのゲスト！」と幸せそうに笑いながらバーテンダーが言った。

　僕らはみんなにこにこして、僕の頭は幸せでいっぱいでぴょんぴょんとはねていた。

「そう、そう、そう、そう」と僕はしゃべっていた。「僕らはみんなゲストなんだ」

「素晴らしい？」とウォーカーが訊いた。

「ああ、すごいよ」と僕は言った。「ねえ、わかるかい？……わかる？」

「何がわかるんだって、兄弟《パル》？」とウォーカーが訊いた。

　僕はその創造全体を包みこむように、いやそんなのではなくひしと抱きしめるために両腕を上げた。「神様は素晴らしく正しい仕事をなさっているよ！　なんて素晴らしいんだ！」

「何かこう手なおししてみたいというようなことはないか？」とウォーカーが訊ねた。

僕は兄の顔を見た。彼は僕に向って――いや、僕と一緒になって微笑んでいた。

「いや手なおしすることなんてないね」と僕は言った。「たとえ神様が僕に手なおししてくれないかと頼んだとしても答は同じさ。さっき、少しの間だけど、こう思ってた。あそこの谷間の緑はもう少し濃くてもいいんじゃないかってね。でも今はもうオーケーだよ。あれで実に正しい」

「いいね」とウォーカーは言った。「お前の望みどおりに行ってよかったよ。素晴らしい」

「うん、素晴らしい」と僕は言った。

その世界のふちに腰かけて、僕の心は喜びにはちきれんばかりだった。体が破裂してしまわないように両腕を交叉《こうさ》させて自分の体をぎゅっと抱きしめていなくてはならないくらいだった。そしてウォーカーと僕の他に他人がここに同席してくれていることとも嬉しかった。この美しさを僕は他者とわかちあいたかったし、彼らの喜びを僕は心あたたかく感じとった。

バーテンダーが立ちあがって、僕らのうしろを平らな岩場の方に歩いていった。

「太陽に向ってささやかな踊りを踊りたい」と彼は言った。

「いいねえ、それ」と兄が言った。

そして非常にゆっくりと、バーテンダーは踊り始めた。彼は両腕をまっすぐ外側に広げて立ち、リズムがきちんとやってくるのを待った。そしてリズムをつかむと、指を鳴らして拍子をとった。ぱちん——ぱちん——ぱちん！——ぱちん！——ぱちん！　彼の足が動きはじめた。ぱちん！——タップ——シャフル、シャフル——ぱちん！——タップ——シャフル、シャフル——ぱちん！——タップ——シャフル、シャフル、彼は踊りのスピードを速めた。どんどん速めていった。ぐるぐると軽《かろ》やかに彼は踊り、一度もステップを乱さず、ビートも外さず、ぐるぐると回り、僕らは微笑み、声を上げて笑い、リズムにあわせて手を叩いた。それはとても素敵で感動的だったので、僕は顔を背けないわけにはいかなかった。というのは僕にも自分の感謝の念を踊りであらわすことができたらなあと思ったからだ。でも僕にはまだそれができなかった。僕はうしろを振りかえって僕の谷間、僕に親しみを抱かせてくれるあのはるか遠くの谷間に目をやった。あそこに住んでる人々は幸福なのかなあと僕は考えてみた。幸せであってほしいと僕は思った。

誰かが僕の腕をぐいと引いた。「よう」と男が言ってまた僕の腕を引いた。「よう、兄さん、すまんけど販売機の煙草買う小銭ないかな？」

煙草の販売機？

世界創造の最中に、この世界のてっぺんになんで煙草の販売機なんかあるんだいと僕は思った。それから僕はにっこりとした。もちろんそれは存在するだろう。たぶんコークの販売機だってあるさ。僕は男の顔を見あげた。悪くなさそうな男に見えたので、僕はありったけの煙草を彼に与えた。

「いや、ちがうんだ」と男は笑って言った。「俺のほしいのは二十五セント《クォーター》だよ」

僕はありったけの小銭をあつめて、その七十セントほどを男にやった。「好きなだけ持ってってっていいよ。余ったぶんは、もし返したいんなら返してくれればいい」と僕は言った。

男は立ち去り、僕はうしろの谷間を眺めていた。ウォーカーは靴《くつ》を脱いで、やわらかい灰の中に足の先をうずめていたので、僕も同じようにした。灰はあたたかく、僕はその中にもぞもぞと足の先をもぐりこませた。灰が僕の足を素敵な大地の色に染めた。足の指を下に曲げて、掘るようにして灰の中につっこんでいくと、ヴァイブレーションがそこからずっと脚をつたって上ってきて体に入りこみ、まるで生命エネルギーそのものにプラグでつながれたような感じになった。僕は神の鼓動を身のうちに感じながらじっと座っていた。そして思った。もし人生のある瞬間を自由に選んで永久にそこで凍結・固定されてしまうことが可能だとしたら、それは今この瞬間だなあと。何故ならこれは純粋な喜びだからだ。僕は今こうして神が天と地を創造する様を眺めている。そして僕は神様のゲストなのだ。神様のゲストだよ！　どうしてこんなことが起ったのかはわからないし、何故と訊ねてみようとも思わなかった。僕はただそこに座って、それを受け入れていた。喜びになんのてらいもなく心をとき放ち、そのくもりなき至福に思わず涙を流した。

「大丈夫か、兄弟《パル》？」

心配そうに僕の方に身をかがめている兄を僕は見上げた。

口をきくことができなかった。肯《うなず》くことしかできない。涙がどっと目からあふれ、頬をつたって落ちた。僕はうしろを向いて兄を見上げ、彼に訊いてみようと思った。どうして僕らが選ばれたんだろうね、と。でも彼はもういなかった。兄のいる場所には人々が姿を見せていた。小さな男の子がカエルのような格好で僕らの頭上の岩にしゃがみこみ、何度も何度も同じ質問をくりかえしていた。「おじさんたちヒッピーかいおじさんたちヒッピーかいおじさんたちヒッピーかい？」

僕の背後の女の声には悪意と侮蔑が充ちていた。「ハリスさん、あたし主人にちゃんと言ったんですよ、ガソリン大丈夫よねってね。でもあたしの言うことになんて耳も貸しやしません。そのおかげで山の途中で車はガス欠、日の出をまるっきり見逃しちゃいましたわ」

僕のとなりで銀色の光がキラッと光った。「小銭返すよ、ありがとよ」

彼らは今起っていることを知らないのだろうか？

ウォーカーがやってきて僕の肩にさわった。「さあ、もうここは引きあげようや」

僕ら四人はクレーターの下に降りる道を辿《たど》っていった。僕はみんなに僕の谷間のことを話して、みんなであそこにいけたらいいなあと言った。そうだなとみんなも言った。クレーターのへりに向う小径《こみち》は狭く、我々は一列になって歩かなくてはならなかった。バーテンダーとレンタル・バイク屋はだんだん僕とウォーカーより先を行くようになった。僕がしょっちゅう立ちどまって石を拾っていたためだ。先に進むごとに美しい石がみつかった。それぞれの石には宇宙が含まれていた。そこには様々な色やきめがあふれおちんばかりにぎっしりとつまっていた。僕はそれらをみんなウォーカーに手わたした。僕は彼のあとを追ってクレーターの中に降りていき、彼の髪の中を風が吹きすぎていくのを見つめていた。頰の上で髯が踊り、ひょいひょいと歩を運ぶたびに両肘《りょうひじ》が外につきだされた。

僕は彼を愛していた。何故なら僕らは何世代にも何世代にもわたって、前世においていつも兄弟であったし、これからの来世においてもやはり兄弟であるからだ。僕にはそれがわかっていた。

もうひとつ石が僕の目にとまった。僕はそれを拾いあげ、急いで彼のあとを追った。僕がその石を渡すと「なあ、兄弟《パル》」とウォーカーは言った。「これまでずうっと俺はお前の兄だった。いつも俺が先に立って、お前があとについてきた。だからさ、考えてみたんだが少しお前が先に行けよ、俺があとをついていくから。お前は俺の最良の友だし、俺もお前の最良の友になりたい。お前に先に立ってもらいたいんだ」

「わかるよ、それ」と僕は言った。「でも兄貴のあとをついていくのが好きなのさ。前を行ってくれよ。オーケーだよ、それで。それに道がもう少し広くなったら並んで歩けるし」

「いいね、それ」と彼は言った。

ジョージ・デスリフの書

セックスのあとで農夫が突然女房《にょうぼう》の顔を思いきりなぐってベッドから叩《たた》き落とした。
「どうしてそんなことするんだい？」と女房が訊《き》いた。
農夫は言った。「どうしてかなんてことがわかってりゃ、俺は今頃《いまごろ》お前を殺してたさ」

――ロシアのジョーク

第十一章

ウィナンダー・クラブで週末に顔を合わせる若い世代の連中は、僕《ぼく》が自己制御・自己抑制を失わぬ人間であるが故《ゆえ》に「堅苦しい」と見なしている。こういう男なり女なりは僕に向ってリラックスして下さいよとか、もっとナチュラルにふるまったらとか、時として見下すような口調で言う。彼らは僕に「マイ・ペースで」やりなさいよと押しつけてくる。でも僕が彼らに僕はごくナチュラルに堅苦しいんだし、自己抑制することが僕のペースなんだよと説明すると、連中はいつも何かを計算するような目つきで僕を見る。その目を見ると僕はいつもアフリカの猟区管理人を思いだす。年をとって役に立たなくなった動物にペンキを塗って、この動物は撃ってもかまいませんよとハンターたちに知らせる猟区管理人に。

僕はこれまで数多くの友人を持ったことはない。知りあいならいる。ウィナンダー・クラブのバーで立ち話をしたり、通勤列車でとなりに座ってタイムズ紙のクロスワードやデイリー・ニューズ紙の「ジャンブル」の解答に一緒に知恵をしぼったりする人々のことだ。僕はどうも親しい友人ができないようだ。その他《ほか》の同世代の連中とは、僕は友だちになって疎遠になってという段階をくりかえしてきた。でもアルフレッド・モールトンに対しては、僕は常に心穏やかな不変の感情を抱いてきた。彼はおそらく僕の最良の、そして唯一《ゆいいつ》の友だ。

グロートンとかハーヴァード時代、僕は自然にクラスのみんなの人望を集めるようなタイプの人々がうらやましかったものだ。他の学校で人気投票でいちばんになるような連中のことを言っているのではない。そういう連中には何かしらうさんくさいところがある。僕が言ってるのは生まれつき気さくで人なつっこいと他人に言われるようなタイプの人々のことだ。若い連中が言うように僕は気さくな人間ではない。そして人なつっこいかというと――僕にはそれがどういうことを意味しているのかさえよくはわからない。

どうして僕とアルフレッドとがずっと友だちなのかというのをこと細かに検証してみようとは思わない。僕としては二人が友だちでいるというだけで嬉《うれ》しいのだ。僕は単純に、お互いの仕事上の利害がからんでいないのがその大きな理由ではないかと考えている。僕は仕事上の利害が共通する相手とは親しくなることができないのだ。あるいはたぶん親しくなることを自ら避けているのだ。仕事と友情とは両立しないといった言い古された説だけがその理由ではない。僕は昼のあいだあまりにもどっぷりと仕事づかりになっているので（なっていたので、ということになるだろう。アリスとの関係がかくのごとき消耗戦になるまでは）、日が暮れてからは誰《だれ》とも仕事の話なんかしたくないというわけだ。そんなのは金を賭《か》けないポーカーと同じで、何の妙味もない。その点アルフレッドは僕の仕事について儀礼的にひとつふたつ質問するだけである。だからこそ僕らはうまくいくわけだ。彼くらいビジネスのセンスを持ちあわせない男もちょっといない。その昔、アルフレッドは誰かに「あなたの書いたものを出版したい」と言われると嬉しくなって無料《ただ》同然でほいほいと原稿を手わたしていたものである。しかし幸運なことに彼の出版エージェントはそういう状況に終止符を打ってくれた。一九六四年に刊行された彼の長編小説『神話の相続人』はベストセラー・リストに入り、ブック・クラブの推薦書に選ばれた。彼は処女長編にしてはけっこうな額の金を手に入れただろうと僕は思う。僕も読んでみて、良い本だと思った。でも僕はアルフレッドのことをよく知っているし、その主人公はアルフレッド自身にかなりよく似ているように思えたので、その中の何が事実で何が創作かを見わけるのがけっこう大変だった。もっとも株式市況のレポートを読んでたって事実と創作を見わけるのは同じくらい大変である。

何はともあれ、アルフレッドは順調にやっているようだ。公民権や核軍備廃絶についての彼の文章をいろんな雑誌で見かける。カリフォルニアのドラッグ・カルチュアについて彼が『エスクァイア』に書いた一文は素晴らしいものだった。そして二年前に彼が三十歳になることについて書いたものも良かった。まあいくぶん軽めのものだったが、たぶんそういうのが『タイムズ』の好みなのだろう。そういうルポルタージュ的な文章の分野で、彼は自分自身のスタイルを作りあげてきたようだ。トム・ウルフの文章よりはピリピリした興奮の度合がいくぶん少いし、メイラーの文章よりはエゴで歪《ゆが》められている度合が少い。そして不幸なことにどちらにも及ばない。もし僕が彼の文章を批判するとすれば、それはアルフレッドが物事を非常に真剣に取り扱うことができないという点であるように思える。彼はコーヒーとアスピリンを併用する人とLSDをやる人では同じ比率で染色体が破壊されているというのに驚くのと同じ程度に、フラミンゴに人参《にんじん》を食べさせるとピンクが保たれるという事実に驚くのである。でもそういう言い方はフェアではないかもしれない。いくつかの文章が軽すぎるように見えたとしても（とくにパウロ教皇の『人間生活について』に関する一文）、この前の八月のシカゴにおける民主党大会について、あるいはロバート・ケネディーの暗殺について彼の書いたものは感動的だった。怒りと哀《かな》しみに充《み》ちた優れた文章だった。

それはさておき、アルフレッドがいないのは淋《さび》しかった。だから数日前に彼が手紙をよこしてイェール・クラブで昼飯でも食べないかと言ってきたとき、僕は喜んですぐにそれに応じた。

僕は正午にウォール街四十八番地のオフィスを出て、冷気と十二月はじめのニューヨークの比較的汚れのないぴりっとした空気を楽しみながら歩いた。そしてトリニティー教会のところでブロードウェイを横断しようとして、へこみのある汚ないリンカーン・コンチネンタルを運転していた中年の銀行家にひき殺されそうになった。彼の口が動き、手がぱんぱんとハンドルを叩《たた》くのが見えた。車の中にいるのは彼一人きりだった。横断しつづけながら、僕の方も自分の唇《くちびる》が勝手に動きだすのを抑制しなくてはならなかった。最近よく自分が独り言を言っているのに気づくことがある。小さな子供の頃《ころ》をべつにすればそのようなことは絶えてなかったのだ。僕は地下鉄アップタウンIRT線のウォール・ストリート駅の階段を降り、キャンディーやチューインガムの販売機や「ニューヨーク・タイムズを読んで職をみつけた私」のポスターに囲まれて、電車がやってくるのを待った。革ジャンパーに細いズボンのティーン・エージャーの一団がばたばたと階段を降りてきて、威勢のいい音を立てて回転扉《かいてんとびら》を回し、中に入ってきた。僕と一緒にプラットフォームで電車を待っていた人々は、少年たちが販売機から販売機へと突進して身をかがめ、チクレッツ〔ガムの銘柄〕の束の上の方についた鏡に自分らの顔をうつしているのを不安そうに見ていた。彼らはヒップ・ポケットからとびだしナイフみたいにパチッと出てくる黒いゴムのくしをとりだして長い髪をすき、チューインガムでぱちんと音を立て、わいせつな言葉を投げかけあっていたが、やがて電車がくると我々と一緒に乗りこんだ。

僕の座った席から感きわまったような表情を浮かべたミス地下鉄のポスターが見えた。彼女は電話交換手で趣味はダンスと文学だった。そのとなりのポスターは痔《じ》の塗り薬の広告で、もう一方のとなりの広告には「f u cn rd ths thn u cn wr 250 wpm n en mo pa〔速記者養成学校の広告、意味は If you can read this then you can write 250 words /PER/minute and earn more pay〕」とある。途中の駅で可愛《かわい》い娘が乗ってきたが、席はもう空いていなかったので、ドア近くの金属棒につかまっていると、彼女のまわりをティーン・エージャーたちがとり囲んだ。娘が彼らを押しのけて僕の席の近くの吊《つ》り革《かわ》のところまで来ると、少年たちもあとからやってきてまわりをぴったりと囲み、彼女の顔しか見えなくなってしまった。少年たちの一人が腿《もも》で娘をちょんちょんとつつき、もう一人は背中に体を押しつけた。彼女はまるでひもにつながれたまま狼《おおかみ》の一群にとりまかれた牝牛《めうし》のように青ざめた顔で目を見開いていた。少年たちはコンコンというまるで虫の立てるような奇妙な音を立てていた。カーブで電車ががくんと揺れて娘が倒れかかると、少年たちの一人が胸の上から彼女を抱きしめた。僕は立ちあがって娘と少年たちのあいだに割りこみ、この席に座りなさいと娘に言った。しかし僕が席を立つと間髪入れず少年たちの一人がさっとそこに座ったので、僕と娘は二人してそこで立つことになった。

「すみません」と娘が言った。

「どこまで行くの？」と僕は娘に訊《き》いた。僕の肩口に立ったティーン・エージャーの一人は、口全体を動かして休む暇もなくくちゃくちゃくちゃとジューシー・フルーツ・ガムを嚙《か》みつづけていた。

「十四丁目で降ります」と娘が言った。

「おい、おっさん、俺《おれ》の妹気に入ったか？」とニキビ面《づら》の少年が言った。

「電車にはお巡りさんが乗りこんでると思ったんだけど」と娘が言った。

「夜だけだよ」と僕は言った。

「その子、あんたにやるぜ。五ドルポッキリでいいよ。気に入ったか？」

僕は体の向きを変えてその少年と娘のあいだに背中をわりこませ、そのまま何も言わずに電車が速度をゆるめるのを待った。十四丁目で娘が降りると席がいくつか空いたので、少年たちは車両の向うの端の方にぞろぞろと行ってしまった。

グランド・セントラルで僕は降り、なんとかかんとかメイン・ロビーに出た。大勢のクリスマスの買物客と早目の週末旅行者がせかせかと歩いていた。彼らの顔は青白くひきつり、唇はぴくぴくして、目はギラギラと燃えあがっていた。僕はユニオン・ニューズ・スタンドで足を止めてニューヨーク・ポストを買い、そして胃の具合がおかしくなってきたので、売り子にタムズ〔胃薬の銘柄〕はあるかと訊いてみた。

「自分でとってよ」と売り子は言った。

「どこだい？」と僕は訊いた。

「あんたアホじゃないの？」と彼女は言った。「目ん玉のすぐ前にあるでしょ」

僕が一ドル札を渡すと、売り子は「月」と言った。

「月？」と僕は訊きかえした。

すると僕の背後の声が答えた。「月。太陽の次にもっとも大きく見える天体。そうだね？　地球唯一の衛星、地球のまわりを西から東に軌道を描いて回る。そうだね？　周期は暦上の一カ月よりわずかに短く、太陽のまわりを一年がかりで輝かしく回転する地球に同行する。そうだね？」

「そのとおり」と新聞売りが言った。うしろにはとても上品な顔つきの穏やかな声音《こわね》の年寄りの黒人が立って、新聞売りを見ていた。そして新聞売りはウィンクしながら僕に釣銭《つりせん》をわたし、僕が行きかけると「木星」と声をかけた。

「よろしい、木星」と老人は言った。「第五番目にして最大の惑星。そうだね？　直径は八万七千マイル。透明な白色光に輝く。惑星としての明るさは金星について第二位。そうだね？」僕は歩いて行ってしまったが、その男は木星の密度やら軌道やら衛星やらについてそのあともずっと話しつづけていたのだろう。まったくこの街全体、頭がいかれちまったみたいだ。僕はやっとターミナルを突き抜けたが、僕にどすんどすんとぶつかってくる人々はみんな何かしらひどくイライラした愚痴のような独りごとをつぶやいていた。こういった暴力や狂気《サイコ》の波をまのあたりにすると、どうもこの町が神経崩壊の瀬戸際《せとぎわ》に立たされているように僕には思えた。ヴァンダービルト・アヴェニューに足を踏み入れると、ニューヨーク中のサイレンが突然全部鳴り出したような騒ぎだった。僕は急いで通りを横切り、イェール・クラブの回転扉を抜けてネーサン・ヘイルやらジョージ三世やら誰やら彼やらの肖像画のかかった大理石の階段を上り、バーにマーティニを手にして立っているアルフレッドの姿を見つけた。

「天国、天国」と僕は言った。

「チャンピオンたちの朝食さ」と彼は言って、僕に向けてグラスをちょっと上げた。

「元気かい？　なんだか少し目が血ばしってるみたいだけど」

「ここまで来る道のりはなかなかのものでね」と僕は微笑《ほほえ》んで言った。「君の方の調子は？」

「なかなかのもんだ」とアルフレッドは笑って言った。

ランチのあとで、彼は僕の仕事について儀礼的な質問をし、僕は自分が前の年に共同経営者になったことや、金が儲《もう》かりすぎて仕方ないこと、年末までに取引き手数料の収入だけでも七万ドルはいきそうであること、高額所得層に入りそうだからこれ以上働くとまずいこと、アリスの誕生日プレゼントにリマ豆くらいの大きなエメラルドを買ってやったこと、一族の財産運用をかなり手がけるようになったこと、祖父の財源であったデスリフ・コーポレーションの管財人になったこと、そしてお茶の時間のおしゃべりでほかほかの株情報を仕入れてきてその気になっている大叔母たちをなだめるのにけっこうな時間を費やさなくてはならないことなどを話した。

「ずいぶん忙しそうじゃないか」とアルフレッドは言った。「僕が名付け親になったべっぴんさんはどうしてる？　いくつだっけね？」

「シドニーかい？　三つだよ。元気だよ、アシュベルもね。アシュベルは一年生で、この前の通知表だとクラスで二番の成績だった。二人とも大したもんだよ。素晴らしい」

「ウィナンダーは？」

「悪くないところだね。感じの良い連中も何人かはいる。それに土地は美しい。湖や山や、まあ山っていうほどのものじゃないけどさ、古い石造りの家々——連中はあいかわらず『コッテージ』と呼んでるよ、ベッドルームが十四、使用人室が八室あって——」

「そしてでかい石塀《いしべい》があって、入口にでかい石づくりの守衛小屋がある」とアルフレッドが言った。

「オーケー、そのとおり。でも美しい土地だし、だから僕らもそこに越したんだ。子供にとっても申しぶんのないところだよ」

「あそこは子供を育てるには最悪の場所だぜ！」とアルフレッドは言った。「君は世間の風に当てないで子供を育てることになる。十一になるまで彼らは世の中には茶色い肌《はだ》や黒い肌や黄色い肌をした子供たちもいるんだってことを知らないだろうよ」

「君の言い方はいささか大げさじゃないかね、アルフレッド」

「ウィナンダーに黒人《ブラック》の一家が住んでるかい？」

「もちろんいるよ」と僕は言った。

「どっかの召使いだろ？」

「そうだよ。でもさ、黒人《ニグロ》だろうが何だろうがもしウィナンダーに住みたいんなら住みゃあいい。誰が文句言うもんか。だってさ、アルフレッド、我々の学校にだって黒人《ニグロ》はいたじゃないか。なんで今更こだわる？」

「そうとも。僕らの学校にも黒人《ブラック》はいたさ。でもいたって言ったって、ラルフ・バンチの息子たちだけだろう。アップタウンの黒人《ブラック》にお目にかかったことなど一度だってなかったな。僕が通った学校でそういう黒人《ブラック》を見かけた覚えはとんとないよ」

「やれやれ最近は何かといや黒人《ブラック》だな。黒人《ニグロ》が存在していたのはもう大昔の話みたいな気がするね」

「今でも存在してますよ」とアルフレッドは言った。「ウィナンダーで召使いやってる」

「一本《トウシェ》」と言って僕は笑った。

「なあ、ジョージ、君とフェンシングの試合してるわけじゃないよ。僕はすごく大事なことだと思えばこそ話してるんだよ。我々の抱えている最も大きな問題のひとつは我々の教育がすべて過去の評価を中心に形成されていることであって――」

「でもそりゃ当然すぎるくらい当然だろう」と僕は言った。「教育とはそういうもんじゃないか。過去を理解すればこそ、将来へとそれをつないでいくこともできる。準備し、計画を立て――」

「おい、君は子供をウィナンダーで育てることで将来への準備をさせられると思ってんのかい？」

「ゲットーで育てるよりはいいだろう」と僕は言った。「少くともウィナンダーでは子供たちは将来まで生き残れるチャンスがあるもの。ハイスクールの五年生でヘロインのやりすぎで死ぬこともないし」

「ところがそうでもない」とアルフレッドは言った。「ウィナンダーだから子供たちが安全に守られているというのでもないんだ」

「じゃ何によって守られるんだい？」

「君が守るのさ」とアルフレッドは言った。「でも何にもまして子供たちを守るのは子供たち自身なんだよ。僕はね、いわゆる良家の子供がヘビーなドラッグの深みにはまりこんでいる例をいやっていうほど見てきた。僕は思うんだが、そういう事態が起っている理由のひとつは、ドラッグの世界の方が子供たちにとっては、彼らの属してきた世界よりずっと今日的だからなんだよ。だからそんな旧弊な世界から逃げだして、ドラッグの方にのめりこむ。僕らにはもう過去に対して敬意を払うような余裕がなくなっちゃってるんじゃないかって思うんだよ。それが僕の言わんとしていることとさ。

時間が足りない。この惑星における我々の日々は限られたものだ――といっても核戦争によるホロコーストとかのことを言ってるんじゃないよ。僕の話しているのは単純に人間の寿命のことさ。僕らの日々はとても限られたものだから、僕らは身のまわりで温かくまだ息づいているものを理解し、それとかかわるだけでやっとなのさ。生命《いのち》を失って冷たくなってしまった儀式的行動にかかわりあっていることなんてできやしないのさ。まったくね、僕は今思うと我ながらゾッとしちゃうよ。マナーを教えると称して僕の頭にゴリゴリとつけられた傷やら、あとになってふるいおとさなくちゃならなかった『べからず』集とか、打ち破るのに苦労した無意味な行動様式とか、捨てなくちゃならなかったいろんなナンセンスとかね――要するにさ、ジョージ、こういうのがウィナンダーで君が守ろうとしていることじゃないのか？　もうどのようなかたちの意味をも失って、もう何の役にも立たなくなってしまった秩序」

「なあ、アルフレッド」と僕は言った。「そんな考えは糞《くそ》ったれだよ」

彼はちょっと僕の顔をうかがってから、吹きだした。そして僕も大笑いした。そしてすぐにアルフレッドと僕は無二の友に戻《もど》った。僕らは別の人生をあゆむ二人の男であることをやめて、幼い日々をともに過した少年どうしに戻った。イェール・クラブの二十階のダイニング・クラブで、彼は僕の向い側に座り、楽しそうに僕を見ていた。

僕も微笑《ほほえ》みながら彼を見ていた。それで何もかもオーケーだ。「コーヒーでもどう？」と彼が訊いた。「時間はあるのかい？」

「たっぷりあるよ、大丈夫」と僕は言った。「君の方は？」

「三時に『エスクァイア』の編集者と会って、四時に『ニューヨーク・タイムズ』の編集者と会うことになっている。まだ二時だから時間は十分あるさ」

「結構」と僕は言った。「君と会うのがとても楽しみだった」

「僕もさ。調子はどうだい？」

「調子？　悪くないよ」

「本当のところはどうなんだよ？」と彼は訊いた。「アリスはどうだい？　ある人から手紙をもらってね、その人は君たち二人に会ったけどあまり幸せそうに見えなかったって言ってたぜ」

「幸せなんてものが何にどう関係あるのか僕にはよくわからんが」と僕は言った。

「でもとにかく結婚生活のことで精神科医のところに通ってるよ」

「アリスもやはり通ってんのかい？」

「いや、まだ。でもそのうち行くことになるだろうね」

「そんなに深刻なの？」

「ひどいもんさ」と僕は言った。「結婚生活さえうまく行ってりゃ、僕の人生は申しぶんのないものなんだがね、事実はそうじゃない。だから精神科医のところに通っている。全《すべ》てはもうはっきりしているんだ。夜光塗料つきプラスティックの十字架上のイエス様の像に向ってまっしぐらに突き進んでるみたいにさ」

「君たち夫婦の問題というのはどんなことなんだい？　話せるようなこと？」

「ひとことじゃ言えない」と僕は言った。「精神科医のところに行くたびにね、僕はアリスと僕がおたがいにつけあった傷を言葉にしなくちゃならないんだ。でも出てくることばといや『絶望』『孤独』、そんなもんだ。そんな気持はことばじゃ言いあらわせないし、ことばじゃ言いあらわせない気持が僕を切り裂くんだ。アリスと僕がお互いに対して何をやっているのか、僕にはさっぱりわからん。欠けているものならわかる。二人のあいだに欠けているのは喜びであり、愛であり、連帯だ。そして、そう、僕だってアリスに対して同じことをやってるんだ。同じ目にあわせてるんだ。これは悲しいことだよ。ひどいことだ。そして僕らは互いの心をとても孤独なものにしている。僕はね――また三文芝居の科白《せりふ》みたいだけれど勘弁してくれ――他人と暮すことがこれほど孤独なものだとは知らなかった。そして絶え間のない罪悪感に苦しめられるのがどういうものであるかということもね」

「罪悪感っていうと、何か身に覚えでもあるのか？」

「そうなんだ、アルフレッド、身に覚えはある。僕は結婚してこの八年に二回浮気《うわき》をした。そしてアリスはそのどちらの相手のことも知っている。アリスは僕の書類を調べて、女の子から僕にあてた手紙やら、僕が書いた手紙のカーボン・コピーやらをみつけて……」

「なんでまた？」とアルフレッドが訊いた。

「何が『なんでまた』なんだよ？　なんでまたアリスが手紙を探したかっていうこと？　それともなんでまた僕がアホみたいに後生《ごしょう》大事に手紙を抱えていたかっていうこと？」

「なんでまたカーボンなんてとっといたんだよ？」

「……僕は前後のつながりがわかるようにコピーをとっといたのさ。ある手紙で僕は質問し、次の手紙で相手の女が答える、そういうことだよ。やれやれ、僕はいつも手紙をとっとくんだよ。僕はとくに大事な相手からの手紙を残らずとっておくんだ。君からの手紙だって全部残してある。人が写真を残しておくように僕は手紙を残しとくんだよ。そういう女の子たちが僕を愛してくれたことが嬉しかったから、僕は彼女たちの手紙を残しといたんだよ。手紙というのはなんていうか——そうだな証明というよりは証拠っていうのかな、おそらく。しるしとでも言うのかな？　うまい言葉が出てこないけど。手紙は彼女たちとの結び目みたいなものなんだ。僕はボートに乗って湖のまん中まで出て、よくそこでそんな手紙を何度も何度も読みかえしたもんさ。僕はこの人生でずっとそういう馬鹿気《ばかげ》たことばかりしてきたから、今更こんなこと言っても恥ずかしくはない。古いランチに乗って湖のまん中に出て、エンジンを切ってそのまま船を浮かべて、そこで一人で手紙を読むわけさ。そして束《つか》の間《ま》のことであるとしても、彼女たちの手紙を読みかえすことで、僕は彼女たちとわかちあった喜びや愛や幸福を頭の中に再現することができた。僕はアリスに見せびらかそうとそんなのをとっておいたわけじゃないし、他の誰かに見せようと思っていたのでもない。僕はまだアリスにからめとられていない部分を自分の中に残しておきたかったからこそ、それをとっておいたんだよ。からめとられていない部分というか、しゃぶり尽されていない部分というかね。僕は自分を励ますためにそれを残しておいたんだよ。それがあれば僕は自分にこう言いきかせることができたんだ。おい、少くとも世の中にはまだお前のことを人非人の獣だとは思っていない誰かが、女が、いるんだぞってね。そしてみつけられたいという抑圧された潜在的な欲望があったんじゃないかという点については僕は確信を持って答えることができる。アリスにとっつかまって嬉しいなんてこれっぽっちも思わなかったもの」

「どんな風にとっつかまったの？」

「うん、それがね、よくわからないところなんだ。なんでアリスがそのとき手紙を探そうという気になったのか、それがよくわからん。つまりね、我々はその夜ニューヨークに出てとても楽しい思いをしたんだよ。〈メゾネット〉でディナーを食べてさ、友だちがある画廊で個展を開いてたんで、そのオープニングに出かけたんだよ。個展は成功して、その友だちは大型のキャンバスを四点とペン画を何点か売ることができた。それでアリスと僕とその友だちと彼の細君の四人で〈アーサーズ〉にでかけて、それから彼らの家に寄って一杯やり、アリスと僕はニューヨークに借りているアパートメントに戻った。僕らはメイク・ラヴしようと思って、それで比較的早めに引きあげたわけさ。子供は子守と一緒に家に残してあるし、僕とアリスは二人きりの週末をニューヨークで楽しく過して、我々が失った何かをもう一度とり戻そうとがんばっていたんだ。いずれにせよ僕は彼女をアパートメントの前で降ろして、車を駐《と》めに行った。僕が車を駐めてアパートメントに戻ってくるのに十五分とはかからなかったと思うんだが、その間に彼女、手紙をみつけちゃったんだ。あのね、もし僕が不注意にもウィナンダーに手紙を置いてきちゃったとか、あるいはアパートメントのデスクの上に出しっぱなしにしていたとか、吸いとり紙の下につっこんでおいたとか、それとも百歩ゆずってたんすのひきだしのハンカチの下にかくしておいたとでもいうのならさ、僕だってああこりゃ何かの加減で偶然目についたんだなと思うよ。しかしだね、僕はさっきも言ったように十五分しか彼女と離れちゃいなかったし、それに手紙はクローゼットの中の空のタイプライター・ケースの中にちゃんとふたを閉めて収まっていて、それをアリスはみつけたんだぜ。クローゼットはちゃんと閉まっていて、ケースはテープ・レコーダーと壁にはさまれていて、その上にはブリーフケースがのせてあった。なんでそんな短時間にアリスがそいつを見つけることができたのか、僕にはさっぱり見当がつかんよ。よくもまあってところさ。まあとにかく僕がドアを開けて部屋に入っていくとだね、彼女は部屋のまん中に立って手紙を手にぶるぶると震えていた。文字どおり髪をさか立てて震えていたんだよ。まるでウォルト・ディズニーの『ファンタジア』に出てくる火山みたいにさ。僕の姿を見るやアリスはわめきはじめた。『**このクソッ――**』失敬、『このクソッたれ。あなたここでこの女とファックしたのね！』って、こうさ。そして手紙のところどころを読みあげ始めた。僕の目の前であらん限りの声で読みあげるんだよ。『〈愛《いと》しいジョージ、あなたの温《ぬく》もりが好きです〉クソッたれ！　何が温もりよ！』アリスは耳がびりびりするくらいの声でそれをつづけるわけさ。これ、全然誇張じゃなくて、約十五分それをつづけたんだよ。あらん限りの声で十五分。今ここで十五分って言ってもたいしたことないと思うだろう。でも十五分バケツを叩いてまわるような声でわめきたてられてみなよ、これはちょっとしたもんだぜ。そしてとなりの人が――となりの部屋には年寄りのユダヤ人の夫婦が住んでいたんだが、その細君が電話をかけてきて、それに対してアリスはおそろしくしんとした声で、私は殺されかけてもいないし、レイプされかけてもいないし、何されかけてもいませんと言ってがしゃんと電話を切った。いや待て、そうじゃない。彼女はこう言ったんだよ。『私は危険にさらされているわけじゃありません』ってね。僕の方はずっと彼女をなだめようと懸命だった。そして管理人がドアマン二人と一緒にやってきた。他の住人が文句を言ったからだよ。壁が紙みたいに薄いアパートメントなもんだからさ。彼らが玄関のドアをノックすると、アリスはバスルームに走りこんで中から鍵《かぎ》をしめた。そして声をかぎりにぎゃあぎゃあと手紙を読みあげつづけたんだ。僕は管理人に、いえ、ちょっと誤解がありましてねと説明しなきゃならなかった。何言ったかよく思いだせないけど、まったく。こんなシーンをうまく収められるのはマルチェロ・マストロヤンニくらいのもんさ。そして僕が言いわけしているあいだ、アリスはずっと手紙の一節一節を読みあげていた。結局管理人は帰っていって、アリスはバスルームに、とじこもりつづけた。彼女は金切り声をあげるのを止《や》めて、それを単なる大声に変えた。アパートメントの住人たちが換気孔のまわりにまるでテレビでも観《み》るみたいに輪になってじっと集っている光景が頭にありありと浮かんだね。換気孔はバスルームから廊下につながっているんだよ。そしてそれが六時間つづいた。六時間だ！　僕がいかにして彼女をだまし、いかにしてこれこれの売女《ビッチ》と浮気することで彼女を虐待したかということを逐一しゃべりつづけたのさ。なあ、アルフレッド、僕の気持もわかるだろ？　つまりさ、僕がどうして他の女を好きになって、寝たり、一緒にいたりしたがるのかわかるだろ？」

アルフレッドは何も言わなかった。

「つまりさ、浮気というのはね——浮気なんてね、彼女が僕に与えつづけてきた精神的責苦に比べたらささいなことなんだよ。来る日も来る日もつづくやけっぱちな愚痴、ふくれ面《つら》、不機嫌《ふきげん》。耳にたこができるくらい繰りかえされる同じ科白、『あなた私のこと愛してないでしょ？』とか『あなた心の底で私のこと嫌《きら》ってるでしょ？』とかね。そういうのって質問じゃないんだよ。どんなに僕が一所懸命やってもさ、そういう不機嫌さからアリスをひっぱりあげることは不可能みたいに思えるんだよ。僕は嘘《うそ》いつわりなく一所懸命やってはいるんだぜ。じゃあさ、典型的な我々の一日をちょっと話してみようか？　そうすれば君にもその実態がわかってもらえるんじゃないかと思うんだが」

「いいよ、うかがいましょう」とアルフレッドは言った。

「僕はだいたい毎日七時頃に家に帰る。するとアリスがキッチンにいる。僕はそこに行って『ねえダーリン、ただいま』っていってキスする。そうすると彼女はね、なんか明礬《みょうばん》でもすすったようなしかめ面で僕を見るんだ。僕は彼女に、ねえ、今日いちんち何してたって訊《たず》ねる。子供の世話と家の掃除で明け暮れていたのはわかっていてもさ、一応訊ねる。でもね、そんなの世間の主婦がみんなやってることだろう。だってそうじゃないか、育児とか家事が卑《いや》しいことだと言うんなら、なんで結婚なんてするんだよ？」

「アリスはそういうのが卑しいことだと思っているの？」

「やれやれ、そのことについちゃ僕はアリスと千回も口論したよ。よく女たちが言う不平のたわごとさ。夫は自分を正当に扱ってくれません、夫は男としてふるまってはくれません。なんで女房《にょうぼう》というのは自分をそんな立派な女だと思うんだ？　女というのは子供を産んで、育てて、あやして、面倒みることに喜びを見出《みいだ》すもんだろ？　女というのは夫の世話をし、家事をきりもりし、女であることの誇りを感じたいと思うものなんじゃないのかい？　ところがだね、昨今の女房連ときた日にゃ女であることが卑しいことだと思ってる。今の女たちはみんなこれじゃ夫が求めているのは妻じゃなくて女中じゃないのとこぼしているようだけど、どうしてそんなこと思うんだろうね？　女中ならクビにできるんだよ！　僕は女中が欲しかったわけじゃなくて、妻がほしかったんだ。一人の女性が、伴侶《はんりょ》が欲しかったのさ。ところが意に反して、今や我が家庭はユウウツのふきだまりだ。女房はふさぎこんだ顔をして家の中でゴロゴロし、子供をどなりつけ、僕が帰るとふくれっ面をして、どうして私と一緒にいて幸せになれないのよと僕に問いかける。要するに怠けものなんじゃないか。つまり——その——何と言やいいのかわからないよ。でもこういうのはとにかく結婚前に望んでいたことじゃない。ねえ、僕は知りあいの細君でまともな料理が作れるという例にただの一度も会ったことがない。きっと料理というのも卑しい仕事なんだろうな。料理ができる女というと、みんな亭主《ていしゅ》から教わってるのさ、作り方を。

まあとにかく、お手伝いを雇えよと僕は言った。ところが僕の雇ったメイドはみんな二週間でやめちまうんだ。アリスが自分はベッドに寝転んでいれば何から何までメイドが片づけてくれるもんだと思ってるからさ。それにアリスは使用人の扱い方というのを知らないんだ。アリスは横柄《おうへい》で威張りちらす。だからみんなやめちまうんだ。

僕だって辞めるさ。アリスは彼らを人間として扱わないで、所有物か何かみたいに扱うんだよ。だからうちには使用人が一人もいないのさ。

まあとにかく、とくに何かがあったとは思わんけど、僕が今日はどうだった？　とちょっと訊いても、返事は返ってこない。

『今日は何があった？』と僕はアリスに訊く。『どうしてたんだい？　誰か電話をかけてきた？』

『いいえ』と彼女は言う。

『どうしたんだい、どうかしたのかい……ねえ、アリス？』

また返事なし。

でももちろんどうかしてるわけさ。べつに八年寝起きを共にせずとも相手の機嫌が良いか悪いかくらいのことはわかる。でもわかってたところで手がつけられやしないから、とにかく二階にあがって子供たちの顔を見る。もしまだ起きていたら、そこに座ってちょっとお話をするか、眠るまでとなりにいてやる。それから僕は風呂《ふろ》に入る。外出しない日なら僕はまあパジャマとバスローブを着て、そうしている間にアリスが上ってきて風呂に入る。僕のことなんか全く無視してだよ。こちらをちらりとも見ないで、僕をわざと避けながら部屋の中を行ったり来たりする。キッチンでもう一度顔をあわせて、僕はアリスに『今日の晩飯はなんだい?』と訊く。『レバーよ。どうして?』と彼女はけんか腰で返事する。まるで僕が〈お前、わざと俺《おれ》の嫌いなもの作ったな〉と非難したみたいな具合にさ。実を言うと、僕はレバー好きだよ。牛のレバーは僕の大好物のひとつだ。それとも彼女は僕の質問を〈なんだ、まだ食事の仕度できてないのか〉という非難に受けとったのかもしれない。僕はただただ会話をしたかっただけのことなんだよ。何か反応を引きだし、なんとか心を通わせようと……。

とにかく僕らはキッチンにいる。面白そうなテレビ番組があればテレビのあるベッドルームに夕食をトレイにのせてもっていって、だいたいそこで食べる。僕がトレイをセットし、マットを出し、ナイフやらフォークやらを出し、ナプキンを出し、塩・胡椒《こしょう》を出し、グラスを出す。アリスはレバーをフライパンの中に放《ほう》りこむ。調味料つきの冷凍野菜を二袋熱湯の中に入れる。まだひとこともしゃべらない。

『食事に何を飲む、アリス? ワインがいい? ビール? ミルク? 氷水?』

『なんでも』と彼女は言う。

『まあ好きなものを言ってごらんよ』

『なんだっていいわよ』と彼女は言う。

このあいだの夜、僕もさすがにうんざりしてこう言ってやった。返事するかわりに吠《ほ》えてごらんよってね。ワインなら一度、ミルクなら二度。でもアリスは別に面白がりもしなかった。うん、まあ、僕の態度もいけなかった。でも僕だってがっかりするからこそそんな風にもなるんだ。なんとか彼女と関《かか》わりあおうとこれだけ努めているのにさ。彼女は結局『ミルク』とかなんとか言って、僕はそれをとりに行く。僕はもっとなんとかしようと思う。『アリス、ねえ、言ってごらんよ、どうしたんだい？子供がいけないことをしたとか、そういうことかい？』

『なんでもないわよ』

『じゃあどうしてそんな風にしてるんだよ？』

『そんな風ってどんな風よ？』

これじゃあどうしようもない。僕らはテレビの前に座ってトレイの夕食を食べる。コマーシャルになると、アリスは立ちあがって部屋の中を歩きはじめるんだ。正確に言うと、のそのそと歩くんだ。まるで、ほら、動物園の熊《くま》みたいにさ。東に七歩、回れ右、西に七歩、回れ右、東に七歩、えんえんとそれだよ、一言も口をきかずに。僕はこう訊ねる、『君、コーヒー飲むかい？』ってね。彼女は言う。『今日はコーヒー作ってないのよ。飲みたかった？』

ねえ、アルフレッド、僕は細かいことをあげつらいすぎているかもしれない。でもさ、僕は大のコーヒー好きなんだよ。ヴィレッジのクリストファ通りのマクナルティー珈琲店《コーヒーてん》からわざわざとりよせてるくらいなんだぜ。フレンチ・スタイルのコンチネンタル・コーヒーをさ。そして自分で挽《ひ》いて、ケメックスで作るんだ。結婚してこのかた夕食のあとで僕がコーヒーいらないって言ったことなんて四回とはないはずだよ。そしてそのコーヒーだって朝に僕が自分でケメックスでいれた残りなんだぜ。出勤前に、アリスが寝ているときにね。アリスは朝食を作るために起きてくれなくなっちまった。電車に乗るためには僕は七時には家を出なくちゃならない。アリスと子供たちはそのあとに起きるんだ。そしてアリスは僕が帰宅する前にシドニーを寝かせつけてしまう。僕は娘の顔だってちゃんと見たいし、寝かせる時間をもう少し遅くしてくれよってアリスに頼んだ。でもアリスは、じゃあもっと早く帰ってくればって言う。でもそれより早い時間の電車なんてないし、これじゃ僕は娘にもロクに会えないってことになってしまう。だからさ、アリスは意図的にそうしてるみたいなんだよ。娘を独りじめすることで、なんだかまるで僕を罰しようとしているようなんだ。

　とにかくアリスはコーヒーを作ろうとする素振りをまったく見せないので、僕はキッチンに降りていく。トレイと皿《さら》を運んでいって、皿の中のものを片づけて、皿洗い機に皿を入れる。コーヒーを入れる湯をわかす。そりゃね、そういうのは女房がやりゃあいいとは思うよ。でもさ、そんなことでもって口論なんかしたくないんだよ、僕としては。そのことでアリスがうだうだと何か言うのを聞かされるかと思うと自分でやった方がまだマシってもんさ。それにそうすることで二人のあいだに空間的な隔たりができる。これまでにたっぷりと味わわされた精神的隔たりよりはマシな隔たりがね。十五分かそこら、つまりコーヒーを入れて、煙草《たばこ》を一服して、一人になって、なんとか気をとりなおすための十五分だね。肩の力を抜く。煙草を吸う。そして二階に上ることを思うと気が滅入《めい》る。どうして滅入るかっていうとだな、見なくたってわかっているからさ。アリスが相かわらず怒りと絶望をまきちらしつつ部屋を行ったり来たりしていることがね。そして僕は新しいコーヒーを作り、それを抱えて二階に上り、アリスにカップを渡し、こう訊ねる。何回めだっけな、たぶん十回めかな。『おい、アリス、どうしたんだよ？』

『何もないわよ』

『話でもしようか？　テレビ消した方がいい？』

『なんでもお好きになさったら』

なあ、アルフレッド、僕が本当にやりたいのは女房のケツをけとばすことだ。でもそんなことしたってどうにもなりゃしない。僕は口論なんかもううんざりだ。アリスに何かやらせよう、何か言わせようとしてひきおこされる毎度毎度のいさかいにもね。口論したって何の役にも立ちゃしない。僕はそういうのを何度も何度もくぐり抜けてきたからね、今じゃこのあと何が起るかってのもだいたいわかるし、まあいいや、何が起るにせよニュースを見ちゃってからにしようと思う。好きにしろってんだから、そうさせてもらう。

十一時のニュースが終るとテレビを消し、歯を磨《みが》き、ベッドに入る。僕が枕《まくら》に頭を沈めるや否や、アリスはベッドの上に起きあがって、煙草に火を点《つ》ける。これもしるしなんだ。アリスは気が高ぶったときしか煙草を吸わないんだ。もうひとつのしるしはクローゼットのハンガーの配置がえだ。彼女はベッドから出て、ハンガーをそっくり残らずあっちやったりこっちやったりするんだ。針金のを一方にあつめたり、あるいはまとめて捨てちゃったり、木のやつを前後にがたがた往復させたりするんだ。こっちで僕が眠ろうとしていて、あっちでアリスがいまいましい針金のハンガーをがしゃがしゃがしゃがしゃやってるわけさ。それで僕は起きあがって、そういうの朝にやったらどうなんだいと言う。すると彼女は腹を立てる。でもそれで少くとも口はきく。結局これだけかかって話をひきだして、何かっていうとさ、バスルームに『プレイボーイ』が一冊あったのをみつけたってことなんだ。それで、僕がそのでかいオッパイの女の子を――少くとも彼女のよりはでかい――眺《なが》めていたことにアリスはカッカしてるってわけさ。そして、つまりさ、バスルームに『プレイボーイ』があるってことでアリスはさ、想像したわけさ。何というか――つまり――」

「事態を手で処理した？」とアルフレッドは笑みを浮かべて言った。〔take the situation in hand は事態処理に着手するということ。ダブル・ミーニング〕

「それのどこがどういけないって言うんだよ？　要するに僕にだって息抜きは必要なのさ。彼女のせいでピリピリしちまった神経の解放だよ。僕はそこまで彼女に説明したんだよ」

「そして彼女はどうして私と最近あまりメイク・ラヴしないのって訊いた？」

「そのとおりさ。『どうして私を相手に解放しないの？』ってさ。でもいったいどう説明すりゃいいんだよ？　だからさ、つまりさ、僕だって何度も何度もやってみようとはしたよ。でも一日中、一晩中、仏頂面《ぶっちょうづら》して、まともになろうという努力さえ見せない女とやりたいなんていう気が起きると思うか？　何の親しさも、情愛も感じなくて、感じるのはただただふくれあがっていく絶望感だけ、といったような相手と。そんな相手とどうしてできるものか」

「そうするとアリスは言う、『あなたは私を愛してないのよ』」

「それだよ、君、わかるかい？　彼女の言うとおりなんだよ、アルフレッド！　そんな風に振舞う女を愛することなどできるもんか。口もきかず、何かをわかちあうこともせず、自分を愛してもくれない相手を、にこりともしない相手をさ。今じゃ僕は世界中の殆《ほとん》ど誰とでもうまく話ができるよ。アリスと話すくらいならね。彼らは返事というものをしてくれるんだよ。そりゃね、とことんつまらない話になるかもしれんよ。でも彼らは返事をしてくれる——そうだと言ったり、そうじゃないと言ったり、あくびしたり、笑ったり、なんとかかんとか、とにかく何かこう触れあったという手ざわりがある。でもアリスと話しても、そういうのがまったくないんだな。もうまったくの話——僕はちょいとしゃべりすぎたかな？」

「いや、そんな、全然」とアルフレッドは言った。「その手紙のことを考えていたんだよ。アリスはいつそれを見つけたの？　どれくらい前の話なんだ、それ？」

「明日でちょうど三週間になるな。アリスは一晩中わめきまくって、次の朝、つまり土曜の朝に僕らは車でウィナンダーに戻ってきた。ニューヨークにとどまっている意味なんて殆どなかったからね。つまりロマンスはこれにておしまいってわけさ。僕らはウィナンダーにひきかえすと、子守に日曜のぶんまでの金を払った。そしてそれからの九日間かそこらアリスは僕に対してガミガミとあたりまくった。彼女は決して手をゆるめなかった。あれこそプロってもんだね。アルジェリアのフランス兵なんてあれに比べればなまっちょろいもんさ。傷跡も残さなきゃ、電気も通さない。ただただ内面をいたぶって傷だらけにするんだ。僕はニューヨークに出てなんとか仕事をして、夜に家に帰ってくるとこれが待ち受けてるってわけだよ。九日間、だったと思う。日曜の夜に、僕はアリスに向ってもううんざりだって言った。もうこれ以上は我慢できないから君の頭が冷めるまでニューヨークのアパートメントで暮すって言った。

アリスはこう言った。『冗談じゃないわよ！　ニューヨークに行くとしたら、それは私の方だわ』ってね。

『結構、荷作りを手伝おう』と僕は言った。

アリスはその夜出ていった。クライスラーのうしろにスーツケースを放り込んで、出てったんだ。彼女はアパートメントには行かなかった。ニューヨークの友だちのところに泊りに行ったんだよ。僕がどれくらいホッとしたか、言葉では表現できないね。神様、なんて素晴らしいんだ！　僕は子守に来てもらって、僕が仕事に出ているあいだの子供の世話をしてもらった。僕らは一緒に朝飯を食べ、仕事前に車でアシュベルを学校まで送り、子守に頼んで、僕が帰宅したときに子供たちの顔が見られるように就寝時間を一時間遅らせてもらった。本当に素敵な毎日だったよ、これは！

　そうするうちにアリスがニューヨークから電話をかけてくるようになった。家に帰ろうと思うのってね。そのたびに僕はこう答えた。僕ら二人はまだ当分は顔を合わせない方がいい、その方がお互いのためなんだってさ。そして僕は子供たちも元気だし、家も大丈夫だ、子守がみんなちゃんとやってくれているって言った。まあ、そんなこと言うべきじゃなかったな。女というのはみんな自分がいなくなったとたんに家は豚小屋みたいになると思いたいものだからね。でもね、正直なところ、家庭はこれまでになく順調だった。子供たちは久しぶりに幸せそうでリラックスして、夜の一時間僕らはみんなで遊んだ。その一時間がちょっとのびたからといって、それがいったいなんだっていうんだい？　子守がシドニーをあくる日ちょっと早目に昼寝させればそれですむことじゃないか。僕にとっちゃそれはもうドキドキするようなことだった。だってさ、自分の子供と知りあえるチャンスが目のまえにあるんだぜ。それまで僕は週末にしか子供たちと会えなかった。でも今では一日二回会うことができる。家に帰るとドキドキするくらい嬉しいことが——僕にとっても子供たちにとってもね——待ってるんだ。そして子守もやはりそういうのを感じる。彼女は僕と一緒にウィスキーを飲んで、そして僕らはみんなで和気あいあいと床にねそべって、なんでもいいから三歳と六歳の子供がやれるゲームをやるんだ。そして子供たちの方でも、僕という人間のことを知り始めていた。子供たちは僕に対して反応するんだ。これはね——本当に——本当に——本当に素晴らしいことなんだ！　だから僕はアリスに戻ってくるな、そうすれば万事上手《うま》くいくんだといいつづけてたのさ。それに、アリスだってその方が良いみたいなかんじだったんだぜ。

そして金曜日、先週の金曜日、僕はニューヨークでアリスと会って昼飯を食べた。食事のあとでアリスはサックス〔高級デパート〕に行きたいと言った——そうそう、その前の晩、つまり木曜の晩に、アリスが電話をかけてきたときに僕はこう言ったんだ。金曜日に一緒にウィナンダーに帰らないか、土曜日にはクラブでダンスがあるから一晩泊って子供たちの顔でも見たらどうだいってね。でもアリスはそれは困ると言った。次の日の朝にケネス美容室の予約がとってあって、そうすると朝早くニューヨークまでまた出てこなきゃならないからちょっとまずいと……そこまでして戻りたくはないと……おい、僕ら亭主はいったいどうなるんだよ？　僕らは夜の七時半に電車で家に帰ってきて、翌朝の七時にまた会社に戻っていくんだぞ。女って、いったい自分を何様だと思ってるんだ？　でもまあ時間どおりにニューヨークに戻れないかもしれないと思ったのかもしれん、そしてケネス美容室の予約というのは女にとっては何があってもすっぽかしてはならんものなんだろう。まあいいや、と僕は思った、仕方ない、何を下らんことをとは思うけど深く追及するほどのことじゃない。でもな、そんなの土曜日の朝にちょっと早く車で家を出りゃいいことじゃないか。あるいは電車でだって十分間にあうじゃないか、なんでもいいけどさ。まあとにかく、ランチのあとでアリスはサックスに行き、僕はダウンタウンのアパートに戻ってやりかけの事業計画書の残りを仕上げることにした。それを仕上げちまうと、僕はアリスとキング・コール・バーで会って一杯やった。良い気分だったよ。僕は昔からずっとあのバーが好きなんだ。ある意味ではキング・コールは『僕らの』バーだった――僕よりはアリスの方がそういう思い入れが強いわけだけど――でも豚小屋の如《ごと》き我が結婚生活のことを思えば、何か二人がこう分かちあい共有しているという雰囲気《ふんいき》なり幻想なりを作りだしてくれるものがあると、それにしがみつきたいという気にもなる。あの何々は我々の何々だと感じることができるというのはすごく大したことだって気がしてくるのさ。僕らはそこに座って一杯飲んだ。アリスが僕に対してまだすごく頭に来てることはたしかだったよ。でもアリスは僕にサックスでドレス買ったんだけど見てくれない？もう仕上がっていて、あとはとりに行くだけなのよ、と言った。いいよと言って僕はアリスと一緒にサックスに行った。

綺麗《きれい》なドレスだったよ。というか綺麗なドレスだよ。アリスはそれを着ると可愛《かわい》くて、それですごく興奮していた。でもね、すごく妙なんだ。アリスがそれに気づいていたかどうかは知らないけど、それは例のアーヴィング・ペンの『ヴォーグ』の写真の時代に着ていたドレスとうりふたつだったんだよ。ストラップのないグレイのぴたっと体にフィットしたイヴニング・ドレスさ。そのふたつのドレスの似かたときたらそりゃちょっと異様なくらいだったんだが、僕は何も言わなかった。だって彼女はもう夢中だったし、そういう彼女を見るのは僕にとってもちょっとしたことなんだ。

アリスは僕の前でモデルみたいなことをやってくれた。それを着てちゃらちゃらと歩いて見せたり、そのドレスにあわせて買ったという靴《くつ》を見せてくれたりね。それでね、そんなアリスを見ていて僕はふっと気がついたんだ。どれほど彼女が変っちゃったかということにさ。彼女は今二十九で、『ヴォーグ』の写真のときは十六だった。その十三年の差が目の前に歴然とあるわけさ。僕はアリスが老《ふ》けたとか、十三年経《た》ちゃ人は年取るとか、そういうこと言ってるんじゃない。ただね彼女はもう若くは見えないってことなんだ、わかるかい？　目を見るとそれはわかる。ちらほらと見えはじめた小じわのせいじゃない。そんなしわなら僕は好きだよ。でもそういうんじゃなくて、もっと別のものなんだ。目からきらめきが消えちまったんだよ。それまで僕は気がつかなかったんだけれど、そこにあるものは失望であり哀しみであり恨みつらみだった。それで僕は哀しくなってしまった。ある意味ではそれは僕のせいでもあるわけだからね。たしかにね、彼女が自分自身を自分の手でそんな風にしちゃったのに負けず劣らず、僕もそれに手を貸して彼女をそんな風にしちゃったんだ。アリスは何かを失い、僕はその何かがアリスから抜けていくのに気づきもしなかった。それで僕はすごく彼女に申しわけない気がして、今夜は一晩ニューヨークで一緒に泊らないかって誘ってみた。アパートメントじゃなくて、セント・リージスにでも泊って、友だちと一緒に、あるいは二人だけでディナーを食べて、と。いいわね、とアリスは言った。でもアパートメントがあるんだから、セント・リージスに泊るなんてもったいないじゃないってね。で、僕は子守に電話して、明日の朝に帰るって言った。シドニーが僕と話したいって言った。もちろん何言ってるのか皆目わからなかったけど、でも嬉しいもんさ、そういうの。

サックスの次にF・A・O・シュウォールツに行って子供たちにおもちゃをふたつばかり買ったところでターンブル夫婦にばったりと出くわしてね、事のなりゆきとして、一緒に飯を食べようということになった。ところが食事しているうちに、アリスはまただんだん例のユウウツ状態に入っていった。これにはもう本当にうんざりしたね。だってさ、僕らの友だちはみんな以前から何度も何度もそういうのを経験させられていて、それでも僕らに対して彼らはとてもあたたかく親切だっていうのに、それはないよ。彼女の御機嫌は食事のあいだどんどん悪くなっていった。そして僕はアリスを連れてアパートメントに帰った。

　そして部屋の中に入るや否や、やれやれ、またもとの木阿弥《もくあみ》さ。いつもながらのイライラ、絶望、そして砂を噛む思い。彼女が、メイク・ラヴを期待していることがわかる。べつに彼女はやりたいって言ってるわけじゃないんだぜ。ただ期待してるってことだよ、まったく。そういうのって、僕はたまらないんだ。だからその時になっても、できない。こんな絶望的な状況で、相手がブスッとしていて、このアパートメントでこの前はアリスがぎゃあぎゃあわめきまわったんだなあと思いだしたりするとさ、できるもんか、そんなの。二人で一緒にベッドに入って、僕はなんとか興奮《エキサイト》しよう、嫌なことを頭の中から追っ払おうとした。でも駄目《だめ》だ。で、結局僕はアリスに言った。

『アリス、悪いけど出来ない。今夜は無理だ。いささか計画的すぎたみたいだね』

『計画的すぎるってどういうこと、それ？』とアリスが訊いた。

『なんだか見え見えみたいでさ』と僕は言った。『セックスをするというよりは、何かこう、儀式みたいじゃないか』

『あなた私のことをまったく愛してないんでしょ？』

それで、うん、僕は愛してるよと言った。本当に愛してるんだよ。おかしいとは思うし、これじゃまるでマゾヒストじゃないかとも思うけれど、僕はアリスを愛してるんだ。あまり好きになれないってだけなんだ。

そして僕はアリスに向って、これじゃまるで『証拠』を求められてるみたいだし、それじゃ曲芸のあしかみたいな気分になるんだということを切々と説明した。こんなのメイク・ラヴとは呼べない。これじゃ『一発やる』って感じじゃないか。そんなんじゃ僕はとてもその気に――アリスはそういうのをヤワって言うんだよ。ヤワだぜ……こういう風にされちゃその気が起らないんだよってね、僕は言う。すると彼女は言う。『何が問題なの?』そんなの何て言やよかった? 何て言やいいんだ? 彼女を欲しくないって言うのか? アリスはとても魅力的な女だ。美しい女だ。体も素晴らしい。もし彼女の体と人格とをべつべつにわけて考えることが僕にできたら、何もかも上手く行くんだ。でも言うまでもなく、そんなことはできない。そこで僕らはアパートメントのベッドで一緒にいて、僕はごろっと向うを向いて、ここで寝たことのある娘のことを思いだす。そしてあれは素敵だったよなと思う。あの子とのセックスはなんて温かくて、気持よくて、楽しかったんだろう。あの子はなんてやさしくしてくれたんだろうってさ。すると突然、アリスがこう言うんだ。『あなた今、ここでファックした娘のこと考えてるわね、そうでしょ！』

もちろん僕はそんなこと考えてるもんかって言う。うまくセックスできなくて君に対して悪いし、申しわけないって思ってただけさ。するとアリスもただ一言『どうでもいいわよ！』と言う。やれやれ、どうでもいいと思えるんならそう思いたいよ。そしてアリスは起きあがって、アパートメントの部屋の中をまたのそのそ行ったり来たりしはじめるんだ。そして怒りがどんどん膨らんでいくのが目に見えてわかる。『その子となら簡単にファックできたんでしょ』とアリスは言う。

『その子とならあなたヤワにならなかったんでしょ、そうでしょ！』

まったくもうね、アリスが『ヤワ』って言うとさ、世の中にこれほどいやらしい言葉はないって風に聞こえるんだ。何も言えないよ、僕には。それで僕はなんとかその気になろうと努力したね。目を閉じて、興奮する助けになるようなモノとか人とかを思いうかべてみたが、それでもダメだった。というかね、うまく行きそうかなと思うと、アリスがまた何か持ち出してくるんだ。そして彼女は三時間それをつづけた。僕はもうへとへとさ。もうこれ以上どうしようもないってくらいへとへとだった。僕は七時に起きて昼飯のときにブラディ・マリーを何杯か飲んで、キング・コール・バーでまた飲んで、ターンブル夫婦との食事でも飲んで、今や午前三時だもの。それで眠りこんじゃったらしい。なにしろ気がつくと朝だったからね。土曜日の朝さ……。

　朝になるとなんか奇蹟的《きせきてき》にめっきりと元気になっているっていうことがあるだろう？　そういうのって、いつも朝なんだね、もう一度体に生気がよみがえってくるというかさ。まるで朝が、眠りが、前夜のおぞましさを軽減してくれたといった具合だった。

　うん、それで、アリスは美容院に行って、僕は部屋の掃除をし、仕事にまたとりかかろうとした。でも集中することができなかった。だってさ、自分の先のことも決められないっていうのに、新設された会社のこの先五年間の成長率を判断できるわけないだろう？　僕は自分の顧客のために五年計画を立て、自分のためには半年計画を立ててるのさ。そう思うとなんかがっかりしちゃうよ。それで僕はアパートを出て少しぶらぶら歩き、それからアリスを迎えに行った。

　彼女の髪は、そうだな、非常にシックとでも思わなくちゃならんのだろうなという感じの仕上がりだったが、それほど似合ってるとは思えなかった。僕は素敵じゃないかとお愛想《あいそ》まで言ったけれど、まあ僕が感心していないことは歴然としていた。それから二人で車でウィナンダーに戻った。そのあいだ中アリスは例によってむっつりと黙って沈みこんでいた。寒かったし、おまけにうちのクライスラー・コードはヒーターの調子があまり良くないんだ。前の晩に少し雪が降って、木の枝やパークウェイの両側に白くつもっていた。それで『なかなか綺麗じゃないか』と僕はアリスに言った。

返事はない。

それから二マイルほど行ったところで、僕は『子供たちに会うの楽しみだろう？』と言ってみた。

〈そうね〉というようにアリスはうなった。

それで僕は『ねえ、どうだい。子供たちに会うの楽しみなんだろう、どうなの？』と訊いてみた。

『ええ、そうよ。子供たちにまた会えるの楽しみよ』

家に着くまでの道すがら、彼女が口にしたのはその一言きりなんだぜ！　僕はぎゅっと固くハンドルを握りしめて『神様、こういうのから僕を解放して下さい』と念じながら車を運転しつづけた。そして車をどこかにうまくぶっつけて、アリスが死んで僕は軽い怪我《けが》ですむってことができないものかなあって考えていた。今でも僕はそういうの考えるよ、正直言って。でもやりゃしないよ。子供たちはアリスを好きだし、僕は確実に逮捕されちゃうだろうしね。僕は女房を殺したりするタイプじゃない。何によらず殺すってのは駄目なんだ。それに昨今警察の仕事ぶりも進歩して、タイヤの跡を測定したり、いろいろするものね……。

　さてやっと着いた。ゲートを抜けて、長い道路を湖畔の我が家まで走る。子供たちはふくふくのスノー・スーツを着て隣家の芝生の上で遊んでいた。僕は車のスピードをおとしてアリスに訊いた。『車を停《と》めて子供たちに会っていくかい？』ってさ。『べつにいいわ』と彼女は言った」

「べつにいいって、彼女言ったの？」とアルフレッドが質問した。

「でももちろん子供たちには僕の車だってことがわかって、アシュベルが手を振りはじめた――そして僕らはその横を車も停めずに行っちまった。嫌な気分だったね。ぴしゃっと横《よこ》っ面《つら》をはたいたようなもんだもの。なんでアリスが車を停めるのを嫌がったのか、それがわからん――風のせいかもしれない。風で髪がくしゃくしゃになりそうだったからかもしれない。でも風が吹いてたという覚えはない。何かの加減でその日はうららかと言っていいくらいの陽気だったんだ。家のまわりでは雪が溶けていたし、外で車が洗えるくらい暖かだったし――そうそう車のことがあった！　そのことをすっかり忘れてた。

　アリスの荷物を部屋に運びあげたあとで外に出て行こうとすると、どこに行くのかと彼女が訊ねた。子供たちの顔を見て、それから車を洗うよ、君のイヴニング・ドレスを汚すとまずいからね、と僕は言った。『あなた私のそばにいなくて済むことばかりやるのね、そうでしょ？』とアリスは言った。

　それはないよ！　そりゃあね、僕だってアリスのそばから尻《しり》に帆掛けて逃げだしたかったさ。それは認めるよ。でも子供たちの顔見たかったってのは、これは本心だよ。それから車のことにしてもだね、いいかい、ディナーは燕尾服《えんびふく》に白タイの正式なものだった。あるいは僕は見栄っぱりの体裁屋なのかもしれないし、あるいはただ単なる阿呆《あほう》なのかもしれん。でもとにかく白タイ着用のディナーに汚れた車で乗りつけるのは嫌なんだよ。だから僕はキッチンにアリスを残して外に出て、子供たちと話をした。アシュベルは新しいひっかき傷を僕に見せ、シドニーの方はとくに見せるものもなくてちょこちょこしてるだけだった。

　しばらく遊んでお話をして、子供たちのお風呂の時間が来ると、僕は車を洗った。そして僕とアリスは服を着がえた。アリスは子守に向って『こんにちは』も『ただいま』もさえ言わなかったと思うよ。

　僕らはコードに乗ってボイド家まで行った。アリスはそれでまた頭に来たんだけれど、僕はあの小さい車好きだよ。あれを運転するのが好きなんだ。そしてボイドの家までの道ときたらこれは腕の見せどころでね、山あり谷ありカーブあり――笑うなよ。

いつまでたってもそういうところ僕は子供なんだよ。

ドライブのあいだアリスと僕とはあいかわらずお互いになんとかコンタクトのようなものをとろうと試みつづけていた。よく昆虫《こんちゅう》が相手の意志が友好的なものかどうか判断するために触覚だかなんだかを触れあわせているだろ、あれさ。で、僕はアリスに言った。『ねえ、アリス、君も努力くらいはしてくれよ。なんとか――』アリスは『どうして？』って言った。

ディナーの席ではあるとても可愛い十八歳の娘が、ボイドの娘の友だちなんだが、とくに御指名ということで僕のとなりに座った。そりゃ僕だって悪い気はしないさ、そういうのって。でもおかげでアリスはひどくむくれちまった。それからアリスのために用意された席にもちょいと問題があった。彼女の席はメイン・テーブルじゃなかったんだよ。でも僕だってそれは同じことさ。僕のテーブルには他に四人の男と、十八歳の娘と、投資相談コラムを書いている感じの良い女性とが座っていた。アリスは自分が冷遇されたと感じたんだな。でもそれは間違いってもんだ！　だってそれはデビュタントのパーティーなんだぜ。アリスだって自分がもう社交界デビューしたての娘じゃないってことがきちんとわかってもいい頃だよ。

コードに乗ってウィナンダー・クラブに戻る道すがら、アリスはえんえんと毒づいていた。ディナーについて、ボイド家について、デビューした娘たちのドレスについて、僕のとなりの娘について。僕が芝居とかミュージカルに何度か投資したことがあることをその子は聞いていて『私そういう演劇関係ものすごおくやってみたいんです』と言ったんだが、アリスはその子の口真似《くちまね》を始めるわけさ。頭に来るから認めたくはないんだが、アリスのその真似たるやこれが実におかしいんだ。

クラブに戻ると、アリスと僕はしばらく一緒に踊って、それから友人たちと一杯やろうとぶらぶらテーブルに戻った。僕はそのあいだに一度だけ席を外して何人かの相手とおつきあいのダンスをやった。女主人《ホステス》と、ボイドの家の娘と、テーブルが一緒だった女の子と。そして席に帰ってきた。たぶん二十分くらいのものだったと思うね。戻ってみるとアリスがむくれかえっていた。同席している人たちとひとことも話そうとしないんだ。僕をとっちめてやろうとただただじっと待ってたんだね、あれは。でもね、そんなこと言ったってさ、儀礼としてやらなくちゃならないってことがあるだろう、そういった場では。当然こうするものだという形式的なことだとか、人は社交的動物なりとか、なんだとかかんだとか……。だから僕はまたアリスと踊りましたよ、嫌っていうくらい延々とさ。アリスはたしかにダンスがすごく上手いんだな。そしてそのあいだ中、僕はずっと念じつづけていた。誰かわりこんできて下さい、誰かわりこんできて下さいってね。そしてそのあいだ中アリスは僕を責めたてていた。『どうしてなんとかさんとあんなに長く一緒だったの？――どうしていつも若い娘といちゃいちゃするの？』――なんだかんだ。

そんなこんなでさ、そういう果てることのない非難やら罪悪感やら絶望やらフラストレーションやらの入りまじった空気の中にいるせいで、今や僕はまったく仕事というものが手につかなくなっちまったんだ。僕の頭の中にある思いといえば、ああ自由になりたい！　ってそれだけさ。その他のことなんて考えられん。ここから脱出できないものかと。そうだよ、そのとおり、そこまで思っているのならどうして離婚しないんだ？」

「どうして離婚しない？」とアルフレッドが訊いた。

「どうしてか自分でもわからないよ。わからないんだ。たぶん子供たちのことを愛しているからだと思う。そしてまた、たぶんアリスのことを愛してるからかもしれない。さっきも言ったけど、彼女をちゃんと愛してるんだよ。人間的に好きじゃなくったって愛するということはある。それからもし離婚したら子供たちと暮すことはできないだろうなと思う。犬と猫《ねこ》を処分しなくちゃならんなと思う。そういうことについていろいろと心配になってしまうんだよ。ペットを眠らせなきゃならんのかなとかね。あるいは――あるいは子供たちをそのまま眠らせてしまうのがいちばん良いことではないだろうかとかね。子供たちにとってもその方が楽なんじゃないだろうかとかね。ああ神様……そんなのってひどすぎる……あまりにもひどすぎる、心がはり裂けてどうにかなってしまいそうなくらい……それで……おい、アルフレッド、君がいけないんだぜ、僕にアリスのことなんて訊くから。僕にこんなに長くしゃべらせなきゃよかったんだ。いや、誰かにしゃべっちまわずにはいられなかったな。僕は子供たちを愛してる。そしてあの古い家と湖とボート・ハウスを愛している。他の誰かとさえ結婚していればねえ――幸福になる能力を持った女性とさ。もし相手が幸福になれたら、僕の方もそれで幸福になれるのに」

「これからどうするつもりだい？」

「今夜ウィナンダーに帰らなくちゃならない。アリスがまた腹を立ててるんだ。今日ここに来る少し前にアリスがオフィスに電話をかけてきて、僕らの友だちの女性が、離婚してウィナンダーに住んでいる人なんだが、アリスがニューヨークにいた間に僕を夕飯に誘ったことがわかったらしいんだ。うん、その女と僕とは仲がよくてね、それにアリスにとってもすごく仲の良い友だちでもあるんだぜ。友だちだったんだと言うかね。アリスはその友情も投げ捨てようとしてるんだ。彼女が僕のこと心配して、夕飯に誘ったというだけでね。『あなたと二人で食事するような女は私の友だちなんかじゃないわよ』ってさ。そんなの下らないじゃないか。馬鹿気《ばかげ》てるよ。そうだろ？」

「相手の女性次第」とアルフレッドは言った。

「うん、僕は思うんだがね、事態が根本的に変りでもしない限り、僕はここから逃げ出さなきゃならん。それ以外に道はないよ。仕事もできない。笑うこともできない。ねえ、最初の浮気のこと話そうか。君、もう少し我慢して聞いてくれるかい？」

「聞きましょう」

「その娘は昔からの知りあいだ。幼なじみみたいなもんさ。ニューヨークでばったりと会ってね、僕が昼飯でもどうと誘って、何度か昼飯を一緒に食べて、そしてある夜、アリスが何処《どこ》かに行っちゃってるときに、一夜をともにしたんだ。僕は自分が思っていたよりも、彼女に愛情を抱いていることに気づいた。僕が彼女にそれほど愛情を抱いた理由はだね、彼女が僕に微笑みをとり戻させてくれたからさ。……本当にそれだけの理由だよ。僕を微笑ませてくれたんだよ」

「それは結構だ」とアルフレッドは言った。

「さて、さて、仕事に戻らなきゃならん。車でウィナンダーに戻り、既に僕に対してかんかんになってるアリスに直面しなきゃならん。家に帰って……それで何だっけ……」

「アリスに直面する」とアルフレッドが言った。「それ以外にできることもないだろう?」

「そのとおり。なんとかもう少しやってみるよ。嘘いつわりなく、僕は今でも一所懸命やってるんだぜ。でもそんな努力にどれほどの意味があるんだろう。行き着く先は見えてるっていうのに」

「どうだろうね、僕がアリスと話をしてみるっていうのは? つまりさ、僕が彼女に対して、もししばらくのあいだ君たちが別居っていうかたちをとらないのなら、永遠に別れることになるだろうと言ってみたらどうだろうってことさ。僕がそういう風にアリスに説明するといいんじゃないかね?」

「アリスはずっと覚えてるぜ。君が僕らの結婚に全然乗り気じゃなかったってことを」

「そりゃ昔のことだ」とアルフレッドは言った。「僕が間に入って言った方がいいんじゃないのか?」

「そうだね、たしかに」と僕は言った。「君が一肌脱いでくれるっていうんなら喜んでそうしてもらうよ。もしよかったら今日家に来て週末をうちで過さないか? 明日の夜はクラブでダンスもあるし、けっこう面白いんじゃないかと思うよ。そうだな君に頼むってのは実に名案だな。僕は今夜九時にクラブで行われる評議会に出席しなきゃならんし、それは少くとも一時間はかかるから、君とアリスが二人きりで話をする絶好のチャンスだと思うんだ。君の今夜の予定は？　うちに来《こ》られそう？」

「週末は無理だな」とアルフレッドは言った。「でも今夜はたぶん行けるよ。ある女の子に今夜十二時頃にエレインズで会おうと言ったけど、僕が来なくたって別に気にもしないと思う。何で行く？　君、ニューヨークに車置いてあるのかい？」

「そう願いたいね」と僕は笑って言った。「朝にはあったよ、とにかく。アリスに電話して、君をつれて帰るから夕食の仕度するように言っとくよ。六時十五分にクラブの前で君を拾うっていうのでどう？」

「結構」とアルフレッドは言った。「ということであれば、今度はもう少し明るい話をしようじゃないか」

「アドラーに君と住んでいるときに、スコット・フィッツジェラルドの小説の中の出来事みたいだと君が言った夜のこと覚えてるかい？」

「よく覚えてるとも」とアルフレッドは言った。「君のパーティーが終ったあと、僕らはライブラリにいた。アリスがとびこんでくるちょっと前だ。僕がそう言ったのには沢山の原因《わけ》があるんだが、とくに僕が強烈に感じたのがひとつある。君、覚えてるかい『グレート・ギャツビイ』の中で、ニック・キャラウェイとジョーダン・ベイカー（ゴルフの試合でどうもずるをしたらしい女だね）がギャツビイ主催のパーティーに行って、ギャツビイの姿を探すんだが迷ってライブラリに入りこんじゃって、フクロウ目の男に会うところ？　男はもう一週間も飲んだくれていて、そしてそこにあるのが全部本物の本であることに仰天しているんだ。『引きどきというのも心得とるよな――ページが切ってない』って男は言う。覚えているかい？」

「もちろんさ、だから中身のくりぬいてあるワーズワースを君に見せたんじゃないか。あ、そうだ、ところで君にピストルの礼を言ったっけな？　どこであんなの手に入れたんだい？」

「どこって、ハリウッド以外にあるものか」とアルフレッドは笑いながら言った。「あそこにピッタリと収まるだろうと思ったんだ」

「ハリウッドなんかで何してた？」

「ぽかんと口あけて見物してましたよ」と彼は言った。

「名前忘れたけど、あの美人のモデルにあったかい？」

「テディー？　テディー・ボールドウィン？」とアルフレッドは言った。「いや、ローマ以来会ってないね。ずっと探してるし、どっかでばったり出くわさないものかと思ってるんだが、駄目だね。あれは本当に良い娘だったたな。実に良い子だった。僕には過ぎた女だよ。そう思う。つまりだね、彼女の頭はそりゃ本当にきちっとして、まともでね、そして僕の頭は——そうだな、僕はまだ完成途上ってところだね」

「君、まだドラッグやってるのかい？」と僕は訊いた。

「やってない人いるかい？」とアルフレッドは笑って言った。「アスピリン、コーヒー、セコナール、ニコチン——でも君とドラッグ談議やるのは控えよう。もう行かなきゃならんからね。ねえ、ジョージ、僕は六時十五分にここにいる。そしてウィナンダーまでの道すがら話もできるだろう」彼は椅子《いす》をうしろに引いて立ちあがった。「途中までエレベーターで一緒に行こう。僕は部屋に寄って原稿を取ってこなくちゃならないんだ」

第十二章

一階でエレベーターを降りると婦人用待合室にミッシー・カーライルがいるのが見えた。彼女は鏡の下のソファーに座り、スカートの裾《すそ》が膝《ひざ》の上の方までずりあがっていた。その脚のきれいなことに僕《ぼく》は驚かされた。どうしてこれまで気づかなかったのだろう？

ミッシーが僕の姿を見て手を振った。僕は彼女の方に行って、やあ今日は、どうしてまたイェール・クラブなんかにいるんだいと訊《たず》ねた。

「屋上のレストランでサンディー・ストダードとお昼を食べたのよ」と彼女は言った。「そしてさあこれからもうひとふんばりしてクリスマス・ショッピングを片づけてしまわなくちゃと力を蓄えていたのよ。お元気？　あなたこそ何のご用だったの？」

「元気だよ。アルフレッド・モールトンとここで食事をしたんだ。彼のことは知ってるよね。アドラーで開いたパーティーで、君たしか会ってると思うんだが」

「あなたの結婚式で介添人やった人でしょ？」

「そのとおり」

「作家の人よね？」とミッシーが訊《き》いた。

「うん、今日いちにちで彼は一冊分のネタを仕入れたはずだよ。僕は食事のあいだずっと泣き言を言ってたみたいだから」

「私も今朝それすませてきたわよ」とミッシーは言った。「でも私、友だちはこのことにまきこみたくないんで、精神科医に全部吐き出すことにしてるのよ」

「精神科医？　君が？」僕は唖然《あぜん》として思わず訊き返した。

「ドクター・デヴローよ。でもそのこと絶対他人《ひと》に言わないで」

「おい、僕もその医者に通ってるんだぜ！」

「あなたも彼にかかってるの？」とミッシーは笑った。

「君、あれ効果あると思うかい？」と僕は訊いた。僕は彼女の隣の安楽椅子《イージー・チェア》に腰を下ろした。

「話し相手ができるという効果はあるわね」と彼女は言った。

「でもさ、何をどう話せばいいんだよ？」と僕は言う。「すぐに引きだせるようにラベルやら相互《クロス》インデックスやらのついた三インチ×五インチのカードを僕がやっと探しあてるとだね、なになに『怒り《アンガー》』『苦悶《アンギッシュ》』『不安《アングスト》』ちょん・ちょん・ちょん『コミュニケーションの不在』を見ようとくる。いったいどこの誰《だれ》がコミュニケーションの不在についてしゃべれるね？　つまりさ、僕が言いたいのはね、そんな繰りごとは医者の方はこれまでに何べんも何べんも聴かせられつづけたことだろうということで――」

「だってそれでお金もらってるんでしょ」とミッシーは言った。「一時間五十ドルもらえるんなら私、誰かがマンハッタンの電話帳読みあげるのだって聞いてあげるわよ」彼女は僕の手の上に自分の手をかさねた。「こういうのが慰めになるかどうかはしらないけど、あなたくらい精神科医の治療室に似つかわしくない人もいないわよ」

二人とも少し黙りこんだが、やがて僕はこう訊ねてみた。「君とウォルター、離婚するのかい？」

まるで僕に針で刺されたみたいに彼女の手がぴくっとひきつった。

「ごめん」と僕は言った。「余計なことだったな」

「いいえ、いいのよ」とミッシーは言った。「それほど人目についていたとは知らなかったの、それだけ」

「人目についてなんかないさ。君が精神科医にかかるなんて離婚くらいしか思いつけないなとふと思ったのさ。べつに答えなくていいよ」

「うまく答えられそうもないわね、それ。せいぜいとりあえずの答えくらいしかないのよ。私思うんだけど、統計的にみて結婚生活の問題で精神科医にかかる人の殆《ほとん》どは結局離婚することになるし、私、たぶん――私たちもたぶんその例外ではないだろうという気がするのよ……」

「いや、それは残念だね」と僕は言った。「でも少くとも君たちには子供がいない」

「私のせいじゃないわ！」と彼女は腹を立てたように言った。

「君が子供を欲しがっていたなんて知らなかったよ」

「欲しくないわよ。今はね。間違いなく今はね……今の望みは一杯のお酒。あなた忙しい？　どこかにお酒飲みに行くってわけにはいかない？」

「どこにでもつきあうよ」

「三時に母と私のアパートメントで会う約束なの。だから近くがいいわね」

「アレンズはどう？」と僕は言ってみた。

アレンズでミッシーはブルショットを注文し、僕はブラディ・マリーを飲んだ。少し軽い世間話をしたあとで、ミッシーが言った。「ねえジョージ、アルフレッドの本の中で、人妻が結婚カウンセラーのところに行って、乳首に口紅を塗りなさいって言われるところがあるの覚えてる？」

「それ、『チャイニーズ・ルーム』の中にあるよ」と僕は言った。

「でも、アルフレッドの本で読んだのよ」

「うん知ってるよ、でもそのアイデアは『チャイニーズ・ルーム』からとったんだってアルフレッドが言ってた」

「まあ、どうでもいいわよ。私が言いたいのはね、その部分とか黒のシルクのストッキングの部分とかがあったでしょということ。そして私、実際にそういうの試してみようかとさえ思ったのよ。もちろん実行はしなかったけれど。そんなことしたら、ウォルターは私のこと嫌《きら》ったでしょうね。そんなことしたら彼は照れるかびっくりするかして、それで私はみっともない思いをしたと思うわ。私、本当にそれ試してみようと真剣に考えてみたんだけれど、でも実際やったらひどいことになっちゃうってわかったのよ。だってウォルター相手に私そんなことできっこないもの。そんなことしたらウォルターはきっとこう思ったわよ――いや、あの人がどう思うかなんて私にはわからないわね、私が彼をからかっているとか、私の頭がいかれちゃったとか思うかしら、あるいは、それとも、わかんないわ、どう思うかなんて。でも私、なんでもしようって気になってたの。それというのも――ねえ、ジョージ、こんなこと打ちあけるのもアリスから話を聞いたからなのよ。要するにね、ウォルターと私、もう四ヵ月以上もメイク・ラヴしてないのよ。ひどいでしょ？　最後にやった週末のことははっきり覚えてるわよ。クラブで労働祭日の週末のダンスのあった日よ。彼は酔っ払っててね、酔っ払ってて時間が長くかかったからこそ私はオルガズムに達したのよ」ミッシーは膝の上にかさねた自分の手をじっと見下ろしていた。彼女は顔を伏せたまま僕の視線を避けていた。「こんなこと持ち出したからって、あまりびっくりしないでね。ドクター・デヴローとあなた以外にはとてもとてもこんな話できないわよ。それにあなたにこんな話をする唯一《ゆいいつ》の理由はアリスが話してくれたからよ。あなたもアリスとメイク・ラヴできないんだって」

「な、なんてアリスが話したって？」

「彼女、細かいことは全然話さなかったわよ」とミッシーはあいかわらずうつむいたまま言った。「彼女はこう言っただけよ。あなたたちが結婚する前、アドラーにペントハウスを持っていたとき、あなたとアリスは……」

彼女の話は飲物のおかわりをふたつ運んできたウェイターによって妨げられた。彼がテーブルを拭《ふ》いてカクテル・ナプキンを置いて、飲物を置いて、勘定書に追加ぶんを書きこんでいるあいだ、僕はこう考えていた。アリスのやつミッシー・カーライルに話してるくらいだから、そのことを間違いなくメアリ・フィールディングに話しているなと。そしてメアリ・フィールディングはもうそれをアン・ベイカーに伝えているかもしれない。そしてアンとウェンディー・セイヤーは切っても切れない仲だし、ウェンディー・セイヤーときた日にはウィナンダーのゴシップ放送局みたいなものだ。ウィナンダーの住民の何人が僕のベッドの中での無能さを耳にして大喜びしているか、その数は神のみぞ知るというところだ。僕は腹が立ち、屈辱的な気分になりイライラしてきた。何故《なぜ》なら以前は僕とアリスは妊娠中と生理がとくにきついときと、それからひどい喧嘩《けんか》をしてお互い手も触れたくないというときを別にすれば三日とあげずにメイク・ラヴしていたからだ。アリスと僕とのメイク・ラヴのかなり多くは僕の方から言えば欲望からというよりはむしろ自衛の目的で行われたということを僕は進んで認めよう。まったく僕はいったい何のためにそんなことをこまめにやりつづけてきたんだろう？　欠席裁判のまま有罪を宣告され、郊外住宅地《サバービア》のセックスの恩寵《おんちょう》から追放され、倦怠《けんたい》と見捨てられた楽園に放逐されるためにか？

ウェイターが行ってしまうと、ミッシーは話をつづけた。「あなたたち二人が結婚する前、アリスとあなたが一緒に暮してたとき、しょっちゅうメイク・ラヴしてた。でもアリスの話だと、あなたはもうやらないって」

「どうしてだかをアリスは君に教えてくれたかい？」と僕は訊いた。

「どうしてアリスが私にそのこと話してくれたかっていうこと？」

「やれやれ、ミッシー、君はアリスのことよく知ってるだろう。あいつは他人の同情を引こうと思えば何だってしゃべっちゃう性格なんだ。それにそれがみんなに広まるということを知っていてわざとやってるんだよ、間違いなく」

「でもそれ本当のことなの？」

「君、どう思う？」

「私があなたにそんな質問するのは、さっきの私の話と関係しているからよ。それだけ。ウォルターはもうずいぶん長く私を抱いてくれないし、それはあなたの場合と同じ理由からかもしれないのよ。アリスが言うには、それはあなたがメイク・ラヴに興味を失《な》くしたせいだって」

「アリス相手では興味ないね」と僕は頭に来て言った。「なんて女なんだ、まったく！　僕がデヴローのところにこの一カ月間通ってるのは、僕があれをできないからだよ。やりたいとも思わないのさ――少くともアリスとはね」

「でも、どうしてよ？」とミッシーが訊いた。「アリスって綺麗《きれい》じゃない。スタイルだって素敵だし。アリスみたいな美人と寝たくない男の人っているかしら？」

「寝たいと思うそのへんの男はいるだろう。よく知らない男が彼女を見てやりたいと思うことはそりゃあるだろう。でも僕らは結婚して八年になる。僕らはよく知らない同士じゃない。そして僕は美人のアリスを布団《サック》の中にひきずりこみたいという『そのへんの男』じゃない。それに僕は彼女をふくろの中から引っぱりださなきゃならないんだよ。僕が帰宅するとアリスは怒っているか、気がたかぶっているか、あるいは例の不機嫌《ふきげん》かのどれかで、そういうのが毎日毎日延々とつづいているんだよ。いつからつづいているのか思い出せないくらい長くつづいてるんだ。だから僕――ねえ、ミッシー、いいかい、僕が言いたいのはこういうことだ、僕はメイク・ラヴするのは好きだよ。ただね、女房《にょうぼう》がそれを何かの証《あか》しとして扱おうとするとき、僕はメイク・ラヴが好きじゃなくなる。そうなると関連性のないプレッシャーがあれやこれやと加わってきて、それはメイク・ラヴじゃなくなって性交《セクシュアル・インターコース》になっちゃうんだ。その言葉の響きと同じようにカサカサした味気のないものにね」

ミッシーは何も言わなかった。マドラーでぐるぐるとグラスの中の酒をかきまわしていた。

ひとくち酒をすすったところで、また怒りがこみあげてきた。「アリスの奴《やつ》、まったくなあ！　いったいなんだっていうんだ。それにそういうのってアリスだけじゃないんだ。僕はディナーの席で君たち奥様族ととなりあわせて、何度となくそう思ったよ。アリスだけじゃないんだってね。君たち奥様族はどこでそういう考え方を仕入れてくるんだい？　不安感というか、焦燥感《しょうそうかん》というか、君たちをそういう風にさせる考え方をさ。君たちは結婚生活からロマンスが失われてしまったと嘆く。やれやれ冗談じゃない、結婚生活にそもそもロマンスなんて存在したことがあったかい？　夫が昼間一日中せっせと働いて、息苦しいか時間が遅れるか煙草臭《たばこくさ》いかあるいは暑すぎるか寒すぎるかする電車に乗って帰ってくる。子供が電車に向って投げる石から身をよけなきゃならなかったし、はじめの三十分は立ってなきゃならなかった。何故かといえば、買物袋をいくつも抱えたどっかのグロテスクな女に席をゆずったからだ。そんなこんなで家に着くころには疲労困憊《こんぱい》している。家に一歩入ると女房がふさぎこむか腹を立ててるかなんかかんかしている。家の中は豚小屋同然、飯はうんざりする代物《しろもの》だ。調理済みインスタント、冷凍物、お湯に入れるだけなんとか、亭主《ていしゅ》のためになんか何ひとつ手を動かしていない。女房は何をやっていたか？　亭主の帰りをじっと待っていただけだ。悩みや問題を亭主に押しつけ、毒袋の中身を亭主の方に移しかえるためにだよ。そんなことをしといてそれでロマンスがなきゃだの、メイク・ラヴしろだの、そりゃあつかましいってものだろう？」

「主婦の仕事だって大変なのよ、ジョージ」とミッシーは言った。「それはどちらの側にも言えることじゃないかしら」

「ねえ、ミッシー。主婦の仕事が大変なのは僕にもわかってるよ。主婦の中には大変な仕事をしている人もいる、ということはよくわかってるさ。でもあとの主婦は自分たちは大変な仕事をしていると思っているだけなのに、疲れるのは一人前に疲れるんだ。しかしもしそんなに疲れるのなら、もう少し相手の疲れをも理解したっていいだろう？　どうして夫に向って自分の疲労を押しつけたりするんだ？」

「アリスはそんな風なの？」

「僕の知っている主婦の五十パーセントはそんな風だよ。男が玄関から入ってくるや否や主婦はぶうぶう不平を並べたてはじめるんだ。子供がどうの、配管がどうの、誰それさんの奥さんがスーパーマーケットで私につんけんした、薬剤師は態度が悪い、車のトランスミッションがどうの、皿洗《さらあら》い機《き》がどうの。なんで僕が車のトランスミッションのこと知らなきゃならんのだ？　僕はカレッジで歴史を専攻したんだ。機械工学じゃない。運が良けりゃトイレの水洩《みずも》れくらいは直せるかもしれん。しかしだね、男子生殖器を一セット持っているというだけで、なんでトランスミッションの修理ができると思われなくちゃならんのだよ？」

ミッシーは笑って、僕はテーブルごしにしかめ面《つら》をした。

「あなたとてもセクシーだと思うわ」と彼女は言った。

「僕がなんだって？」と僕はうなるように訊きかえし、それから笑いだした。「君、僕の言ってることちっとも聞いてなかったんだろう？」

「ちゃんと聞いてたわよ」とミッシーは答えた。「あなたこう言ったわよね、自分がデヴロー先生のところに行く理由は、たぶん正確にこう言ったと思うんだけど、『興味が持てないからだ——少くともアリス相手では』ということだったわよね？　それで私、あなたが誰に興味持っているんだろう、誰と浮気《うわき》しているんだろうって考えたのよ」

「僕は今、誰とも浮気してないよ」と僕は言った。

「たぶんするべきよ」と言ってミッシーは微笑《ほほえ》んだ。「私、たぶんあなた浮気してるんだと思うわ。ウォルターも浮気してくれればいいのに。彼のオフィスにかわいい女の子がいて、その子と浮気して、なんてことになればいいと思ってるの。彼にとって、それはすごくいいことじゃないかと思うわ」

「どうして？」

「そうすれば自分のことがもっと男らしく感じられるんじゃないかしら」と彼女は言って、真剣な目でじっと僕を見た。「たぶんね、私のせいなのよ。だから私、嫌《いや》になっちゃうのよ。まるで彼を去勢しちゃったような気分」

「浮気した方がいいのはウォルトじゃなくて君の方みたいだぜ、まるで」

「おなじみミッシー《グッド・オールド》と誰が浮気なんかするかしら？」と彼女が訊いた。彼女の声には苦々しさもなく、否定されることを求める媚《こび》もなかった。測り知れぬほどの痛みとあきらめがあるだけだった。

「僕がするさ」と僕は言った。

彼女は顔を上げ、しばらく僕の目を見て、それから膝の上にかさねて置いた自分の両手に目を落とした。

「べつに礼儀として言ってるわけじゃないよ、ミッシー」と僕は言った。

彼女はパースの中をもそもそと探って、二十五セント硬貨をとりだし、赤と白のチェックのテーブル・クロースごしに僕の方に押しやった。「ジュークボックスで何かかけてきて」と彼女は言った。「ちょっとここ静かすぎるから」

ジュークボックスからテーブルに戻《もど》ってみると、三杯めの酒が用意されていた。僕が腰を下ろすと、ミッシーは前にのりだすように身をかがめて、僕の手を取った。

「ジョージ、私を助けて、お願い」

「どうすればいいんだい？　僕に出来ることなら何でもするよ」

「どうすればウォルターが私とメイク・ラヴしてくれるか、それを教えてほしいの。あなたは男だからわかるでしょ？　私、何すればいいの？」

「おいおい、ミッシー」と僕は頭を振りながら言った。「そんなの答えられないよ。ウォルターのことなら僕より君の方がよく知ってるだろう。結婚して何年になる？」

「十年」と彼女は言った。「カレッジ出てすぐに結婚したのよ」

「十年っていや長いね。新婚なみとはいかないだろう」

「真剣に話してよ」と彼女はすがるように言った。

「真剣に話してるさ」と僕は言った。「ただなんて言やいいのかわからないんだよ。君、アリスから僕の話聞いたんだろう？」

「だからこそあなたなら私に説明できるんじゃない」とミッシーは言った。「原因はたぶん同じなんじゃないかしら？　あなたはアリスにどうして欲しいの？」

　僕は返事をしなかった。

　ミッシーは僕の手をぎゅっと握った。「お願いよ、ジョージ」

「でも同じわけないよ。君とアリスとは違うもの。僕らのあいだの問題は君たちのあいだの問題とはちがうものだ。アリスは意地がわるいし、君はそうじゃない」

「でもあなた言ったでしょ、プレッシャーを感じるって。私、ウォルターにプレッシャーをかけすぎているのかしら？　プレッシャーってどういうものなの？」

「イニシアティブがとれなくなる、ただそれだけのことさ」

「つまりあなたが攻撃的《アグレッシブ》パートナーじゃないってこと？」と言ってから彼女は僕の顔を見て肩をすくめた。「私、その手の本いろいろ読んだのよ。『結婚のハーモニー』とか『恐怖なき愛情』とか、そういうの」彼女はにっこり笑った。「出てくる用語の半分もわからなかったけど」

「写真見てればいいじゃないか」と僕は笑って言った。

「見たわよ。小さな木の人形よ。おかげでなんかげんなりしちゃうの。『でっぱりAをひらひらBにインサートしなさい』てな具合」

「つまりだな、ミッシー、彼に先手を取らせなきゃならんてことだよ。もし君が『ロマンス』を求めているのなら、彼に誘わせるんだ。君が誘うんじゃなくて」

「でも、誘わなかったら」

「時間を与えるんだ」と僕は言った。

「時間！」と苦々し気に彼女は言った。「この前の労働祭日の週末以来ずうっと時間を与えつづけてるわよ、私」

「でも君、ごろっととなりに寝転んで彼を待ってるんだろ？」

彼女は肯《うなず》いた。

「じゃ、それをやめるんだね」と僕は言った。「ぐうぐう寝ちゃえばいいんだ。マッコールズのロウソクの灯《ひ》に照らされたディナーなんてものはダメだよ。亭主というのはそういう設定の臭さは一マイル先からでもわかるんだ。帰宅したらのんびりさせて、寝かせてやるんだよ。最初の夜から夫がその気になるなんて期待しちゃいけないよ」

「でも彼、ぜんぜんやんないわよ」

「うーん、そりゃね、どうも弱ったな――僕にはなんとも言いようがないよ」

「お願い、ジョージ、助けてよ」

「助けてあげたいのは山々だけれどね」と僕は言った。「どうすればいいのか見当もつかないんだ。僕は結婚カウンセラーじゃないもの」

「あなた友だちでしょ」とミッシーは言った。「どうしたら彼をエキサイトできるの？　教えてよ。ヒントだけなんてのはダメよ。ちゃんとした言葉で言ってよ。私、なんにも知らないんだから。つまりね、医学用語でなんのかんの言われたってチンプンカンプンなのよね。fで始まる発音の仕方もわからない用語があって、調べてみると『口《こう》唇《しん》によってペニスを刺激すること』ってあるわけ」ミッシーは回りに誰かがいやしないかと首をすくめるようにしてちらちらとあたりを見た。彼女のカクテル・ナプキンはその神経質に動きまわる手の中で既に細かくひき裂かれてしまっていた。「まったく大助かりよ、そういうのって、ホント！　なんで簡単に『尺八《コック・サッキング》』って言わないのよ？　まったく世界がどうなっちゃってるのか全然理解できないわよ」

「十分理解してるよ、君は」と僕は笑って言った。「ボキャブラリイが少々不足しているだけさ」

「それからもうひとつ、これも発音できそうにないのがあったわね。男の人が女性に対してやるやつ」

「ウォルターは君にそれやった？」

ミッシーはナプキンをねじったり破ったりしながら肯いた。

「良かった？」

「サイコーよ！」と彼女は言って寸断したナプキンを紙吹雪のようにまわりにまきちらした。「ワオ！」彼女は笑った。「ねえ、ジョージ、こういう話するのってあなた照れる？　私なんてもう実際おいおい泣きだしちゃいたいくらいだわ」

「それで、君、ウォルターにそれやってあげた？」

「させてくんないの」とミッシーは言った。「やろうとしたんだけどね、彼恥ずかしがるのよ」

「どうして？　君が嫌がると思ったわけかな？」

「そうじゃなくて、彼は……どう言えばいいのかしら」

「おぞましいと思ったわけ？」

「いや、そうじゃないの。彼はこう感じたんだと思うの。自分が今あれやったから、あるいは前にあれやったから、私がこれをやろうとしているんだという風にね。で、彼としては私に、なんて言うか、そういうお返しとして無理にやってほしくないって思ったのかもしれない。それともただ恥ずかしかったのかしら。よくわかんないけど。あなたアリスにそれやる？」

「以前はね」と僕は言った。

「でもメイク・ラヴするのをやめてからはやったことない、と？　アリスに興味が持てなくなったからなの？　ねえ教えてよ、お願い」ミッシーはすがるように言った。

「あなた知らないでしょうけど、私これまでこんなこと誰かに話したこと一度もないし、お酒が入らなかったらたぶんこんなのとても——ねえ、ジョージ、私、あなたにすごくわかってほしいんだけれど、私が育ってきた世界というのはね、とてもこぢんまりとした端正な世界だったの。だからどうしようもないのよ。持って行き場がないのよ。訊ねようにもお姉さんもいなきゃ、男の兄弟の一人もいない。それに私のお母さんときたら――私を産むのに脚を開くのさえ我慢できなかったんじゃないかっていうような人なのよ。だからねえ、教えてちょうだいよ。ウォルターには私、そんなこと言えないの。言えたらデヴローのところになんて行きゃしないわよ。それに私、デヴローにさえそのこと言えないのよ。なんていうか、あの人親切なやさしいおじいさんだし、ねえ、他《ほか》に誰がいるのよ？　みんな私のことおなじみミッシー好人物《グッド・オールド》って思うだけだし。私に必要なのはともだちなのよ」

「君、いっぱい友だちいるだろうが？　百人くらい？」と僕は言った。「誰かの奥さんと話しゃいいじゃないか？」

「私、結婚してる友だちにそのこと知られたくないの。だからねえ、お願い、教えて。どうしてアリスとやりたくなくなったわけ？」

「やるのが楽しくなくなってしまったからだよ。それだけさ。でもそれは僕とアリスとのあいだの個人的なことであって、それを僕がここでしゃべるというのはどうもフェアではなかろうと思う。ただ僕はそれを楽しんでやれなくなっちゃった。でもはじめのうちは、やるのはすごく楽しかったよ。すごくエキサイティングだった。だんだん恥ずかしくなってきたね、こういう話」と僕は言った。「自分自身が恥ずかしくなってくる」

「どうして？」

「だって僕はなんかもったいぶった話ばかりしてるみたいだし……そういう気はないんだけどね」

「もったいぶってなんかないわよ、あなた」とミッシーは言った。「こういう話っていつも私たちが話しているお手軽な世間話とはちがうもの。長々とそんな話につきあわせちゃってごめんなさいね。私のこと世界一フラストレーションの強い女だと思ったでしょうね――ま、そのとおりなんだけど。ねえ『フラストレーション』って『発情《ホーニー》』と同じようなこと？」

「そう言えなくもない」と僕は笑って言った。

「わかった？　だからこぢんまりと整頓《せいとん》された世界で育ったんだって言ったでしょ。私、映画の中の早川雪洲《せっしゅう》みたいな気分ね。『どおだ、君たち、私が君たちの言葉おしゃべれるんで驚いたか！（You'rre surrprrized I speak yourr ranguage!）』なんてね」

「そのお酒おいしい？」と僕は訊いた。

「ええ、とっても。そちらのは？」

「おいしいよ……」

「ねえ、ジョージ……？」

「なんだい？」

「あなたさっき私と浮気してもいいって言ったけど、あれ本当？　あれ、あなたべつに――」ミッシーは途中で言葉を切ってさっとテーブルを立ち、ジュークボックスの方にすたすたと歩いていった。僕が行ってみると、彼女は曲目リストを読んでいた。「そんなこと私、訊くべきじゃなかったのよ」と彼女は言った。「私の質問忘れてね。次、何をかける？」

僕は彼女の顔を見た。彼女の表情はとても生き生きとして、頬《ほお》は赤く染まり、目は興奮していた。次、何をかける？〔原文は "What shall we play next?"〕

ミッシーは時計を見た。「でも何をする暇もないわね。お母さんはいつも時間に正確なのよ。まったくねえ！」

彼女のアパートまでの道すがら、ミッシーは僕の腕に腕をからめ、ほとんどスキップせんばかりに歩いていた。そして僕に向って何度も何度もすごく楽しかったわ、会ってお話できてよかった、すごくコーフンしちゃったとくりかえした。それで僕はブロックのまん中あたりで彼女を立ちどまらせ、くぼんだ戸口に彼女の体をもたせかけてキスをした。それはとてもやさしくて甘いキスだった。それ以上を求めないキスだった。彼女は身を引いたりせず、ちょっとだけ僕を抱いた。そして身を離すときほとんど聴きとれないくらい静かな緊張した声で「ウォルターと結婚して以来、男の人とキスしたのはじめて」と言った。そしてそれを聞いて僕はこの日はじめてのショックを感じた。

アパートに着くすこし手前でミッシーは「あなたデヴローなんかよりずっとちゃんと役に立つわ。五十ドル払わなきゃ」と言った。

「長椅子《ながいす》を用意したときに頂くよ」

「すごく楽しみ……あら、お母さんだわ！　じゃあね」と彼女は言った。「あとで電話するから」

角のところでミッシーと別れて、それからタクシーを拾ってダウンタウンに行った。アパートに戻ると電話のベルが鳴っていた。アリスからだった。「あなたどこ行ってたのよ？　昼からずっと電話かけてんのよ」

「どうして？」

「どこにいたの？」

「アルフレッドと一緒さ。イェール・クラブで食事したんだ」

「昼から今までかけて？」

「おい、よせよアリス、まだ三時半だぜ。何がどうだっていうんだよ？　昼飯のあと一時間ほど散歩してウィンドウをのぞいてたんだ。クリスマスの買物でもしようかってさ。それでオフィスに戻る用もないからこっちに来たのさ。ところでアルフレッドを今夜食事に呼んだからね」

「今夜？」

「車で一緒に戻るよ。七時か、あるいはちょっと過ぎにはそっちに着くはずだよ。車の混《こ》み具合《ぐあい》によるけど」

「どうしてアルフレッドが来るのよ？」

「僕が来《こ》いよって誘ったからさ」

「私には断わりもせずにね」

「おい、アリス、僕だってしょっちゅうそんなことしてるわけじゃないだろ？　彼は僕らにとっちゃ旧友だし、その彼がニューヨークに立ち寄ったんだ。そして僕と彼は気持良く昼飯を食った。僕としてはちょっと田舎に来るのもいいんじゃないかなと思って誘ったのさ」

「週末ずっとここにいるの、彼？」

「今夜の食事だけ」

「だから七時少し過ぎに戻る。いいね?」

沈黙。

「夕食に何を出せばいいのよ?」

「何でもいい。君が決めりゃいいさ」と僕は言った。

「でも何にするのよ?」

「今、家に何がある? 冷凍室に何が入ってる?」

「解凍の間にあいそうなものなんて何もないわ——ねえ、ジョージ、ちょっとその前に声をかけてくれりゃいいのに」

「そのときになるまで、そんなこと僕自身思いつかなかったんだ」と僕は言った。

「あのね、今はまだ三時半だし、僕らが飯を食べるのは七時か八時かだ。八時半で結構。それだけ時間がありゃ解凍できるだろ? ステーキ肉出しときなさい」

「ステーキ食べたばかりじゃない」

「じゃ別のものにすりゃいいさ」と僕は言った。「ねえ、アリス、なんだっていいんだよ」

「でも何を出せばいいのよ?」とどうしようもないといった声でアリスは言った。

「なんだっていいんだよ、君がいいんじゃないかと思ったものならそれでいい。喜んで食べる」

「理事会はどうするつもり？　あなた忘れたんじゃないでしょうね？　欠席するの？　あれ、九時から始まるのよ」

「時間どおりに始まることはまずないし、それにそんなのすぐに終る。行って戻ってくるさ」

「じゃあその間、私とアルフレッドは何してりゃいいわけ？」

「話してろよ」と僕は言った。

「何の話するのよ？」とアリスは訊いた。「あなたたち食事のとき何の話してたの？　どうして彼、今夜うちに来るわけ？」

「アルフレッドが来るのは、僕が誘ったからだ。僕らは、だいたい自分たちの近況について話してた」

「自分たちって、私とあなたのこと？」

「アルフレッドと僕のことだ」と僕は言った。

「それで私たちのことアルフレッドに話したの？　私たちのこと彼にいろいろ言ったの？」

「アルフレッドはもうそんなこと知ってるよ。見たところ誰も彼もが僕らのことを知ってるみたいだぜ」

「どういう意味？」

「僕らの私生活についていろいろと詳しい人間が多すぎるってことだよ。それに、だいたい僕らを見てりゃ誰だってわかるだろう、夫婦仲が春のバラの蕾《つぼみ》のごとくうるわしいとは言えないことくらい」

「アルフレッドに私のことをなんて言ったの？」

「君に会えたらアリスも喜ぶよって言ったさ」

「でしょうね」

「……冷凍室にローストが入ってるだろう？」

「あれ、そんなに大きくないわよ」

「まあそれにしようや。ロゼの瓶《びん》を二本冷やして、サラダをどっさりつけて、――それからあの小さくて赤いポテトまだあったっけね？」

「あったと思うけど」とアリスは言った。

「オーケー、ローストでいこう。ローストの小さいぶんはポテトで埋めて格好をつける。小さい豆でもあればそれをつける。そしてワインとサラダ」

「デザートどうする？」

「なんでもいい。フルーツでどう？」

「サラダと一緒に出すの？」

「おい、アリス、なんだっていいったら！　好きにしろよ。コーヒーを新しくいれといてくれりゃそれでいいさ」

「何時に帰ってくるのよ」

「七時ちょっと過ぎ――ああ、そうだ、アルフレッドはマーティニを飲むからジンの在庫をチェックした方がいいな。足りないようならここに電話くれよ。出るときに買っていくから」

「いっぱいあるわよ。さっき見たから」とアリスは言った。「ナンシーが来ててね、二人でジン・トニック飲んでたのよ。夏みたいな気分になろうってね。最近はずうっと曇ってるし……」

「ナンシー、元気かい？」

「ええ」

「何か話でもあったの？」

「何も。つまりたいしたことは何もないってことよ」

「じゃあ七時過ぎに帰るよ」と僕は言った。

ちょっと間があって、それからアリスが「じゃあね《アイ・ラヴ・ユー》」と言った。

「じゃあね《アイ・ラヴ・ユー》」と僕も言った。「七時ごろに」


電話を切った直後に、またベルが鳴った。ミッシー・カーライルからだった。母親が早く帰ったのだ。「ねえ、ジョージ」と彼女は明るい声で言った。「お母さんったらね、私に向ってお前浮気でもしてるんじゃないかって訊くのよ。信じられる？」

「ふうむ」と僕は言った。「してるの？」

「まさか。お母さんたらね、私がまるで別人みたいに見えるって言うのよ。それでね、あなたのことといろいろ知りたがったわけよ、もちろん。私はここに来る前にちょいと二杯ほど一緒にお酒飲んだのよって言ったんだけど、でも信じられないわよねえ？」

「びっくりだね」と僕は笑って言った。「食事はどうだった？　それをべつにすると」

「サイコーよ。前菜に『お前、いつ子供作るの？』、メインコースのときに『ウォルターはいつになったらもっと広いアパートに移るの？』、デザートに『ウォルターもそろそろ昇進していい頃《ころ》だわね』って、こうよ」

「そりゃ参るな」と僕は言った。

「それが実に我が母なのよ」

「さっきは君と話せて楽しかったよ」

「私もよ——あ、そうだ！　あなたクラブの土曜日のダンスに出る？」

「たぶんね。でもどうして？」

「行ってもいいなあってウォルターが昨日言ってたから」

「うちに泊れば？」

「でもね、フィールディング夫婦に誘われてるのよ、もう。だからもし行くとしたらあの人たちのところに泊るつもりなの。でもアリスとあなたは本当に来るの？」

「うん、たぶん」と僕は言った。「テーブルが一緒になれるかもしれないね」

「そうね、素敵ね。私と踊って下さる？」

「それはもう喜んで」

「ねえ、ジョージ、今日は会えてすごく嬉《うれ》しかったわ。これからずっと私とああいう風に話してくれる？」

「ワイセツに？」と僕は笑って言った。

「ワイセツなんかじゃないったら！」とミッシーは抗議した。「あなたすごく親切で礼儀正しかったわよ。そりゃときどき恥ずかしがってはいたけれど、でも親切で礼儀正しかったわ、すごく」

「素敵なのは君の方さ、ミッシー。自分のことを『おなじみミッシー《グッド・オールド》』と考えるのはもうよしなよ。君はすごく魅力的な女性だから」

「ホントにそう思う？」

「もちろんそう思ってるとも」

「うーん、そういうこと言われるとしびれちゃうわ」

「本心だよ、これ」

「……ねえ、ジョージ。すごく個人的なことなんだけど、言っていいかしら？」

「いいよ、そりゃ、どうぞ」

「おびえたり、怒ったりはしない？」

「おい、なんだい、いったい？」

「急を要することじゃないし、それほど深刻なことでもないのよ。クラブで話すわね。オーケー？　私と踊って下さるんでしょ？」

「全部の曲を踊ろう」と僕は笑って言った。

「そのうちあなたのアパートに行っていい？」

「その、僕に話したいってのは個人的なことなの？」

「まあ、そういうところじゃないかしらね」

「そりゃ、うん、結構だな」

「ねえ、あなた、電話切りたがってるでしょ？　私わかるのよ」とミッシーは言った。「すごく変かもしれないけど、ときどきウォルターのことよりはあなたのことの方がよくわかるのよ。あなたがヌッジーになってるなとか——」

「僕が何になってるって？」

「『ヌッジー』、神経質《ナーヴァス》でいらいらしてる《エッジー》ことよ。さよなら。電話切るわよ。じゃあね《アイ・ラヴ・ユー》。さよなら」

第十三章

　六時少し過ぎに僕《ぼく》はイェール・クラブでアルフレッドを拾い、交通渋滞の中をイースト・リバー・ドライヴへ、そこからトライボロ橋そしてコネティカット行の高速へとつき進んだ。そのあいだ僕らは共通の友人について、彼らが今何をしているかといったような話をした。三年前に『ライフ』誌が依頼してきた仕事の話をアルフレッドはしてくれた。それはイェール大学でいちばん愉快な十人の学生によって構成されるということになっている『賢人会《パンディッツ》』というグループに入っていた彼の大学時代のクラスメートたちを取材してほしいというものだった。この記事の狙《ねら》いはこれらの十人が大学を出て大学院まで出て軍役《ぐんえき》をすませ、やっと社会に出て、それでどうなったかというところにあった。アルフレッドは彼らの口からとても生き生きして、愉快で、しかも聡明《そうめい》な世界観のようなものが引き出せるんじゃないかと期待していたのだが、彼がインタヴューした最初の六人はみんなひどく幻滅して、落ちこんでいて、愉快とはとてもいえなかった。それでアルフレッドは『ライフ』の編集部に戻《もど》って、駄目《だめ》です、これはできませんよ、と言ったのだ。

「でもね、僕は思うんだけど、彼らの幻滅と、彼らに対する君の幻滅をかさねあわせたら、すごく面白くなったんじゃないのかな」と僕は言ってみた。

「あるいはね」とアルフレッドは言った。「でも僕は彼らとの友情を失うことになる。僕はあの連中好きなんだよ、本当に——連中がもし幻滅しているだけだったらそれほど悪くはないんだが、そうじゃなくてものすごく用心深くなってるんだよ。それで自分の口にしたことが活字になるんじゃないかってビクビクして、自分の意見というものをまるで言わないのさ。『これはここだけの話にしてほしいんだが』って、こればかりさ。あるいは『波風は立てんでくれ』とかさ。これぞまさしくジェネレーション・ギャップというやつじゃないか。沈黙の世代、若い世代について語る——ただし活字にしないでほしい」

「君の言わんとするのは流動する今日の世界とどう関《かか》わっていくかということだろう?」と僕は言った。「僕はウィナンダーにこれで——七年か?——かれこれ八年住んでいる。僕はニューヨーク・タイムズを読み、毎週『タイム』か『ニューズ・ウィーク』か、あるいは両方を読み、経済誌をいっぱい読んでいる。ウォルター・クロンカイトのニュースを見て、テレビのスペシャル番組を見て、月になるべく一冊は新刊小説を読み、月に一回は新しい芝居を見ようとしている。つまり言いかえればだね、僕は今日の世界の動きについていこうと必死の努力をしている。でも最近こう思いはじめたね。ひょっとして僕がついていこうとしているのはニューヨークの目で見た世界の動き方なんじゃあるまいかってね。そしてまたニューヨークはますます実際の世の中の動きからはかけ離れていきつつあるように僕には思える。つまらん流行やらどうでもいい細かいことやら暴力やらにかかわりあってがんじがらめになり、言葉やガラクタのイメージのガラクタの重みに押しつぶされてどんどん下降をつづけているようにね。つまりだね、僕は神に誓って一所懸命『ニューヨーク・レヴュー・オブ・ブックス』を読もうとしているんだけどね、最近はそこから『オブ・ブックス』ってのが落ちてただの『ニューヨーク・レヴュー』になっていってるんだ、どんどん日増しに。そしてある日突然、こんなもの努力して読む必要なんかあるものかと思った。連中が戦争や公民権についてどう思ってるかなんて、そしてお互い同士をどう思っているかなんて、そんなの僕の知ったこっちゃないじゃないか。それに大体だな、最近本当にこう思うよ。あいつらにとっちゃ自分が何をどう思ってるかなんてどうだっていいことなんだよ、実は。自分たちがばっちりと都会的でリベラルで才気煥発《かんぱつ》でありさえすりゃ、それでいいんだよ。まったく政治に首なんかつっこまないで本の批評だけやってりゃいいのさ」

「どうして？」

「どうしてって、何が？」

「どうして政治に首をつっこまないで本の批評だけやってるべきだと思う？」

「だってそれは彼らの仕事じゃないじゃないか？」と僕は言った。

「じゃあそれは誰《だれ》の仕事なんだよ？」とアルフレッドが訊《き》いた。「国政を批評するのはそうすることを許された少数の人々に限られるべきだということになりそうだぜ、君の言い方だと。床屋だとか、タクシーの運転手だとか警官だとか、そういう連中はみんなずっと昔からそういうことしてるだろう。それにだな、そういう連中がお先棒をかついで嫌《いや》がる若者たちを外国に送り出したんじゃないか」

「君はシカゴにいたよな、アルフレッド」と僕は言った。「あそこで何があったんだい？　あそこにいたのはどんな人たちだったんだ、本当は？」

「どんな人たち？　シカゴにはもうそれこそありとあらゆるタイプの『人たち』がいるぜ」

「だから僕が言ってるのはあの子供《キッズ》たちが――」

「連中はシカゴにやってきたときは子供《キッズ》たちだったが、出ていくときは違っていた」

「よろしい、若い人々でも何でもいいよ。彼らは何を求めてシカゴにやってきたんだ。そしてどうしてあんなひどい暴動を起したんだい？」

「暴動を起したのは彼らじゃない。シカゴの警察だ」とアルフレッドは言った。

「いやそれは聞いたよ。その話は聞いてる。でも警察だけが丸っきり責められるってものでもなかろう。ビーズ玉たらしたもしゃもしゃ頭の子供《キッド》が僕の前に立って僕のことをこの上なくおぞましい言葉で呼んだとしたらだな、僕だってそりゃひっぱたきたくなるぜ。その子供たち《キッズ》が——その若者たちが——警察に暴動を起させようとした、という風に僕には思えるね。だって警官を『豚野郎』って呼ぶことで、いったい何か物事が良くなるのか？　そりゃね、僕だって警察が、それほど好きだとは言わんさ。でもね、連中を豚と呼ぶ権利があるということにはなるまい。僕はそういうの見るとナチスがユダヤ人を『豚野郎《シュヴァインフンデ》』と呼んでいたのを思いだすね。その他《ほか》、子供たちが浴びせかけた言葉は、ファシストだ。やれやれアルフレッド、僕はファシストたちのことは覚えてるよ。あの子供たちはファシストってのがどういうものなのか知らないのだ。もしこの国が彼らの言うファシスト国家であったならだね、彼らはひっぱたかれるかわりに銃殺隊の前に立たされていたよ」

「次にはそうなるかもしれないぜ」

「おい、馬鹿《ばか》言うなよ、アルフレッド」と僕は言った。「俺《おれ》たちの国がそんなことするわけないだろうが」

「僕も君くらい確信が持てりゃいいんだがね。一人の若者が戦争に反対したという理由で徴兵猶予をとり消され、みせしめに戦場に送られる。そして死ぬ可能性を国家の手でわりあてられる。こういうやり口ってお役所的、遠まわし的な銃殺だとは思わないか？　アメリカ国旗をうち振る大多数の国民がわかってないのは、若者たちが真に愛国的であるということだ。彼らはこの国を愛している。少くとも彼らはこの国の拠《よ》って立っていた理念、あるいはまだ残っているはずだと信じている理念を愛している。自由の花咲く国、覚えているかい？　我々はかつて民主国家であり――」

「我々が民主国家であったことなんて一度もない」と僕は言った。「もう一度歴史の本を読みかえしてみろよ。そうすれば――」

「歴史の本なんてクソッたれだ、ジョージ！　僕が話してるのは今起りつつあることで――」

「――そして我々を今ここにあるように形づくった過去を抜きにしたら、今日がどうのなんて言えんだろう。もし我々の未来に何らかの希望があるとしたら、それは過去の礎石の上にものを建てていくという作業の中にあるんじゃないのかい？」

「どんな過去だよ？　インディアンからの収奪か？　メキシコ戦争か？　奴隷制か？　ユナイティッド・フルーツ・カンパニー中米搾取《さくしゅ》か？　広島か？　暗殺か？」

「おい、よしてくれよ、アルフレッド！　一九一九年のワールド・シリーズの八百長《やおちょう》を入れ忘れてるぞ。この国の生活水準を他と比べてみろよ。この国の恥ずべき点をひとつ思いつく間に、誇るべきものがふたつかみっつぽんぽん出てくるだろうに」

「そう、それだよ！」とアルフレッドは言った。「若者たちはこの国にもう一度偉大になってもらいたがってるんだ。そしてもし彼らが幻滅しなければ、降参しなければ、彼らにはそれができるかもしれないんだ」

「暴動騒ぎを起すことで国が偉大になるとは思えないよ」

「それじゃ君はティー・バッグをボストン湾に投げ捨てるのを手伝う気にもなれなかっただろうな？」とアルフレッドは言った。

「その当時にティー・バッグがあるわけないだろう」と僕は言って笑った。

料金所の前で車のスピードをゆるめるあいだ二人とも黙っていた。僕は機械に二十五セント貨を入れてから、それを豚と呼んだ。そしてまたもとの普通の高速道路のスピードに戻った。僕はアルフレッドに、あの若者たちの求めているものは本当は何なんだいと訊いた。

「それははっきりとは定義づけられないんじゃないのかな。そこにはピースだとかフラワー・パワーだとかラヴ・ラヴ・ラヴだとかいった以上のものがあるし、僕にもそれははっきりとはわかってないんじゃないかと思う。それはプロテスタント倫理の衰退と、刹那的《せつなてき》快楽志向という風向きを反映している。僕らはお互い三十を越えた人間だ。彼らは君や僕とはもう違う人間なんだよ。僕も君も社会に出て時間が経《た》ちすぎた。何が実際的で何が実際的じゃないかというのが我々にはわかっている。僕らはそれを現実的《リアリスティック》と呼ぶし、彼らはそれを降服と呼ぶ。彼らは非常に道徳的な人々のあつまったグループなんだよ。彼らは非戦闘的だ。ある国家が他の国家の内政に口だしすることは道義に反していると彼らは考えている。彼らはある国が福祉と教育予算をあわせたよりも多くの金を戦争につぎこんでいることを道義に反していると考えている。自分たちの星の自分たちの国で赤ん坊が鼠《ねずみ》にかじられたり、子供たちが栄養失調におちいっていたり、都市人口の大きな部分が救いようもないスラムに押しこめられていて、ろくに教育も受けられない、ろくな仕事もないっていうのに、たかが機械人形みたいなのをふたつ月に送りこむために国家が何億ドルもの金を使うというのを彼らは道義に反していると考えている。いいかい、彼ら若者はね、教育を十分に受けすぎた人間なんだ。彼らは教師の口から自由だの正義だの誠実さだのといった原則を聞かされてきて、それが実際に存在するものだと思いこんじゃったんだよ。そしてテレビをつけると——そう彼らはテレビだとかそういった膨大なインスタント・コミュニケーションの中で育った最初の世代なんだ——これがどうだい、反戦デモ隊が叩《たた》きのめされている。公民権運動の指導者たちが暗殺され、その殺人者たちは大手をふって歩きまわり、シカゴに行ってみりゃその政治腐敗の臭《にお》いたるやふんぷんたるものだ。彼らは我々の現実主義・便宜性に疑問を呈し、いったいどうしてこのようなことが許されるのかと問うているのさ」

「誰もそんなこと許しちゃいないよ。自然にそうなっちまっただけさ。これまでだってずっと自然にそうなってた」と僕は言った。「そして我々はいつもそういうのをなんとかしようと努力している。でもね、現実的とか便宜的とか言われそうだけど、僕らの生きてるあいだにそういう状況が変化するとは思えないね」

「それが若い連中との違いだよ」とアルフレッドは言った。「君や僕が物事を変化させようとしないから、連中は自分たちの力で変化させなくちゃならないと認識してるわけさ。僕らがそれを放棄しちゃったことを彼らは知っている。そして早く手を打たないことには我々の人生・生命がずっと短いものになるであろうことを彼らは知っているのさ」

「なあ、アルフレッド」と僕は言った。「先になってみなくちゃわかんないぜ」

「若い連中は僕らとは違うっていうことが言いたいのさ、僕は。彼らは簡単にはギブ・アップしないよ。君はさっき今何が起りつつあるのかって訊いたから、僕はそれに答えるよ。今何が起りつつあるかについて僕の思っていることを言おう。僕らは世界の転換の門口に立っていると思う。それはこの国に住む白人・黒人に限られたことではなく、世界中で進行しつつある。これまでに若い連中がやったことを見てみろよ。ニュー・ハンプシャーではユージン・マッカーシーをかつぎあげた――うんまあ、ああいうインチキ野郎にとりこまれることは二度とあるまいな――でも彼らはジョンソン大統領を叩きだした。老人たちは世界中でその地位を去ったし、去りつつある。ド・ゴール、アデナウアー、フランコ、サラザール、李承晩《リースンマン》、佐藤《さとう》、――それはハンガリーでもチェコスロヴァキアでもソ連でも両中国でも起っている。もし共産中国で紅衛兵が今の世界の真の動きに歩調を合わせたら、いったい何が起ると思う？　こういう国の若い連中はそういうのにもう我慢できないと考えている。我慢する必要なんてないんだよ。老人は死ぬ。でも死ぬ前にだって放《ほう》り出すことはできる。アメリカでも外国でも非常に多くの人々が――三十前でも三十後でも――これまでの政府が生みだしてきた際限のないガラクタ、愚行に目を向けはじめている。そしてこう言うんだ、

『もう沢山だ！』と。戦争はもう沢山だ！　暴力はもう沢山だ！　貧乏も、公害も、嘘《うそ》も、もう沢山だ！　とね」

「誰もそんなもの好きこのんでやしないさ、アルフレッド。癌《がん》だってもう沢山だ！　ってことだろう？　好きなだけピケをはって癌を糾弾すりゃいいさ。でも治療法をみつけなきゃ物事は変らないぜ」

「うん、それならだな、どうして製薬会社は百パーセントだけの収益に満足してその残りの収益を研究機関に寄贈しないんだ。そうすりゃ節税にもなるし、連中だって存外人だすけの喜びにも目ざめるかもしれんだろうに。あるいは我々はヴェトナムから手を引いて、そのぶんの予算を健康のために注《つ》ぎこむことだってできる」

「金を注ぎこんだから治療法がみつかるってわけじゃないぞ、アルフレッド。それに我々は中途半端《はんぱ》なままヴェトナムから手は引けんし、引きっこないよ」

「あの戦争は終りっこないよ。戦争というのはフットボールのような得点表があるもんじゃないってことにアメリカ人が気づかん限りな。あの死体勘定《ボディー・カウンツ》を見ろよ。いいかい、もしニクソン大統領にしたって、もしヴェトコンが『アメリカは戦争に勝ちました』という公式声明を出してくれたら、喜んでヴェトナムくらいくれてやれるんじゃないかな。我々がヴェトナムで失っている人命に対してヴェトナム人たちが本当に感謝してると思ってるか？　感謝してるのは金と横流しできる闇《やみ》物資に対してだけさ。彼らにとってデモクラシーというのがコミュニズムより以上に意味があるものだと君は思うか？　人々——この戦争で生命《いのち》を失っている大多数のヴェトナム人——はヴェトナムというのが何を意味しているのかもわからんのだ。国家というものの意味さえわかってないんだ。どっちがどっちだって構やしないんだ。彼らは両方から傷つけられているからね。戦争に勝者なんていない。大不況になってはじめて、我々は第一次大戦に勝つためにどれだけのものを支払わなくてはならなかったかということを知った。朝鮮戦争は我々が第二次大戦でどれだけ痛めつけられたかということを教えてくれた。そして第三次大戦を押しとどめている唯一《ゆいいつ》の理由は、誰であれそれを始めた方が敗者になるという認識だ。要するに僕の言わんとすることはね、地球上で我々がゴタゴタとくり広げてきたこの混乱に終止符を打つことは不可能ではあるまいと考えている人たちがいっぱいいるということだよ。その過程で頭を二、三発なぐられることがあったとしても、それは仕方あるまい」

「そこには教会もあるし、学校もあるはずだ、マーサ。それはね、善良な人々が善良に子供を育てられる善良な町になるんだ。映画を観《み》たよ」と僕は言った。「ゲイリー・クーパーと——」

「笑いごとじゃないぜ」とアルフレッドは言った。「冗談の入る余地がなきゃ新世界もたいしたことないぜ。あの子供《キッズ》たちの困ったところは、ユーモアのセンスのないことだね」

「彼らのやっていることがたまたま冗談半分ではできないことだからじゃないかな」とアルフレッドは言った。

「かもしれんな」と僕は言った。いささかの沈黙のあとで、僕は訊《たず》ねてみた。「ニューヨークに腰を据《す》えるのかい？」

「二、三カ月ね」

「街《ニューヨーク》に君がいてくれると僕は嬉《うれ》しいんだけどなあ。ところで住む場所は決ったのかい？」

「友だちがアパートをまた貸ししてくれてるんだ。その男は来年の春までヨーロッパに行っててね、そりゃちょうどいいってわけさ」

「言ってくれりゃ僕のを提供したのにさ。まあそういうのがみつかってよかったけど」

「でも君だって自分のアパートが必要になりそうな雲ゆきじゃないか」とアルフレッドは言った。「とりわけもし我々がアリスに試験的別居をそれも悪くないと思わせることができた暁《あかつき》にはね」

「アリスはそれも悪くないなんて思いやしないよ」と僕は言った。「僕が望んでるのは彼女がそれを必要なものとして受け入れてくれることさ」

　アルフレッドと僕はウィナンダーのゲートを抜け、くねくねとした森の中の道を抜け、湖をとおりこし、家に着いた。僕は裏手に車を停《と》め、玄関まで歩いてまわって中に入った。


　僕の心は、アリスの計算どおりに、彼女に対する想《おも》いであふれた。アリスは亜麻色の髪をした二人の子供たちをひきつれて、正面玄関を入ってすぐの廊下に立っていた。子供たちは見るからにアルフレッドがやってきたことに戸惑っていて、アリスのわきをもじもじうろうろとしていた。アリスはディープ・ブルーのベルベットの、高いカラーのついた中世風ローブを着ていたが、それは僕が選んでやったもので、僕がそれを気に入っていることは彼女も承知していた。彼女は髪を洗ってブラシをかけ、まるでルンペルシュティルツキン〔ドイツ民話に出てくる小人の名前。王女の紡いだ亜麻を魔法で黄金に変える〕の話に出てくる黄金の編みもののような織りと光沢をたたえたスタイルにセットしていた。家の中はきちんと掃除され、テーブルにはワックスがかけられていた。オーヴンの中のローストの匂《にお》いが玄関まで漂っていた。彼女がこんなに一所懸命やったのは、きっと自分が裁かれるのだと感じたせいだろうと僕は思った。そんな風にアリスに感じさせたことで僕はひどく悲しいような辛《つら》いような気持になった。そしてもっと辛いことには、その彼女の直観はちゃんと的中しているのである。

僕らは居間の暖炉の火の前でカクテルを飲んだ。アルフレッドはあいかわらず話が上手《うま》く、彼の話す軽い世間話やら文壇ゴシップやらのおかげで、カクテルから夕食へと物事は非常になめらかに進行した。アリスはチャーミングで優雅だった。それで僕は自動車を修理屋に持っていって「えーとね、ここにくるまではずっと『ピン・ピン・ピン』という音がしてたんだよ。変だなあ」と言ってる時のような気分になりはじめていた。残念ながらこれからコーヒーとデザートという時に僕は理事会に出かけなくてはならなかった。

帰宅すると空気がひどくピリピリとしていて、アリスとアルフレッドの間の僕がさっき座っていた椅子《いす》までの道のりはなんだか炭火の上を歩くような気分だった。アルフレッドは前かがみになってひとことひとこと嚙《か》んで含めるように話し、アリスは不《ふ》機嫌《きげん》きわまりないといった顔つきでアルフレッドとは対照的にうしろにふんぞりかえっていた。

「理事会というのはお酒が出るものらしいわね」、僕が深いクッションに身を沈めるとアリスがそう言った。

「つまりそれが理事会というものだからね」と僕は言った。「ホイットマンがまた僕に船を売りつけようとした」

「買ったの？」

「買うもんか。僕の留守中どんな具合だった？」

「楽しかったですよ」とアルフレッドは言ってアリスの顔を見た。

アリスは何も言わなかった。ちらっと眉《まゆ》をひそめただけだった。彼女は僕が話に第三者をひきずりこんで、二人の問題の解決を他人の手に委《ゆだ》ねるような格好になったことに、腹を立てているのだ。そのとおりかもしれない。たぶん僕が間違っていたのだろう。でもそうするより他なかったのだ。「理事会が長びいて申しわけなかった」と僕は詫《わ》びた。

「おかげで二人でじっくりと話せたよ」とアルフレッドは言った。「僕はアリスにこう話してたところなんだ。少し別居してお互いに距離を置いてみるってのも悪くないんじゃないかってね」

「そして私はアルフレッドにこう言ってたところよ」とアリス。「もしあなたが半年いなくなるんなら、もう二度と戻ってきてほしくはありませんってね」

「君はそう言うだろうって僕は言ったんだよ」と僕は言った。でもけっこう酒が入っていたせいで、僕は穏やかな気持になっていた。うんざりするような長い話あいがあったらしく、アリスの方も僕同様こんなことにはもうけりをつけたいと思っているようだった。そしてたとえ怒りや腹立ちやフラストレーションや痛みにせよ、そういうものを共有するということによって、我々二人のあいだにはある種の親密さが生じていた。僕は立ちあがってアリスのところまで行き、彼女の椅子の肘《ひじ》かけに腰を下ろし、体に手をまわした。そろそろニューヨークに戻ることにするよ、とアルフレッドは言った。

「ここに泊っていきゃいいじゃないか」と僕は言った。

「気持は嬉しいが、本当に戻らなきゃならないんだ。村まで乗っけてってくれれば十時半のバスに乗れる。ほらエレインズで女の子に会うって話をしただろう」

「その子をすっぽかして朝早く発《た》つってわけにはいかない？」

「客室の用意もしてあるのに」とアリスが口を添えた。

十五分後にアルフレッドは行ってしまい、僕はバスの停留所から家までアリスと二人きりの車を運転して戻った。

「寝酒でも飲まないか、アリス」家に入ると僕はそう訊いてみた。「何を飲んでいたんだい？　ブランデーにする？」

「ブランデー飲むと寝られなくなるのよ、私。知ってるでしょ？」

「じゃ、何か別のものにしなよ」

「あなた何を飲むの？」とアリスが訊いた。

「ミルク」

「ミルク？」

「ミルク」と僕は言った。「今夜はいささか飲みすぎた」

「ブランデー・ソーダを頂くわ。それならなんとか寝られるんじゃないかしらね？」とアリスは言った。

「たぶんね。でも、どうだっていいじゃないか。僕も君と同じものを飲もうかな」

「ミルクのかわりに？」とアリスは言ったが、僕が笑いはじめると、またぶすっと不機嫌になった。何がそんなにおかしいのかわからなかったせいだ。

「君のことを笑ったんじゃないよ」と僕はまだ笑いつづけながら言った。「ただ昔ね、こんなことを考えていたことを思いだしたんだ。結婚後二年を経た夫婦はいったいどんな話をするんだろうなあってさ。でもまさかミルクの話で三十分もつなんて考えもしなかった」

「ほんの一分くらいじゃない」

「うん。でもずっと長く感じられる」

「それはあなたが私と話をするのを嫌がってるからよ」

「おいおいおい、アリス、頼むよ」と僕は言った。「そいつを始めるのは止《よ》しにしてくれ。少くとも今のところはね。お願いだ」

「べつに何も始めてやしないわよ」とアリスは言った。「簡単な事実を口にしただけよ」

「……ブランデー・ソーダだったね？」

「そう」

グラスを持って戻ってきてアリスに渡すと、彼女は「犬がクンクン言ってるから家の中に入れてやったら」と言った。

「ドアを開けても入って来《こ》ないかもしれないよ」

「家の中に入れてやって下さらないの？」

「おい、アリス、わかったよ」と僕は言ってフレンチ・ドアを開けた。「ほら、ワン公、入ってこい！」すると犬は尻《しり》をぶるぶると震わせ、尾を打ち振って中に入ってきた。嬉しくてたまらないというように目をくりくりとさせていた。

「その犬、あなたの分担でしょ」とアリスは言った。

「犬とゴミと猫《ねこ》のトイレ。どこのどの野郎がこんな太《ふて》え勤務表作りやがったんでえ？」

「何よそれ、いったい？」

「軍隊《アーミー》ジョークだよ、ただの」と僕は言った。

「あなた明日はどうするつもり？」とアリスが僕に訊ねた。

「いや、何をするというほどのことはとくにないね。朝のうちに少し仕事でもしようかと思ってたけど、どうして？」

「家のことでやってもらいたい仕事が、少くとも一ダースばかりあるのよ」

「午後じゃまずいかね？」

「私たちクラブの美術展とブック・フェアにでかけなきゃならないわよ。三時から五時まで私、接待役をつとめることになってるから」

「なんで二人で行かなきゃならん？」と僕は訊いた。「誰が子供の面倒見るんだよ？」

「子供たちは誕生パーティーに呼ばれているの。メアリ・フィールディングの娘のよ。アンがうちに寄ってアシュベルとシドを自分の子供たちと一緒に車でつれてってくれることになってるのよ」

「でもどうしてこの僕がそんなもののためにクラブに行かなきゃならないんだよ？」

「あなた理事でしょ？」とアリスは言った。「当然行くものと思ってたけど」

「君は理事のなんたるかがまったくわかってないね。おそらくそこに来る男っていや僕だけだね。賭《か》けたっていいぜ」

「そういうのお好きなんじゃなくって？」

「どうして？　そういうのが感じやすい僕のささやかなエゴを持ちあげてくれるからかい？　その昔君がいみじくも指摘してくれたように」

「そういうこと言うべきじゃなかったわね」とアリスは言った。「ごめんなさい」

「ごめんなさいって、何に対して？」

「ねえ、ジョージ、私ごめんなさいって言ったのよ」アリスは言って脚を組んだ。

「家の仕事をちょっとしていただける？」

「何をやればいいんだい？」

「子供たちのベッド・ルームのペンキ塗るって言ってたでしょ？　もし朝にやっちゃえば、その日のうちに乾いちゃうじゃない。ガレージのかたづけもあるし。私、自分の車も満足に入れられないんだもの。枯葉で雨樋《あまどい》もつまってるし——」

「――もうそれくらいでいいよ。たっぷり一週間分の仕事だよ。どうやって雨樋から枯葉を出しゃいいんだい？　そんな高い梯子《はしご》なんてうちにないじゃないか？」

「窓からこう、屋根に出られない？」

「そして屋根から落っこちることもできる。シドニーの言うように『どすん』ってね」

「シドの鼻がつまってるのよ。風邪をひきかけてるんじゃないかしら」

「上に行って様子を見てこよう。さっき見たときは大丈夫そうだったけど、もう一度見てくるよ」

「先に皿洗《さらあら》いを手伝ってよ」

「すぐに戻るから」と僕は言った。


やれやれ神様、愛によって結ばれた二人の間にいったい何が起ったのですか？　どこでどうなっちゃったんですか？　どうして僕らは同房の囚人みたいな具合になっちまったんですか？

僕は子供部屋に立ってふたつの小さな体を見下ろしていた。アシュベルはキュッと体を丸めて、口を開け、きゃしゃな手を頬《ほお》の下にあてていた。シドニーは自分のベッドでまるでパラシュートで自由落下中という風に両手両脚をいっぱいに広げていた。

いったい二人はどんな夢を見ているのだろう、と僕は思った。僕はアシュベルがふたつになったばかりの頃《ころ》ただひとこと「トラック！」と寝言を言ったのを覚えている。そして僕はそのときこう思ったものだ。この世にある最高に格好良いトラックの夢を見るんだよ、と。クロム鋼のついた巨大な車輪が左右に十個ずつ、てっぺんからエア・ホーンをまるでロココ風天使のトランペットのようにつきだした高くそびえる緋《ひ》色《いろ》の運転席、ふちに明るい灯《あか》りをつけた銀色のトレーラー、トレーラーに一列に並んだ灯りはまるで通りすぎていく夜汽車のように見える。

「トラック！」と僕の息子は言って、その喉《のど》からは息がすっと押しだされた。まるで暗い州間高速道路を吹き転がされていく風転草《タンブルウィード》のように。

僕はシドニーが寝言を言うのを耳にしたことはない。彼女は母親と同じようにいろんな想いを外に出さずにかかえこんでしまうのだ。

僕は子供たち二人に毛布をかけ、シドニーのベビー・ベッドの横にぬいぐるみの動物を置き、それから階下《した》におりてアリスの皿洗いを手伝った。

「シドニーどうだった？」とアリスは僕に布巾《ふきん》を手わたしながら言った。「あなたはワイン・グラスだけ拭《ふ》いてくれればいいのよ。あとは皿洗い機でやるから」

「大丈夫だったよ。べつに喉もがらがら言わせてないし。ねえ、君、あの子が寝言を言ってるの聞いたことあるかい？」

「いいえ、聞いたことないと思うけど、どうして？」

「子供部屋でちょっとそう思ったのさ。シドはどんな夢を見てるんだろうなって」

「あの子はアシュベルのおもちゃの夢を見てるのよ」とアリスは笑って言った。「あの子に興味あるのはそれだけだから」

「うん、あの子はぐっすり眠ってるから、明日の朝にはすっかり元気になってるよ」

「だといいわね」とアリスは言った。「誕生パーティーに行けなかったら可哀《かわい》そうだから」

「このグラスは全部もう洗ってあるやつ？」

「それ拭いてしまってくれればいいのよ」

僕はグラスを拭き始めた。「今夜の君はとても綺麗《きれい》だよ、アリス」

「あら、ありがとう、ジョージ」

「お世辞じゃないよ。君は本当、綺麗だよ。なんだかまるで別人みたいだ――と言っても悪い意味にとらないでほしい。君はいつだって綺麗だけどさ、今夜の君には何かこう、とくべつのものが加わっているように思えたんだ」

「あなたこのローブ気に入ってるんでしょう?」

「そうだよ。僕はそれが気に入ってるよ。でも君はそれほど気に入ってなかったんだろ?」

「もちろん気に入ってるわよ」とアリスは言った。

「それは嬉しいな。君によく似合うもの。たぶん君はルネサンス時代の王女にでもなるべきだったたな。もっとも金髪のルネサンスの王女というのはどうもイメージできないけどね。僕はどういうわけかそういう王女というのはいつもたっぷりとした黒髪にちがいないと思ってきたんだ。あるいはすごく明るい赤毛かね。でもいずれにせよその髪は長くて輝いている。肌《はだ》の色は磁器みたいに抜けるがごとく白いと決っている。そして頬のあたりにバラの花を掲げていて、そのせいで眼《め》の色はヴァイオレットか緑に見える——ねえ、言ったっけね、まず最初に僕の目についたもののひとつは君のその目だったたってこと」

「私の目? 本当? どうして?」

「君の目はなんだか場違いに感じられたからさ。間違ってるっていうんじゃなくて、不必要に贅沢《ぜいたく》なんだよ。君は十分に美しいから、目はべつに普通のよくあるブルーでもグリーンでもよかったのに、君の目は殆《ほとん》ど銀色に近い……そのこと知ってた? 子供の頃僕はよくパルプ・マガジンを読んだもんさ。『ウィングズ』とか、えーと、なんだっけ『フライング・エース』なんてのとかね。そしていつもこう思っていた。戦闘機パイロットのような目になりたいものだってね。その手の文章を読むとさ、彼らの目はいつも淡い淡いブルーで、そこに銀の光がまざってるんだ。そして彼らの目がそうなったのはいつもいつも空を見つづけてきたからなんだということが暗示されてるわけさ。銀色の目のパイロット——もちろんそのパイロットがP39『エア・コブラ』の鼻先からメッサシュミットかフォッケウルフ190かに照準をあわせているときはべつだけどね。いや、P39はヨーロッパではあまり使われなかったっけ。とするとあれはP47かあるいはライトニングか——」

「そのサラダ・ボウルとって下さらない？」

「はい、ほら。でもきっと北アフリカで使われてたよな、あれ」

「何が？」

「P39さ。つまり僕が言いたいのは戦闘機パイロットたちの目の色は悪党ドイツ野郎《クラウツ》や小汚ない日本人《ジャップス》を撃ちおとしてないときはシルヴァー・ブルーだったってことさ。そういうときの彼らの目は赤みを帯びるんだ」

「私の目は今たぶん赤みを帯びてるわよ」とアリスは言った。

「それでも君の目は戦闘機パイロットの目だよ。淡いブルーのね。シドニーの目もその目であってほしいね。アシュベルの目はどうも僕の方に近かったみたいだけれど」

「あなたのヘイゼル色じゃない」

僕は笑った。「そう言ってくれるのは嬉しいけど、これはただの茶色さ。茶色で近眼に近づきつつある」

「あなたとても好男子《ハンサム》よ。どうしてそうじゃないと思いこみたがるの？」

「何も思いこもうとなんてしちゃいないさ」と僕は言った。「でも――まあ僕もこの先ハンサムになるかもしれんな。デスリフ家の人間はとてもゆっくりと優雅に年を取っていくんだ。珍しいバーガンディ・ワインのようにね。そして、おそらくバーガンディ・ワインと同じように長旅に向かないんだ。ねえ知ってるかい、僕の母方の祖父が銀髪だったってこと。その祖父の髪くらい美しい髪を僕は他に見たことがないよ。僕もあんな髪になりたいものだね」

「あなたまっ黒じゃない」

「そして父方の祖父ははげてる。ねえ、つまりさ、髪とか目の色って隔世遺伝するものじゃなかった？　そうじゃなかったかもしれんけど、たしか生物の授業でそう教わったと思うんだ。君はおじいさんかおばあさんに似てるところある？」

「みんな亡《な》くなっちゃったけど、生きてた頃はってこと？」

「おおい、あたり前だろう、そんなこと。生きてた頃はってことだよ。それ以外に考えようないだろう」

「あなた今日はずいぶんよくしゃべるのね」とアリスは言って、僕に濡《ぬ》れたワイン・グラスを手わたした。

「しゃべりすぎたかい？　うるさい？　昔よく父親に言われたもんさ。『しゃべり《バブル・》なさい《オン》、坊や、しゃべり《バブル・》なさい《オン》』ってね。僕は何年かのあいだそれはバビロンのことだと思ってたんだ。B、A、B、Y、L、O、N——バビロン。バベルの塔とか、なんのかんの。これでもうおしまい」

「もう一度リビング・ルームをぐるっとまわって残っているものがないかどうかたしかめて下さる？」

僕は灰皿をひとつ持ってキッチンに戻り、それをアリスに手わたした。「アルフレッド、なかなか御機嫌だったね、今日は？」

「そうね」とアリスは言った。「でもあの人が愛想《あいそ》悪かったことなんてあったかしら？——さ、これでおしまい。私のブランデー・ソーダに氷ひとつ入れて頂ける？　それ持って二階に行くわ。あなたのグラスはどこ？」

「全部捨てちゃったよ、もう。半分くらいでもうそれ以上飲みたくなくなっちゃったんだ。もし全部飲んだら――」

「でも、あれ最高級のブランデーなのよ」とアリスがあきれたように言った。

「知ってるさ。でも仕方ないじゃないか。瓶《びん》に戻すわけにもいかんだろう。君どうする、これから？　風呂《ふろ》に入るとか、テレビ見るとか、他に何するとか？」

「どうして？」

「うん、今日はちょっと起きていたいんだ。まあ、散歩するとか、本を読むとかね」

「テレビで何かやってるかしら？」

「何時だい？　『レイト・ショー』かジョニー・カーソンか、そんなところだね」

「正直言って疲れちゃった。起きてたいんならどうぞ。眠くなったら勝手に寝て」

「オーケー」と僕は言った。すごくホッとして、体中から力が抜けていくような気がした。そしてアリスと一緒に階段の上りくちまで行ってカリア・アンド・アイヴズ版の『リッチモンド陥落・一八六五年四月二日夜』のリトグラフの前に立ちどまった。

「おやすみ、ジョージ」と彼女は言ったが、少し淋《さび》し気《げ》な声だった。僕は身をかがめて、彼女の頬にそっとキスした。リッチモンドの町を焼く炎が僕らのまわりで揺れていた。「私を捨てないで、ジョージ」とアリスは言って、僕の体を一瞬ギュッと抱きしめた。「あなたがいなくなったら私どうすればいいのよ?」

「大丈夫、君はちゃんとやれるよ、アリス、心配することたない。それに僕は君を捨てたりはしない」

「でも試験別居って何よ? あなたが六カ月もいなくなったら、私どうすればいいの?」

「ねえアリス、僕はどこにも行きゃしない。二、三十分桟橋《ドック》のあたりでも散歩して、それから帰って寝る。すぐに行くよ。だから先に行って寝てなさい。そしてぐっすり眠って起きたら、君の言いつけどおりにするよ。ガレージ、子供部屋。そして二人でブック・フェアに行って、君がお茶の接待をし、僕は御婦人がたとお話をする。そしてクラブのダンスに出て楽しくやる。それでいいね? 楽しく一日を送るとしよう」

「まるで子供に言いきかせてるみたいね」

「そんなつもりじゃないよ」と僕は言った。「もう寝なさい。僕は三十分ばかり散歩してから寝る。その頃には君はもうぐっすりと眠っているかもしれないね。おやすみ」僕はそう言って、アリスが何か言う前にさっさと階段をはなれた。うしろでとんとんと階段を上っていく足音が聞こえた。僕は居間を抜けて正面玄関から外に出た。そして芝生を横切って湖の岸に出て、うちのボート・ハウスと桟橋のあるところまで行った。月がごつごつとした山頂の松林を背後から照らし、一陣の風がまるで母親が子供の立ち毛を撫《な》でるようにさわさわとそのてっぺんの葉をそよがせていった。それから風ははげた岩肌の斜面を下り、くらがりになった堤《バンク》を跳びこえて、湖面をさあっと滑り、暗い銀色の水面にひだを描いた。風は勢いを強めたかと思うとまた逆走し、混乱をかさねながら砕けた鏡の上でその水晶の細かいかけらを眩《まぶ》しく輝かせ、それから滑らかな息吹《いぶ》きで静寂を愛撫《あいぶ》するが如く深い湖水の表面を滑走した。そして最後にその冷やかな風は一人ぼっちで立った僕の体をすっぽりとくるみ、煙草《たばこ》の灰を星のかけらのような火花に変えてボート・ハウスのドアにはじきとばし、そして去っていった。月が雲間にかくれると、地平線は姿を消し、年老いてうるおいを失った山の稜《りょう》線《せん》が黒々としたシルエットとなって空に浮かんだ。ぴたりと静まりかえった湖面がうつし出すものはただ沈黙のみであった。ずっと向うの湖面で何かがぴしゃりとはねた。そんなおぼろげな光の中ではよく見なれたはずのいろんなものまでぼんやりとかすんで、おどろおどろしく見えたりもした。うちのボート・ハウスのある入江はまわりを陸地に囲いこまれ、深くなった水路が湖に通じていた。水平線は黒々として、その上には丸天井《まるてんじょう》のような空があった。湖の向い側にあるウェブスター・ニールの家から車が一台出てきて山のふもとの道路に入り、自らのヘッドライトを追いかけるような格好で湖岸を進み、やがてスピードを上げると、さっと暗闇《くらやみ》を縫いあわせるみたいにしてどこかに消えていった。ひとつひとつニール家の灯《ひ》が消えていった。桟橋の突端にぼんやりとした緑の灯だけがひとつ残って、遠くの方でちかちかとまたたいていた。

　まったくウェブスター・ニールくらいうらやましい人間はいないな、と僕は思った。二人の女性をかくも長く愛し、また相手からも愛されるなんて、どうしてそんなことが可能なんだろう。二十六年もの長きにわたって共に幸せに暮せる女なんて、どこに行けばみつかるんだ？

　僕は振り向いて家を見上げた。ベッド・ルームの灯はまだついていた。家は温かく僕を手招きしているように見えた。子供たちは我々のとなりの部屋で眠っているし、犬は居間で眠っている。猫はどこかの本棚《ほんだな》の上で眠っている。でも僕は戻りたくなかった。人影がベッド・ルームの窓を横切った。アリスが歩いているのだ。そして僕は狩人《かりゅうど》に追いつめられた動物のような絶望感を胸に湖の方に引き返した。

　毎晩、僕はベッドにもぐりこみ、原生林の軟泥《なんでい》の中の巨木みたいなかんじでごろんと横になる。そうするとアリスが僕に体を寄せて僕の幹にまるで巻きひげの植物みたいに手と脚をからめ、体をぎゅっと押しつけてくる。そして僕は自分が吸いつくされているような気分になる。

僕は今ではパジャマを着ている。昔はそんなもの身につけたことなかったのに、僕は今はよろいとしてそれを着ている。肌を守るためなのだ。ときどき僕は生きたままむさぼり喰《く》われているみたいな気がする。彼女に「もう寝ましょうよ」と言われると僕は囚人と二人で砂漠《さばく》にいて、眠ったらおしまい、相手に殺されるという状況におかれた西部の保安官のような気分になる。

夜な夜な、ベッドの中でアリスはシーツにこじわを寄せながら僕の方に足をすべらせ、一本だけ長くのばした爪《つめ》で僕の足の甲をつつき、僕は思わずピクッとして足をはねのけてしまうのだ。

「ねえ、ジョージ」

僕は振り向く。アリスはベッド・ルームの窓を開け、そこに立って僕を呼んでいた。

「なんだい？」

「まだ寝ないの？」

この前メイク・ラヴしたのが三日前だ。明日はクラブでダンスがあるし、今日やっておけばアリスの機嫌もよくなるかもしれない。

「今行くよ」と僕は言った。

ニール家の桟橋で灯がちらちらとまたたいていた。

第十四章

二階に上ってみると僕《ぼく》の方のベッドサイド・テーブルのライトだけが点《つ》いていた。アリスはベッドに入って乳房の上まで布団《ふとん》をひっぱりあげ、肩をむきだしにしていた。

「パジャマ着ないでしょ？」

僕は微笑《ほほえ》んで首を振った。「着ないよ。でも歯は磨《みが》いた方が良さそうだな」僕はバスルームに行って服を脱ぎ、歯ブラシを手につっ立って、鏡の中の自分の顔を見た。僕の目が自分を見かえしていた。その目つきには倦怠《けんたい》の色もなく、興味らしきものも浮かんではいなかった。ただ単に身がまえているだけだった。僕は自分自身を見ているのに、見かえしているのは他人だった。僕は歯を磨き、裸のままベッドに戻《もど》った。

「疲れた？」とアリスが訊《き》いた。

「少しね」と僕が言って布団の下で体をのばすと、アリスはすぐに僕の方に体を寄せてきた。ふたつの乳房がぺたりと胸に押しつけられ、下の方では太腿《ふともも》が僕の脚のあいだにわりこんできた。僕は彼女のヒップにそっと手をあて、腰骨のカーブをウェストのくぼみまで辿《たど》り、背骨のへこんだところを首筋まで撫《な》であげた。

「ああ」と彼女はため息をついて、おでこを僕の喉《のど》に押しつけた。

僕はアリスの首の筋肉をやさしくさすった。僕は目を閉じてみたが何も起らなかった。僕は役に立ちそうなイメージを目の前に思い浮かべることができなかった。僕はヤワなまま彼女の腿に押しつけられているもののことがだんだん気になりだしてきた。何分間か、僕らはそのまま抱きあっていた。

「ナンシーが一緒にアンティック探しに行こうって言ってきたんだけど」とアリスが言った。

「そう？――いつ？」

「月曜か火曜。ねえ、あの人なんて言ったと思う？」

「なんだって？」と僕は訊いた。僕の手は彼女の背中から尻《しり》へと下りていった。

「あなたってすごくセクシーだって」

僕はアリスがそこで笑いだすものと思ったのだが、でもそうではなかった。「どうしてそんな話になったの？」

「うん、電話でも言ったとおり、ナンシーが今日のお昼にうちに来て、お酒を飲んで、いろんな夫婦のことを話してたのよ。それで――そうだ！　ねえ、チャーリーとアンのベイカー夫婦が離婚するって話だけど、それ知ってた？」

「いや、知らんね。いつ決ったんだい？」

「この前のクラブでのダンスのあと——いちばん最近のやつよ」

「なんで君が知ってるんだ？」

「ナンシーが話してくれたのよ」とアリスは言った。「フィールディング夫婦がみんなをナイト・キャップに自宅に招待したのを覚えてるでしょう？　それでね、アンは行きたくなかったんだけど、チャーリーは行きたがったの。それでチャーリーはウェンディー・セイヤーと残って、アンはポール・セイヤーに車で家まで送ってもらったわけ」

「そんなの最新ニュースってわけでもあるまいよ」と僕は笑って言った。「連中は僕らがここに越してきたときからウィナンダーのスキャンダルだったぜ。それでナンシーはフィールディングの家に行ったのかい？」

「当然よ！　たとえ何があっても彼女がそんなチャンスを見逃すもんですか。チャーリーとウェンディーはずいぶんしっかりやってたって、彼女言ってたわ」

「どういう意味だい、それ？」

「何でもないわよ。ただあの二人、すごく仲良さそうだったっていうことよ」

「必要以上にってこと？　それはフィールディング夫婦がみんなにポルノ映画を見せた夜かい？」

「ひどかったってナンシー言ってたわ」

「映画が？　フィールディング夫婦が？　それともチャーリーとウェンディーが？」

「三つともよ」アリスはごろんとあおむけになって布団を下げ、両方の乳房をむきだしにした。「あなたポルノ見たことある？」

「大学時代に見たきりだね」と僕は言った。「僕の友だちに部屋の窓から向いのビルの壁に向けて映画をうつした奴《やつ》がいてね、そいつはハーヴァードから放校になった。いや、あれは凄《すご》かったね……もちろん距離もあったし、はっきりとはうつらなかったけどさ、でも何がどうなってるかはちゃんとわかった。警官がそいつをしょっぴくまでに、ずいぶん沢山の客があつまったもんだよ」

「ふうん、私、見たことないわ」とアリスが言った。

「見たいの？」

「そうね、わかんないわ、どんなものなの？」

「次にフィールディング夫婦に誘われたら行ってみりゃいい。そして自分で見てみりゃいいさ」

「でも、どんなものなのよ？」

「うんざりするね。最初に見たときのことをよく覚えてるよ。最初の何分かはね、僕も唖然としちゃったさ。よくこんなもの撮影させたなってさ。そしてそれからそういう人たちってすごくビジネスライクになるんだ。すごく『当然』ってかんじでやるもんでね、そういうところがある意味ではかなりエロティックに感じられもする。でも残念ながら十分くらいを越すとね、それはただの二つの肉塊と化してしまう」

「その人たちどんなことするの？」

「全《すべ》て」

「何から何までやるのを見せるの？……どんな顔？」

「ものによるね。悪くないのもいる。女の子たちはハッとするほど魅力的だな。絶世の美女とはそりゃいかないけど、豚みたいでもない。正直言って、女の子の方が男に比べると必ずより魅力的に見えたと思うな」

「逆だったら大変じゃない！」とアリスは笑って言った。

「いや、そうじゃなくてさ、僕の言ってるのはさ、その女の子たちはそんな映画に出る必要もないだろうっていうタイプなんだよ。男の方はさ、あるいは男の子たちの方はさ、まあたとえばゲーム・センターでごろごろしてるようなニキビ面《づら》タイプだよ。

そしてすごく変な具合に哀《かな》しそうに見えるんだ。僕はよく覚えてるけど、ある映画の中で男が全然——」

「全然何？」とアリスが訊《たず》ねた。「全然勃起《ハードオン》しなかったこと？」

「映画の初めから終りまでね。その男は他《ほか》の連中のとなりに立ってただ見てるだけで——それでナンシーはどうだったって？」

「ナンシーがどういう人かわかるでしょ」と言ってアリスは笑った。「初めから終りまで両手で顔をかくしてたって」

「そして指のあいだからのぞいてた」

「そのとおり」

「一カットも見のがしてないね、絶対」

「見のがしてないわよ。チャーリー・ベイカーの手はずっとウェンディーのドレスの中に入っていたって」

「ああ郊外族《サバービア》よ」と僕はため息をついた。

「ひどいもんよ」とアリスは言った。「ナンシーが話してくれたんだけど、映画の中に白人の女の子と黒人《ニグロ》のがあったんですって」

「黒人《ニグロ》の男、女？」

「男よ！」とアリスは言った。「ナンシー言ってたけど、女の子は黒人《ニグロ》のを口に入れまでするんだって」

「そうなの？」と僕は微笑んで言った。そして横向きになってアリスの体を見下ろした。彼女の乳首は硬くなっていたが、それが寒さのせいなのかどうか、僕にはよくわからなかった。僕が腹の方に手を下ろしていくと、「そういうのって、おぞましいと思わない？」彼女の脚は大きく開かれていた。僕が手を下の方にすべらせるとアリスは息を呑《の》んで目を閉じた。彼女はびっしょりと濡《ぬ》れていた。

ああ、アリス。偽善的なる妻たちよ。

僕は復讐《ふくしゅう》するみたいに彼女とファックした。それはやさしいメイク・ラヴではなかったし、今回は僕もヤワではなかった。まるで僕の全ての怒りが、僕の全てのフラストレーションが、僕の全ての侮蔑《ぶべつ》と屈辱が体の中でふくれあがったようだった。僕は手をはなして彼女の体の上にのしかかり、まるでナイフを使うように、サイの角を突きたてるように彼女の中に切りこんだ。僕が彼女の中にぐっと押しこむたびに、アリスが体を震わせるのが感じられた。僕はずっと体を上にもちあげていたので、僕と彼女とは性欲というただ一点で体を触れあわせているだけだった。体を往復させるたびに喉の下や乳房の下のすみれ色の紅潮がさっと広がり、あるいは深まった。奥の方に沈みこませるたびに彼女の乳房ははねあがり、乳首はふっと膨らみ、そして緩んだ。何度も何度も僕は彼女のいちばん奥の方まで入れた。アリスの唇《くちびる》がめくれあがって歯が見えた。リズムにあわせて喉の奥から小さなうなり声がもれた。僕はおそろしいほど冷酷に残虐に、彼女を、そしてウィナンダーの全てのメアリ・フィールディングやウェンディー・セイヤーやアン・ベイカーを串《くし》ざしにした。それは乱暴で、熾烈《しれつ》で、殺人的なファックだった。「いいわ」という声の間隔がどんどん狭くなり、枕《まくら》の上で彼女の頭がぐいぐいと左右に揺れ、それまでしっかりと閉じられていた目が夢見心地に開くと、僕は彼女の体に再びのしかかり、尻の下の太腿のつけねあたりに手をやって、両脚を思いきりぐっと押し開いた。痛みのせいで彼女はうめき声をあげた。そして傷つけられることで、彼女は絶頂まで押しあげられたようだった。アリスはぎゅっと僕を抱き寄せ、両脚を高くあげ、両方のくるぶしを僕の背中の上で組みあわせ、身を起して僕にしがみつき、体を反らせたり、爪《つめ》を立てたりしながら、やめないでと嘆願した。

僕の方もやめるつもりなんてなかった。そして彼女に二回めのオルガズムが訪れるまで何度も何度もつきたてたが、彼女と一緒に僕もオルガズムに達した。苦痛に充《み》ちた、ちくちくする痙攣性《けいれんせい》の、そして怒りのいっぱいこもったオルガズムで、射精した精液が彼女を焼き、その子宮の入口を溶かしてふさいでしまうんじゃないかと思ったくらいだった。そしてそれでも僕はまだ彼女の中から抜きとらなかったし、抜きとるつもりもなかった。彼女がお願いやめてと頼むまでは。それでやっと僕はアリスから身をはなし、そうだ、この女は俺《おれ》の女房《にょうぼう》だったんだと思いなおした。

長いあいだ僕らはあおむけになって顔も見あわせず、何も言わずじっと寝転んでいた。布団はまるで蛇《へび》みたいに我々の足もとでよじれていた。僕の胸はどきどきと音を立て、耳の中にも鼓動が感じられた。アリスの身動きする音が聞こえ、それから彼女の体が僕の体にふれた。彼女の足が僕の脚を撫でた。彼女の手が布団の上を僕の腹の上まですべってきた。僕が首を曲げてアリスの顔を見ると、二人の目が合った。彼女の目はうるんで輝いていた。アリスはあれが気に入ったのだ。心底良かったと思っているのだ。

彼女はそこにこめられた僕の怒りやその動機なんてこれっぽっちもわかってやしないのだ。そして僕は心ならずも彼女と同じ土俵におりてしまうという羽目になったのだ。

アリスはそのまますぐに眠りに落ちてしまった。でも僕の方は眠れない。僕はベッドの上に起きあがって、たんすの上の壁のひび割れをじっと眺《なが》めていた。神経のたかぶった腹立たしい夜、僕はよくベッドの上に体をおこしてそのひび割れを見つめたものだった。これまでそんな夜が何度くりかえされたことだろうか？　僕は起きてバスローブを羽織り、子供たちの様子を見にいった。二人ともぐっすりと眠っていた。僕は子供たちの布団をなおして、ベッドに戻った。それでもまだ眠りに落ちるのに時間がかかったし、気持が静まるにはそれ以上の長い時間がかかった。

第十五章

四インチの積雪が一晩でウィナンダーを白い世界に変えてしまった。土曜日の朝、僕《ぼく》とアリスは湖畔道路を雪かきする除雪車のブレードのきいきいという音と、通りすぎていく車のスノー・チェインのやわらかく深みのあるクシュクシュクシュという音で目をさました。午前中のあいだ雪は降ったりやんだりで、僕は家の車道《ドライヴ》をシャベルで雪かきしたり、玄関や裏口に通じる道を作ったりで忙しかった。そのあいだ犬は植えこみから植えこみへ点つなぎゲームでもやるみたいに足あとをつけて、行ったり来たりしていた。

朝食を食べに家に入ると、子供たちは興奮して顔を輝かせていた。よし、今日いちばんに雪ぞりを買ってあげようと僕は二人に約束した。そしてちゃんと約束を果した。アシュベルは僕が滑走部の底の塗料をおとし、ブレードに石鹸《せっけん》を塗るのも待ち切れないといった風だった。シドニーはもちろん目の前で何が起っているのかよくわからないという顔をしていた。彼女にはそれがおもちゃであるということがわかっているだけで、あとの関心は自分と兄がそれを共同で使わねばならぬのか否かという一点にかかっていた。準備が整うと僕は子供たちを家の外に連れだし、そりに乗せ、アシュベルにシドニーをちゃんとつかまえてるんだよと言いきかせてから、そのそりをひいてぐるぐると回った。そうやって裏庭のなだらかな坂の雪をならし、アシュベルに自分ですべらせてやった。

そして子供たちが遊び、犬がそのあとを追いかけまわしているあいだに、僕は去年の春に植えた松の若木の枝につもった雪を払いおとし、アリスのクライスラーがちゃんと収まるようにガレージの整理をした。そしてクライスラー・ステーション・ワゴンなんてものが本当に何かの役に立つのかねと思った。

昼食のあとで、子供たちが誕生パーティーに出かけてしまうと、僕らは車でクラブに行って、アリスは美術展とブック・フェアの御婦人がたにお茶の接待をした。ミセス・ゴーウェルはお茶にウォッカを入れて飲んだ。ジム・ホイットマンが僕を男性用のバーにさっさと連れていって土曜の午後のポーカー・ゲームの六人めのプレーヤーとして参加させてくれた。ポロ選手のチョーンシー・ハルパートもそこにいた。そして七枚スタッドをやっているときに、彼は具合わるそうに五枚でもういいよとディーラーを押しとどめ、クラブのロイヤル・ストレート・フラッシュができちゃったよと詫《わ》びた。

「なんでそんなことするんだよ！」とホイットマンが言った。

「そうなっちゃったんだよ。札がそういう風に配られてきたんだ」とチョーンシーは言った。「こんな手で勝負するのはフェアじゃないと思うし」

「なんてこったい！」とホイットマンが言った。「僕ァね、三十年間そいつを狙《ねら》ってポーカーやってたんだ。それがさ、左どなりの男に五枚ぴったしで配られてさ、その男はそれでどうしたかっていうとどうだい？　勝負したくないってさ。なんてこったい！」

「だから何なんだよ？」とチョーンシーは言った。「君の金をもっとむしりとるってだけのことじゃないか」

「なんてこった、まったく！」とホイットマンが言った。

「諸君《ジェントルメン》、我々はポーカーをしておるんだよ」と年嵩《としかさ》のミスタ・メイプスが言った。

僕は七十五ドル負けた。僕のところにはパッとしない手しかまわってこなかった。何度かレイズするくらいにはまとまっているのだが、それで新しい札を見ていくと絶望的なのだ。僕が勝った唯一《ゆいいつ》の手はストレートだったが、その原因はミスタ・メイプスの弱視のせいだった。彼はハートのフラッシュだと思いこんでいたのに、実はダイヤが一枚まじっていたのだ。ゲームは五時に終った。従業員が入ってきて、今夜のダンスのために常緑樹の枝だとか松ぼっくりだとか苺《いちご》だとか、その手の冬の飾りつけを広げ始めたからである。僕はアリスと一緒に車でフィールディングの家に行って子供たちを拾った。カーライル夫妻はまだ到着してなかった。メアリ・フィールディングは僕らにカクテルには遅れないようにしてね、ディナーは八時半には始まるからと言った。「あなたたちハムリンさんとこのカクテル・パーティーにまず行く？」とメアリがアリスに訊《たず》ねた。

「さあ、どうかしら」とアリスは言った。「招待リストは家に置いてあるし」

「ハムリンさんとこには全員招《よ》ばれてるのよ」とメアリは言った。「行ってあげれば。変な顔ぶれにしたくないもの」

「ハムリン夫婦っていい人たちだよ」と僕は言った。「あの人たち、ここに越してきてよかったよ。このあいだ朝の電車で御主人とずっと話をしてたんだけどね。車の関係の商売してる人だよね」

「自動車部品」とメアリは言った。「車のアクセサリを売ってるの。でもね、本当にすごく良い人たちよ。奥さんはそりゃ可愛《かわい》らしい人だし。二人とも友だちを作りたがっているのよ」

「誰《だれ》だってそうでしょうよ」とアリスは言った。

ウィナンダーにおける人々の社会的地位はカクテル・パーティーやディナー・パーティーの招待リストに入るか入らないかで決まる。社交的野心を抱いているウィナンダーの奥様族は夫たちが株式市況を検討するのと同じくらい熱心に招待リストを調べあげる。

僕らが出席したカクテル・パーティーのひとつはハムリン家のものだった。僕らがそこに到着したとき（アリスはダーク・グリーンのマンボシェのドレスを輝かしく着こなし、ブロンドの髪を下におろし、僕はディナー・ジャケットに、金時計つきのベストに、エナメル革の靴《くつ》といういでたちだった）、チョーンシー・ハルパートとチャーリー・ベイカーが賭《か》けの決着をつけているところだった。チョーンシーがハムリンの所有するシェトランド・ポニーに乗ってリビング・ルームの長椅子を跳びこえられるかというものである。小馬《こうま》は跳ぶのを拒み、チョーンシーは長椅子の向うに投げ出され、ガラスのすべり戸にぶつかった。戸が割れなかったのは僥倖《ぎょうこう》と言ってもよかった。みんなはもうよせよせとチョーンシーを説得した。

「冗談じゃない、まだ一回しか失敗してないぜ」とチョーンシーは言った。「きちっと借りは返すもんさ」

　そしてベティー・ハムリンがおいおいと泣きだした。

　僕はチョーンシーと小馬を外につれだし、なんでこんな馬鹿《ばか》なことするんだよと訊《き》いた。

「誰も傷つけてないぜ、君《オールド・ボーイ》」と彼は言った。

「ベティー・ハムリン以外はね」

「なんで泣くのよ、彼女？」とチョーンシーが僕に訊いた。「パーティーが盛りあがると思ってやったのにさ。彼女にとっても話のタネになるじゃないか。俺《おれ》たちの馬鹿騒ぎに加わったんだってさ。なあジョージ、大丈夫だよ。彼女のためを思ってやったんだから、俺」

　我々は小馬を馬小屋に戻《もど》し、家の中に戻った。入口でベティー・ハムリンが待っていた。「ああ、チョーンシー、大丈夫でした？」と彼女が訊いた。

「御機嫌《ごきげん》ですよ。君の機嫌を損ねたんじゃなきゃいいけど」と彼は言った。

「私が？　機嫌を損ねたりなんかするわけないでしょう。ガラスが割れなくて本当によかった。あなた死んじゃったかもしれなくてよ。本当に怪我《きず》はなくて？」

「我がプライドの他《ほか》には何も」とチョーンシーは言ってベティーの腕をとり、パーティーへと戻っていった。

僕らはハムリンの家からフィールディングの家へと直接行った。僕らが着くとトビー・フィールディングがすぐにアリスめがけてとんできたが、これは好都合だった。というのはそのおかげで、僕はミッシー・カーライルと話す機会を持てたからだ。彼女はきらきらと目を輝かせ素敵な微笑を浮かべて近づいてきたので、僕はなんだか胃がひっくりかえるような気分だった。

「あなたに会いたかったわよ」と彼女は言った。

「僕も会いたかったよ。元気？」

「ええとても。ウォルターはメアリ・フィールディングと話してるの。ねえ、なんかすごく変な具合じゃない？」

「カップル交換ゲームのことかい？」

「その意味が私の想像どおりなら、そうね」とミッシーは笑って言った。「また専用語教室ね」

「心配しなさんなって。宵《よい》の口はまだゲームでとどまってるから。いろんな人がいっぱいいるからホストやホステスの目も他に向いてるし――と言ってると、ほらメアリが来たよ」

「何よ、お二人さん、隅《すみ》っこでこそこそお話しして。ちゃんと気がついてますからね」とメアリ・フィールディングが僕らに訊ねた。

「ただの世間話」と僕は言った。

「ただここに立って、笑って、ひっかきあってるだけ」とミッシーが言った。

「あら、そう。ムズムズするようだったら――」メアリは手をひらひらさせ「バイバァイ」と言って、向うに行ってしまった。

「ここにいる女の人ってみんな発情しちゃってるような感じあるわね、たしかに」とミッシーは言った。「信じがたいわよ！　私、ニューヨークにいるときの方が怖くないわ。だってあそこにいるのはただのシンプルなひったくりと暴行魔《レイピスト》とジャンキーだけだもの。そういう連中ならなんとかしのいでいけるけれど、でもあの女性《ひと》たちときたらねえ！　ねえ、私がメアリと一緒に着がえてるときにあの人何て言ったか知ってる？　いや、まあ知ってるわけないわねえ。彼女ったら出しぬけに私にこう訊くのよ。あなた浮気《うわき》したことある？　って。そんなこともしあったとしてもあの人に打ちあけるって思ったのかしら？」

「で、君はどう答えたの？」と僕は訊いてみた。

「こう言ったわよ。ごらんのとおりウォルトと私はこんなに幸せに暮しているのに、どうしてそんなことしたいと思うもんですかってね。そう言ったわ。でもときどき私もそういう風に御立派な体裁を繕うことにうんざりしちゃうこともあるんだけどね——それからねジョージ・デスリフ、あなたの考えてることが私にわからないなんて思わないでね。だから私のパッド入りのブラからすぐに目を上げてちょうだい」

「やれやれミッシー。君には驚いちゃうな」と僕は笑って言った。

「雪のウィナンダーの美しさにまさるものはないわね。清潔な土地に見えちゃうもの。明日は日曜日だし、セントラルパークの七十七丁目山はプッチのパルカを着て、小さい信託財産《トラスト・ファンズ》を引いて丘の上まで上っていく若いお母さんたちでいっぱいになるわね。アシュベルはそりを買ってもらったのかしら？」

「今朝ひとつ買ってやったよ。フレキシブル・フライヤーをね」

「滑走部に石鹸を塗った？」

「まずペンキをそぎおとしてからね」と僕は笑って言った。

「ねえあなた」とアリスが僕のところに来て言った。「あら、こんちは、ミッシー。ねえあなたお酒のおかわりもってきて下さらない？」

「いいとも。ミッシー、君は何がいいのかな？　何を飲んでる？」

「マーティニ」とミッシーは言って肩をすくめた。「だって、いちばんてっとり早いでしょ」

「マーティニがひとつ」と僕は言った。「ところで君は、アリス？　何がいいの？」

「何でも」とアリスは言った。「スコッチでいいわ。薄いスコッチ・ソーダ」

「マーティニがひとつにスコッチ・ソーダ」と僕は言った。


夕食の席で、僕はアン・プローデル・ベイカーとウェンディー・セイヤーのあいだに座った。ウェンディーのCカップはいつものように前にせりだしていたが、彼女はそれを向いの席のチャーリー・ベイカーに向けていて、それでチャーリーは見るからに嬉《うれ》しそうだったし、アンは気を悪くしていた。それで僕は食事の時間の殆《ほとん》どをアンと話すことに費やしたわけだが、彼女は僕にとても面白い話を聞かせてくれた。こういう話だった。アンの母親の近しい友人の一人が最近亡《な》くなって、その婦人のかつての男性秘書が電話をかけてきて、一度お会いしたいので、ついてはニューヨークでお昼をご一緒願えまいかとアンの母であるミセス・プローデルに言った。その理由はミセス・プローデルのその亡くなった友人に関することで、としか相手は言わなかった。ミセス・プローデルはその友人と男性秘書との関係を好ましいとも思っていなかったし、是認してもいなかったけれど、それでも彼と会うことを了承し、「トゥエンティー・ワン」の席を予約した。

　ミセス・プローデルが「トゥエンティー・ワン」に着いて、クリンドラー兄弟の一人にすぐにテーブルに案内されると、その前男性秘書は既に席についていた。カクテルが運ばれるまで、ミセス・プローデルとその若い男は礼儀正しくあいさつを交わした。それから秘書はこう言った。「ミセス・プローデル、あなたがミセス・Tを深く愛しておられたことを私は存じあげております。そしてお二人が良き友人同士でいらっしゃったことも。そしてミセス・Tがあなたに何か記念の品というか、形見を受けとって欲しかったであろうことも承知いたしております。私はあなたがミセス・Tのワニ革のパースをほめておられたということも何度か聞き及んでおります。それは私があの方にプレゼントしたものなのですが、おそらく、あなたがそれをお気に入られるのではないか、と思いまして。もしよろしければ、私がそれを買い求めましたときの価格で――」

　アンの話では母親はすっと立ちあがってこう言ったそうだ。「本当に申しわけございませんが、先約があったことを急に思いだしたもので」と。そしてさっさと行ってしまった。

「でも話はそれだけじゃないのよ」とアンは言った。「その男はそのまま『トゥエンティー・ワン』に残って、昼食を食べて、母のところに勘定書を送らせたのよ」

「それでお母さん、払ったの？」と僕は訊いてみた。

「払ったわよ、ちゃんと。それくらいの金で縁切りできりゃ安いものだって」

ディナーが終り、ブランデーが供された。男性客と女性客はそれぞれの部屋というよりは、それぞれのコーナーというくらいのところに別れて退いた。僕はそのあいだずっとそこに立ってチャーリー・ベイカーがなんとかという石油株の有利さをとうとうと弁じているのを聞きながら、ミッシー・カーライルと僕の妻が何事か熱心に語りあっているのを見ていた。そしてフィールディング家からウィナンダー・クラブへと車で向う道すがら、僕はアリスにミッシーと二人で何を話してたのと訊いてみた。

「たいしたこと話してないわよ」とアリスは言った。

「すごく楽しい話をしてたみたいだけど」と僕は言った。

「楽しかったわよ」とアリスは言った。「私、ミッシーのこと好きですもの。彼女あなたに首ったけみたいよ」

「まさか！」と僕は笑った。

「トビー・フィールディングがダンスの終ったあとでみんなで家に寄ってくれって」

「映画見せるために？」

「何も言わなかったけど」

「誰だい、その『みんな』って？」

「ベイカー夫婦、セイヤー夫婦、カーライル夫婦、そして私たち」

「うるわしき人々！」と僕は言った。「フィールディングの家にそんな沢山ベッド・ルームがあったかな」

「それいったいどういう意味よ？」

「何でもないよ。でもなんだかまるでフィールディングのゲームのスターティング・ラインナップみたいな感じがしたもんでね。彼が組みあわせを決めるのかな？　それとも単純にみんなで帽子に鍵《かぎ》を入れるのか？」

「ねえったら、ジョージ。きっとそんなつもりじゃないわよ」

「そう願いたいね」

「あのね、私たちちょっと寄るって言ったの。ゴタゴタするようだったら引きあげりゃいいでしょ」

「言いかえれば、映画のあたりまでは居たいってことだね？」

「それがいけないことなの？」とアリスは訊いた。「だって私、一度も見たことないのよ」

「いや、いけないって言ってるんじゃないさ。もし行きたいんなら、行こうよ。ねえ、クラブの近くに駐車スペースないかもしれないから、君を正面玄関でおろしてそれから駐車してくるよ」

「フィールディングの家にまた行ってもかまわないの、あなたは？」

「君がどんな目的であそこに行くかによるさ、それは」

「なんだかまるで私が夫婦交換やりたくってそこに行くっていう言い方じゃない。そう思ってるの？」

「君は何を求めているんだい？」

「あなたときどき本当につまらない退屈な男になるわね、ジョージ」

「それは僕も同感だな」

「そして偽善者の猫《ねこ》っかぶり」

「ぴったり」

「あなたとミッシー・カーライルが二人でいちゃいちゃして、お互い首ったけになってる、愛しあってると思いあって、それで二人でベッドインして何もかもがうまくいくってつもりなんでしょう、あなたは。そういうのは赤ちゃんのおくるみみたいに御清潔なのね。あの女が脚を広げてそれを『愛』と呼ぶからあなたは満足なんでしょ？

でももし私が脚を広げてこれはセックスよって言ったら、それは安っぽいことなのよ。汚ならしいことなのよ。私がそれを愛と呼んだら、それでいいわけ？　それでもやはりだめなのかしら」

「そうだね、実に。駄目《だめ》だろうね」

「私と他の女じゃ規準が違うわけ？」

「まったくそうだ」

「それでもあなた、自分のことを偽善者だと思わないの？」

「正直なだけさ」

「じゃあ私も正直に言わせてもらうわよ、ジョージ。あなたは私をこれ以上傷つけられないってくらい傷つけてるのよ。私ね、もしあなたがアパートにつれこんだ女の子に対して『愛してる』って言わなければ、あなたを許せたろうって思うの。でもね、そう言ったことで、あなたは私から何かを奪って、それをその相手に与えたってことなのよ。一夜限りの浮気なら許せたわよ。でもそれじゃ足りないんでしょ、あなたにもその相手の女にも？　あなたは私のプライドのとりぶんを相手に与えないことには満足できない人なのよ。私の言ってることわかる？　だってそうでしょ、あなたが私を愛してなくて、他の女と寝て、その相手に向って愛しているって言ってるときに、どうして私がプライドなんてものを持てるのよ？　私じゃなくて、別の女と寝たいと思ってるときに？　じゃあなんで私と暮したいなんて思うのよ？　なんで私をここにいさせるのよ？」

「君は僕の妻だよ、アリス」

「下らない。何よ、妻っていったい？」とアリスは言った。「ねえジョージ、私ね、ただのあなたの奥さんになんてなるの嫌《いや》よ。私はあなたにとってそれだけの意味しかないの？　結婚前に二人で暮してたとき、あなたは私に自分が何かとくべつなものなんだって思わせてくれたわ。お姫さまか何かみたいにね。私はすごく美しいんだってあなたは思わせてくれたのよ。そして私、あなたのために美しくなりたいって思ったわ。あなたのためによ、ジョージ、あなたのために。そして私、美しかったわ！」

「君は今でも美しいよ」と僕は言った。

「結局ね、あなたが私のこと綺麗《きれい》だって言うから、私も自分でそんな気がしてたのよ。でも今は——今はね、あなたは私がそんな風な目で見てほしいと思う目でミッシー・カーライルを見ているのよ。そして私、あなたに彼女と寝てほしくないのよ、ジョージ。本当に寝てほしくないの。寝ちゃいやよ。寝ないって約束して」

「ねえ、アリス、ミッシー・カーライルと僕のあいだには何もない。ただの友だちだ」

「やれやれまったく……」とアリスはがっかりした声で言った。

そしてクラブに着くまで我々は一言も口をきかなかった。

第十六章

また雪が降りはじめていた。大きくてぼってりと重く湿った雪片がワイパーの描く弧線に沿ってフロント・ウィンドウに音もなくつもっていった。僕《ぼく》はクラブの入口に車を停《と》め、アリスにじゃあ中で待っててくれと言った。「私のことは気にしないで、ジョージ」と彼女は言った。

「どういうことだい、それ？」

「言ったとおりよ。あなたは車を駐《と》めてくる。私も自分のことは一人でやれるわよ」

「そりゃもちろん」と僕は言った。「でもどこで君をみつけられるかな？」

「みつけることないわよ」とアリスは言った。「あなたはお友だちのミッシーと一緒にいればいいのよ」彼女は車を下りてバタンとドアを閉めた。そして僕は駐車スペースを求めて辛抱づよく場内道路をぐるぐると回っている車の列の仲間入りをした。

雪は朝まではとてもやみそうになかったので、僕は出られなくならないようにテニス・コートの下手にある平らなグラウンドに車を駐め、冷たい夜の空気の中に足を踏みだした。

　弱い風が、雪片をまるで冬の蛾《が》みたいに、装飾的なつくりの街灯に向って舞わせていた。まるでおばあさんの真珠の首かざりみたいに並んだ球形の電灯は古びてあばたになっていて、その光はほの暗く、雪の吹きだまった道はうすぼんやりとしか見えなかった。道はテニス・コートの観覧席から始まり、今は水を抜かれて板で囲われたプールを越え、なだらかな上り道になっていた。道を上りきったところにウィナンダー・クラブがある。クラブの曇ったガラスの向うにはクリスマスの色つき電球がいっぱいともっていて、道の途中から見ると、それは品位あるクラブ・ハウスというよりは、中西部あたりの人里離れたところに建っている牧畜王かトウモロコシ王だかの所有するゴテゴテと装飾過多の、ティファニー・ランプだらけの、大邸宅のように見えた。オーケストラは『御婦人は気まぐれ《レディー・イズ・ア・トランプ》』を演奏していたが、その音は突風に流されて、いやに寒々しくかすんでいた。風は音楽と雪片を一緒に僕に叩《たた》きつけてから背後に吹き抜けていったが、うしろの方で若い女が茶化した声で音楽にあわせて歌うのが聞こえた。「ヘイ、カリフォールニア、ここは寒くて冷たいよ！〔Lady is a Trampの歌詞の一節〕」うしろを振り向くとおそろしくふさふさした赤毛を長くのばした目が覚めるような美人の姿が見えた。彼女は連れの男の腕によりかかって、僕が路面につけた足跡をひとつひとつ丹念に辿《たど》って歩いていた。彼女の毛皮のコートはミニ・ドレスと同じくらい短かったので、その下につき出ているとびっきり美しい長い脚をたっぷりと拝むことができた。

「ねえ！」と娘が僕に向ってどなった。「もう少し歩幅短く歩いてくれませんかあ？」

彼女の連れの男がこちらに手を振ったので、僕も手を振りかえした。二人が近づいてきてから、その青年がロリー・エドマンドの息子のトムであることがわかった。たしかプリンストンの三年生だったと思う。

「今日は、デスリフさん」と僕に追いついて彼は言った。「ジェニファーがどなったりしてすみません」彼は僕を娘に紹介し、娘を僕に紹介した。トムは自分の車のとなりにあったコードは僕のものかと訊《き》いた。

「そうだよ」と僕は言った。「あの車好きかい？」

「ええ、もうそりゃ」とトムは言った。

「道路がもう少しましになったら運転させてあげるよ」

「雪道だって、僕ちゃんと運転できますよ」とトムが言ったので、僕は笑って、いやもちろんそれは知ってるけど、ちゃんとした道を走る方が運転はずっと面白いじゃないかと説明した。

我々は小径《こみち》を歩きつづけた。ずっと前の方では丈の長い黒いオーバーコートを着て白い絹のスカーフを巻いた若い男がイヴニング・ガウン姿の連れの女性をひょいと抱きあげて、雪の上を玄関まですたすたと近道して行ってしまった。

アリスの姿はロビーには見あたらなかった。それで僕はまん中に小さなクリスマス・ツリーが飾られ、オードブルがひいらぎの輪のような形に並べられた立食テーブルのある小ぶりな部屋のひとつを探してみた。パーティーなので男性用バーも女性のために開放されていたが、僕はそこでフィールディング夫妻の顔をみつけた。二人の肩ごしにウィスキーやらジンやらウォッカやらの瓶《びん》がまるで奉納ロウソクのように何段も何段も積まれているのが見えた。

「アリス見たかい？」と何人かの肩ごしに僕はどなってみたが、僕の声は客とバーテンダーのごちゃごちゃとしたやりとりにかき消されてしまった。僕のまわりで氷がからからと音を立て、チャームつきブレスレットをはめた腕がじゃらじゃらという音を立てて僕の顔の前で酒のグラスを受けとり、乾杯のグラスが触れあい、笑い声が泡《あわ》のようにわきたっていた。僕はどうにかこうにか道を拓《ひら》いて、フィールディング夫妻のところに辿りつき、アリスを見なかったかいと訊《たず》ねてみた。

「彼女ダンスしてるんだと思うわ」とメアリ・フィールディングが言った。「ここで一緒に飲みましょうよ」

　それから三十分のあいだに僕は十人以上の人に紹介されたが、彼らの名前は一瞬のうちに忘れてしまった。そのうちにミッシー・カーライルがぴょんぴょんと大またに跳ぶような歩き方でこちらにやってきた。歩き方のせいで彼女の着るイヴニング・ガウンはみんなスポーツ・ウェアのように見えるのだ。

「私もう頭がすっかりくらくらしちゃったわ」と彼女は笑って言った。「こんな沢山の人見たのはじめて！　なんなのこの人たち？　私ついさっきろくでもない男とダンスしてひどい目にあっちゃったわよ。何しろずうっと私のお尻《しり》に手をまわして、ダンスの間じゅう髪の毛に向ってモソモソ話しかけるんだけど、それがただの一言も聞きとれないの。こんな風なのよ。『はあ、はあ、はあ、ベッド、はあ、はあ、はあ、はあ、君がはあ、はあ、はあ、僕を』ってね。とうとうダンス・フロアのまん中で放《ほう》り出して帰ってきちゃったわ。あなたどこにいたの？　ずうっとあなたのこと探しまわってたのよ」

「アリスを探してたんだ」と僕は言った。「そしてやっとここまで辿りついた。君は何を飲んでるの？」

「マーティニ」

「まだマーティニ？」

「永遠にマーティニ」とミッシーは言った。「あなた私と踊ってくれるって約束したわよね。アリスはウォルターと踊ってるわ。お酒はあとにしましょう。あなたと今踊りたいのよ。私踊りが好きなんだけど、踊るチャンスなんてぜんぜんないんですもの。あなたは踊るの好き？　このオーケストラたいしたもんよ——本当。選《よ》りにも選ってニュー・ヘイヴンから連れてきたらしいんだけど、演奏はこれが最高モノね。この手の大がかりなパーティー、あなた好き？　私こういうの大好《だいす》きよ。みんなすごく親密になれるの。誰《だれ》でも好きな人に話しかけられるし、こそっと抜け出すこともできるし、なんだってできるわ。小ぢんまりしたパーティーより、こういうのの方がずっと親密なかんじするの。あなたそう思わない？」

　ミッシーはさっさと僕をひきつれてボールルームまで行き、踊りに参加した。フロアの外側の方にはまだフォックストロットやら慎み深いツーステップやらの踊れる年長者のカップルがいて、中央にはシャッセに夢中になっているもっと年の若いメンバーがいた。ロング・アイランド・ボーイズもまだ健在で、彼らは肘《ひじ》を上下に気持よさそうにゆすりながら踊り、その腕の中で娘たちは思い入れたっぷりに身をのけぞらせていた。デビュタントだってちゃんといる。デビュタントとそのエスコートはお熱くぴったりと体を寄せてボックス・ステップを踊り、まぶたはぼってりと重く、額は汗に濡《ぬ》れていた。デビュタントが父親とダンスしながら通りかかると拍手する人々もまだいる。父親の心もとないステップにあわせてオーケストラも一所懸命ワルツのリズムを刻む。ウェンディー・セイヤーもあいかわらずその豊満な体をくねらせている。夜も更《ふ》けてたっぷり酒が入った頃《ころ》にはオーケストラの前でまた一人で踊りはじめることだろう。哀れを誘うチビで鳩胸《はとむね》のレスリー・コッターが太腿《ふともも》をパートナーの脚に合わせるようにして踊っていた。そして人々の気分の高揚にあわせて楽団もその音量を上げげつつ演奏をつづけていた。隅《すみ》の方ではチャーリーとアンのベイカー夫妻が刺繍《ししゅう》あみみたいに固くてキチッとコントロールされたステップを踏んでいた。別の隅では一群のギリシャ人の若者がテニス委員会の委員長にもてなされ、また別のテーブルにはメイプス夫妻が金なんかもう余ってしょうがないといった顔をして座っていた。

「あなた何も話してくれないのね」とミッシーが不服そうに言った。

「そうだね、申し訳ない」と僕は言った。

「疲れたの？　座りたい？」

「どっちでもいいよ、べつに」と僕は言った。「ごめん。今日はどうも今ひとつ気がのらなくてね。マーティニ飲むかい？」

「いいわよ」とミッシーは言った。彼女は僕の肩に置いた手をはなして僕の手首を握り、ダンス・フロアからバーへと僕をつれていった。

「まだアリスの行方がわからない」と僕は言った。「いったいどこに行っちゃったのかなあ？」

「私だってウォルターの姿を見てないわよ」とミッシーは言った。「二人でダンスしてたのよ。ねえ、こう思わない——」

「天の配剤？」と僕は笑って言った。

我々は人ごみをかきわけかきわけバーに辿り着いた。チョーンシー・ハルパートとトビー・フィールディングはバックギャモン・テーブルに向っていた。チョーンシーは賭金《かけきん》を二倍にしようともちかけ、トビーは後半の局面は我に利ありと踏んでそれを受けた。ずっと右手の撞球室《どうきゅうしつ》では二組の若いカップルがエイト・ボールを撞《つ》いていた。我々のまわりには氷の鳴る音や、グラスのふれあう音や、煙草《たばこ》の煙に入りまじったざわざわとした笑い声が充《み》ちていた。

僕は酒を受けとるとミッシーを連れてバーを抜けだし、クラブの裏口近くにある階段のところまで行った。「ここに座ろうよ」と僕は言った。そこからでもバーが見えたし、バーの向うにはダンス・フロアも少し見えた。僕らがそこに腰を下ろすや否や裏口の扉《とびら》があいて三人づれのパーティー客が寒風と一緒になだれこんできた。

「んもう、フロリダに行きたいわね」とミッシーは言った。「私はあったかい所に行きたくってしょうがない人なの。どこかの亜熱帯のビーチの浅瀬でころげまわるのよ。口からしだの葉を垂らした雷竜《ブロントサウルス》みたいにね。去年の冬、ウォルトと私はノース・カロライナにあるバーニー・ラングランドの大農園に行ったの。バーニー知ってる？」

「いや、残念ながら」と僕は言った。

「知りあいになるべきよ、ジョージ」とミッシーは言った。「きっと話があうわ。本当よ」彼女はマーティニをすすった。「彼は馬やら犬やら調教師やら勢子《せこ》やら、えーと、トウモロコシ畑やら松林やらを持っていて、そこにはもうもう信じられないくらい沢山の鳥がいるの——ウズラやら鳩やらワイルド・ターキーやら。それで彼は猟をするの。御先祖の肖像画やらルイ十五世時代の家具やらオービュソンのジュウタンやら自家用ジェットやら、そりゃもう人が欲しいと思うものは何から何まで揃《そろ》ってるわけよ。膝《ひざ》をつきあわせて話のできる親しい友だち以外はね。だからそのためには彼はどこにでも飛行機をさしむけるの」

「君は誰と行ったの？」

「かわいい従姉《いとこ》のベリンダとその突撃隊員の御主人と」

「君も狩をした？」

「馬車《ワゴン》に乗って出かけたことは出かけたけど、撃ちはしなかったわ。そりゃ本当面白かった。おたくにある狩の版画みたいな感じよ、ちょうど。あなたバーニーに会うべきよ。ニューヨークに彼が来たときに一度夕食に御招待するわ。そりゃきっと楽しいから。最近ニューヨークで人が話すことといったら金、蛮行、金とセックス――それればかり。それから不幸な結婚のこともね」とミッシーはつけ加えた。「不幸な結婚というのも大抵セックスの破綻《はたん》として片づけられちゃうわけだけれど。でもあなたとバーニーが御先祖の肖像画について語りあっているのを聞いてみたいわ、私」

「実をいうと、先祖の肖像画についてこの間ちょっと考えてたところだったんだ」と僕は言った。

「へえ、どうしてまた？」

「うん、母がいくつか持っていてね、僕がそれをゆずりうけることになると思うんだが、そこに描かれた人々について僕が何も知らないってのは困ったことだなと思ったんだよ。つまりさ、その先祖が有名人とかそういうのじゃない限り肖像画に意味をみつけるのはむずかしいだろう。絵を見てさ、昔聞いたことのある逸話の断片を思いだすだけだよ。えーとこの人はタルマッジ知事の義理の息子で、だとか、この人は娘の求婚者の頭を梯子背《はしごせ》の椅子《いす》でぶちのめした人でとかね。そして何世代かののちには肖像画の人物については誰もその程度のことしか知らないということになってしまうんだよ。それならいっそのこと画《え》なんかよりその人の手紙を保管しておいた方が気がきいてるんじゃないかな。画家の手になるとりすました姿じゃなくて、本人の語る言葉がそのままつたわるわけだからね」

「あなた自分の手紙とってるの？」とミッシーが訊いた。

「おかげでひどい目にあった」と僕は笑って言った。「昔の恋人の手紙をとっておいて、それがアリスにみつかっちゃってね」

「あなたは手紙もらったら自分に関係あるところが出てくるまでとばし読みする？」

「君はするのかい？」

「あたり前よ！」と言ってミッシーは笑った。「待ちきれないわよ。プレップ・スクールにいるときまず最初に目をやるのはその男の子がどういう風に手紙を結んでいるかってことなのよ。だって最後の一行がいちばんたっぷりと想《おも》いがこめられているし、それに——ハーイ、メアリ」

僕は顔をあげた。

「行っちゃったわよ」とミッシーは言った。「メアリ・フィールディングよ。ドアを開けてひょっと顔を出したの。それだけ」

「トビーを探してんだろう」

「トビーならバックギャモンしてるわよ。見たでしょ、あなた。メアリってのはね、あなた、トラブルをかぎまわる女なのよ。あの手の女たちって――」ミッシーは微笑《ほほえ》んだ。「ジャッカルみたいなのよ、まったくの話。あの人たちにとっては、他人の傷を見てよだれを垂らすことほど楽しいことないのよ。あの人たちは隊を組んで狩までするのよ」

「ヘミングウェイの『キリマンジャロの雪』に出てきたハイエナのこと覚えてるかい、君？」

「ええ、もちろん。私、あの話好きだったもの」

「フィッツジェラルドをこっぴどくやっつけた部分は覚えてる？」

「ああ、うん、フィッツジェラルドと言えばね」とミッシーは言った。「去年の夏の夕方にクラブのプールのまわりに座ってみんなでギャツビイの話をしたこと覚えてる？」

「うん。君と僕とアリスとウォルトとクロスビイの夫婦とでだろ？　よく覚えてるけど、それがどうかしたのかい？」

「それでね、私、家に帰ってもう一度『グレート・ギャツビイ』を読んでみたのよ」とミッシーは言った。「実をいうとちょっとした好奇心からよ。私ね、どうしてあなたにとってあの本がそんなに大きな意味を持っているのか、よく理解できなかったのよ。ギャツビイはいかさま師よ——そんなことあの本を読んだ人なら誰でも知ってると思うわ。あなたを別にすればね」

「もちろんいかさま師さ、ミッシー、そりゃ僕にもわかってるとも。でもあの本の中で僕が好きなのはギャツビイじゃない。僕が好きなのはあの夏の気分なんだ。その魔力であり、そのスタイルなんだ。ギャツビイの科白《せりふ》にあるじゃないか、『もしあの男がデトロイトを小都市って考えているとしたら、彼は我々にとっては無用の人物だ』ってね。ねえ、こんな素敵な科白ってないぜ。それからデイジーの家の描写やら、ギャツビイのパーティーの描写やらも大好きだ。本当に良い文章だよ」

「そして豪勢な生活」とミッシーは言って微笑んだ。

「というよりね、それは幻想の祝典なんだ」

「ギャツビイの、そして他《ほか》の全《すべ》ての人々のね。ウォルトと結婚する前に二人の生活っていったいどんなだろうってよく夢に想い描いていたものだわ。私の想像してたのはね、ツタのからまったチューダー風の古風な大きな塔に住むっていう生活。細かい砂利が敷きつめられた長い長いアプローチの道があってね、広大な芝生の庭に樫《かし》の巨木が影をおとしているの。柳にまわりを囲まれた池があって、野鴨《のがも》がそこにやってくるの。夕方になるとウォルトは亜麻の素敵なスーツかなんか着て、私はひらひらと風に揺れるパステル・カラーの涼し気なものを着て……でも、そんなものまったくのナンセンスよ。そして今は」とミッシーはつづけた。「そして今私の考えることは何百エーカか敷地のある人里はなれて海に面したメインあたりの海岸の農家に一人で暮したいってこと」

「すごく淋《さび》しいだろうよ、それじゃ」

「淋しかないわよ。あなたを招待するもの。うちに来て泊ってくれるわよね？」

「喜んで」

「ね？　私のだって種類が少し違うだけのノスタルジアなのよ。『ノスタルジア』って素敵な言葉だと思わない？　その内容にぴったりの言葉だわ。なんだか小さくてかれんな花の名前みたいね。ノスタルジアのブーケとかね。人ってずいぶんいろんなことでノスタルジックになるものなのよ。古い車、古い町、古い家、古い森や野原、古い何やかや。だってそうでしょ、でなきゃどうして私たちが手入れの面倒なアンティック家具やら、編みなおしの必要な東洋ジュウタンやら、修復しなきゃならない先祖の肖像画やらで家をいっぱいにしなくちゃならないのよ？　そんなことひとにやらせる余裕もないし、かといってやらなきゃやらないでおちつかないのよ。ねえ、私の言ってることわかる？　私たちがそういうものに固執するのは、つまり私たちがあの幸せな楽しい日々がまた戻《もど》ってくるんだという幻想にしがみついているのと同じことなのよ。どういうわけだか世の中には私たちの憧《あこが》れるスタイルというものが必ずひとつはあるのね。そして私たちはその自分の幻影をあくことなく追いつづけるのよ。ギャツビイに負けず劣らずね」

「あるいはギャツビイの子供たちに負けず劣らずね」と僕は言った。「ねえミッシー、君の追い求めている幻影ってどんなもの？」

「幸せになることよ」と彼女は言った。「あなたは、どうなの、ジョージ？」

「僕のことかい？　僕は昨日ずっと世界を変革したいと考えている友人と話して過していたんだ……僕かい？」僕は首を振った。「僕は世界を変革したいとも思わないし、征服したいとも思わないし、何したいとも思わない。この世界のどこかに僕がぴったりと入りこめる場所がひとつ残っていると思えれば、それでいいのさ。僕が望むのは物事が心穏やかであってほしいということだよ」

「それでアリスはどうなるの？」とミッシーが訊いた。「彼女はどういう風に収まるわけ？　十年後二十年後のあなた自身を思い浮かべるとき、彼女はどこでどうしてるの？」

「わからないよ、ミッシー」と僕は言った。「正直言って本当にわからないんだ。そんなに長くアリスと一緒に暮すという状況がただなんというか、頭に思い浮かべられないのさ、僕には」

「とすればあなたがアリスとの仲をどうすればいいかはもうわかったようなものじゃなくて？」

「いや、わからないね。僕自身のことがどうにかこうにかわかるだけさ」

「やれやれ、ジョージ――ウォルターと私と一緒にうちの母がそれはおぞましい夜のひとときを過したあとで言ったことばをあなたに聞かせてあげたかったわね。彼女こう言ったのよ、『ねえ、お前《マイ・ディア》、最初の結婚というのはいつもすごく大事なものに思えるものだよ』ってね」

「どういう意味なの、それは？」

「離婚は世界の終りじゃないってことよ。母の世代にとってはあるいはそう見えたかもしれないけれど、実際はそんなことなかったし、現代において何をか云《い》わんや、よ」

「というと、ウォルターのことで、君は決心を固めたということ？　そういう風に聞こえるけど」

「あら、そう？」とミッシーは言った。「そうね、固めたと思うわ」

「再婚はするつもりかい？」

「たぶんね。もし相応《ふさわ》しい人が申しこんでくれたらね。子供が欲しいのよ、私」とミッシーは言った。「ええ、そうね、再婚すると思うわ。そしてあなたもね。でもね、私またたぶんウォルトみたいな人と結婚するだろうし、あなたはまたアリスみたいな人と結婚するだろうし、結局同じ間違いを何度も何度も繰り返すことになるのよ」

「我々が同じ間違いを繰り返さなくなったら神様はお払い箱になっちゃうものね」

「その心温まる意見を祝しておかわりを飲みましょう」とミッシーは笑って言った。「今何時かしら？　そろそろ我々のつれあいを探すとしましょうか。ボールルームをもう一周して、それからまた一杯やりましょう、オーケー？」

「オーケー」と僕は言った。

ウォルトはチョーンシー・ハルパートとベティー・ハムリンと三人でバーにいた。ベティーは陽気になろう、みんなに好かれようと努力していたが、酒が入れば入るほどその努力はだんだん破れかぶれなものに変っていった。

「でもここにいるみんな君のこと好きだぜ」とチョーンシーがしゃべっていた。「みんなこう言ってる。ウィナンダー広しといえど君んとこのパーティーが最高だってな。君はこの辺でももっとも楽しい人間の一人だ」

「あなた、私のこと本当に愉快な人間だと思う？」とベティーが訊いた。

「君、すごく愉快な人だと思うよ、俺《おれ》」とチョーンシーは言った。「そう思うだろ、ウォルト。ベティーは愉快な人だってさ？」

「パーティー楽しかったよ」とウォルトは言った。

「ありゃ、愉快なパーティーだった」とチョーンシーが言った。

「本当にそう思う？」とベティーが訊ねた。

「そして君は愉快な娘だ」とチョーンシーは彼女の腿をとんとんと叩きながら言った。「さ、もう一杯どう？」

「そうね、頂くわ」とベティーが言った。

あまりそういうのを見ていたくなかったので、僕は踊りにいこうよとミッシーに言った。

「喜んで」と彼女は言った。「構わない、ウォルト？」

「俺？」とウォルトが言った。「いいよ、もちろん」

そこで僕はミッシーをつれてダンス・フロアに行った。僕は黙ってダンスをし、それからミッシーに訊ねた。「月曜日にニューヨークでお昼でも一緒に食べない？」

「ねえジョージ、あなた知ってるんでしょうね？　ニューヨーク・シティーで男性が人妻をお昼に誘うっていうことは、つまり一緒にベッドに入りましょうってことなんだって？」

「そうなのかい？」

「という話よ」

「お昼に会えるかな？」

「朝に電話してみて。月曜日のね」とミッシーは言った。

そのとき突然ぞっとするような悲鳴が聞こえた。それはクラブの正面玄関の方から聞こえてきた。二階の客室や女性化粧室に通じる長い曲線を描く階段のわきからだ。まわりのざわめきがぴたりとやみ、何事が起ったのかと押しあいへしあい正面玄関に急ぐ人々のばたばたという足音だけが部屋に響いた。オーケストラもしんと静まりかえり、ボールルームから玄関に通じる廊下には人が溢《あふ》れていた。演奏を続けろと誰かに命じられて、オーケストラはやたら大きな不揃いな音で『酒とバラの日々』を再び演奏しはじめたが、それは尻切れになってそのままやはりぐしゃぐしゃの『エンブレーサブル・ユー』へと変っていった。

ミッシーと僕は人だかりの端の方までやっと辿り着いて、中から抜け出してくるチャーリー・ベイカーと顔をあわせた。

「何が起ったんだ？」と僕は訊いた。

「ベティー・ハムリン」と彼は言った。「手すりから落ちた」

「なんてことを。それで彼女――」と質問しかけたところで僕はその答を目にしてしまった。老ニールは顔面を蒼白《そうはく》にしてよろよろ壁にもたれかかっていたのだ。彼の過去がもう一度繰り返されたのだ。

「彼女いちばん上にいた」とチャーリーは言った。「そして突然冗談で手すりを滑り下りるって言ったんだ。そして手すりの外に脚を出したんだが、何かがあってバランスを崩すかどうかしてね、そのまますっと滑って行っちゃったんだ。彼女は……うん、ずいぶん酒が入ってたしなあ……それに、なんていうか……」

「彼女、死んだの？」とミッシーが訊いた。

「そう思うよ」とチャーリーは言った。「ずいぶん強く打ったものな」

「誰か救急車呼んだのか？」と僕は訊いた。

「ドクター・ファウラーが今みてる」とチャーリーが言った。「それと、なんてったっけ、ベティー・ハムリンの御主人？」

「誰か彼に付き添ってる？」と僕が訊いた。

「チョーンシーがいるよ。それにポール・セイヤー」

アリスを見なかったかと僕はチャーリーに訊いた。

「君んとこのアリス？」と彼が僕に訊ねた。「三十分くらい前に帰ったよ。バックギャモンやったあとでトビー・フィールディングと一緒にね。先に家に帰ってパーティーの支度するってトビーが言ってた」

僕が行きかけると、何処《どこ》に行くのとミッシーが訊いた。

「帰るよ」と僕は言った。「こんなところは引きあげる。パーティーはおひらきだ」

「月曜日には会えるの？」と彼女は訊いた。

「電話する」と僕は言った。


フィールディングの家は湖をはさんでクラブのちょうど反対側にあったので、雪道をとおってそこに行くのに少くとも十五分はかかった。玄関のブザーに手をのばしたところで居間の壁の上で灰色の灯《ひ》がちかちかしているのに気づいた。僕の立っているところからでも、それがトビー・フィールディング所有のポルノ・フィルムであることは見てとれた。ドアを押し開けるとトビーが「こっちだよ、居間にいる」と叫んだ。居間に入るとトビーとアリスがスクリーンに背を向けて立っていた。スクリーンには肌《はだ》も露《あら》わな金髪娘が大男の黒人の体の下で身悶《みもだ》えている粒子の粗い傷だらけの映像がうつし出されていた。

「よう、ジョージ」とトビーが言った。彼は映写機をとめた。そしてアリスが僕から顔を背けた時、そのドレスの下で外れたブラのストラップがこぶになっているのが見えた。

「もうひきあげよう、アリス」と僕は言った。

彼女は黙っていた。

「でもこれからのパーティーだぜ」とトビーが抗議した。

「もう今夜はパーティーはないよ」と僕は言った。「ベティー・ハムリンが死んだ。クラブの手すりから落ちたんだ」

「ベティーがどうしたって？」とトビーが言った。

アリスが笑い声をあげた。そして彼女は腹を抱えて、笑いころげた。トビー・フィールディングはまずアリスを見て、それから僕を見て、こらえかねるようにくっくっくっと笑い、またアリスを見てまた僕を見た。「おい、ジョージ、それ冗談なんだろ？」

「クラブに電話して聞いてみろよ」と僕は言った。そして二人をそこに置いてさっさと出ていった。もうこれ以上彼らの顔を見ていたくはなかったのだ。途中クラブの前の湖岸道路を通らねばならなかった。大方の車はもう駐車場から消えていた。しかしもっと先の湖の西側の進入路に向うカーブに一群の車がひしめきあっていた。そしてそんな車のヘッドライトの中にまるでピンに刺された昆虫《こんちゅう》のような格好で、横すべりして溝《みぞ》にはまりこんだ赤いMGの姿が浮かびあがっていた。ぽかんとした顔で空まわりしている左の前輪を見つめているのはトム・エドマンドだった。そのとなりには彼のお相手の赤毛美人のジェニファーが、くるぶしまでもないブーツに太腿もろくに隠れない毛皮のコートという格好で立っていた。僕が湖岸道路に出るとジェニファーが僕の車をみつけてすぐにとんできた。僕は車を停めて窓を下ろした。

「どこに行くの？」と彼女が訊いた。

「家だよ」と僕は言った。「君たち大丈夫なの？　怪我《けが》なかった？」

「ええ大丈夫。ただ私が凍えてるだけ」

僕はサイド・ブレーキを引いて、体をよじってオーバーコートを脱ぎ、「ほら、これ」と言って、窓ごしに彼女に向ってさしだした。「明日家に持ってきてくれりゃいいよ」

「明日はもうここにはいないの」と毛皮の上から僕のコートをはおりながらジェニファーは言った。

「僕もいない」と僕は言った。「でも大丈夫、なんとかなるもんさ」

ジェニファーは指でVの字をつくり「ピース」と言った。

「生き残れよ《サーバイブ》」と僕は言った。

何分かあとに僕は家に帰りつき、ベビー・シッターの車のとなりに車を駐めた。そして彼女に金を払い、家に帰し、子供たちの様子を見に二階に上った。子供たちは眠っていた。僕はまっすぐ奥の部屋に行って、クローゼットからスーツケースを出した。きちんとたたんだスーツの上にシャツを入れていると玄関のドアが開き、アリスが階段を駆けあがってくる音が聞こえた。

彼女は僕のスーツケースを見て「ねえ、ちょっと待ってよ、どこいくのよ!」とどなった。彼女はベッドの上からスーツケースをはねのけて中身を床にまきちらした。

僕は何も言わずにスーツケースを拾いあげ、ベッドの上に置き、そこにまたシャツを詰めた。

「何とか言ってよ！」とアリスは言った。

「出ていく」

「見りゃわかるわよ。どうしてかって訊いてるのよ」

「うんざりだから」と僕は言った。

「フィールディングのところで何もしてないわよ、私」とアリスは言った。「トビーが映画見せてくれてただけよ」

「それでブラを外してたわけ？」

「ねえ、それで出てくの？　よしてよ。私のブラのストラップが外れてたっていうそれだけで？　イヴニング・ドレスの下にブラつけてるとすごくわずらわしいのよ、わかるでしょ？」

「さあね、最近つけたことないから」と僕は言った。

「冗談なんかよしてよ！」とアリスは言った。

アリスの顔はひきつって蒼白だった。「僕が出ていくのはトビー・フィールディングのためだけじゃないんだよ、アリス。トビー・フィールディングのことなんてべつにどうだって構やしない。僕が問題にしてるのは君がどうなりつつあるか、子供たちが、僕がどうなりつつあるかってことなんだ。そして君と僕とはもうおしまいだ。それが今日という今日よくわかったんだ。そして君にはそれがわかってない。君は全てはうまくいっていると思いつづけている。今の今まで、かくも長きにわたってね！　かくも長きにわたって今まで僕は一所懸命自分にこう言いきかせてきた。全てが必ずしもうまくいってないにせよ、いつかうまくいくかもしれない、うまくいかせることができるはずだとね。でもいきゃしない。僕と君のあいだではね。もう無理なのさ。もう終ったんだよ。僕は出ていく」

「子供たちはどうなるのよ？」とアリスは訊いた。「あなた子供たちを捨てていくの？」

「僕は誰も捨てたりはしない」僕は言った。「僕はニューヨークのアパートにいる。電話番号も住所も連絡方法もわかってるよな。僕は――」

「例の女たちのところに戻っていくんでしょう」とアリスは言った。「あなたはただ次から次へと際限なく女の子を渡り歩いていくだけで、何ひとつ相手に与えることなんてできないのよ。何ひとつよ！　これまでだって誰かに何かを与えられたことないじゃない！」彼女はしゃがれた声でわらった。「あなた幸せになんかなれないわよ、ジョージ。あなたは女から女へとふらふらしていくだけよ」

僕は返事をしなかった。

「あなたリンに連絡するつもりね、そうでしょ！　あなたあのアパートでファックした女とよろしくやろうってんでしょ。リンのところに戻るつもりね、そうでしょ！」

「彼女は今ニューヨークにいないよ、アリス。僕は彼女に会いたくない。誰にも会いたくない。それが君にはわからないのか？　僕は何かのためにここを出ていくんじゃない。何かから出てくんだよ」

「何からよ？」とアリスが訊いた。

「君から。僕から。こういうのから。ウィナンダーから。何もかもから」

「子供からも？」

「子供たちには問題はない」と僕は言った。「落ちつくことができたら、そのときに何か少くとも新しい可能性のようなものを子供たちに示せると思う。ここで我々が送った生活よりはまともなものをね」

「ねえ、大人になりなさいよ、あなた！」とアリスは苦々し気に言った。

「大人になったところだよ」と僕は言った。僕はバスルームに行ってディナー・ジャケットとズボンを脱ぎ、グレイのフラノのズボンにはきかえた。

アリスはバスルームの入口までやってきた。「あなたこの前ニューヨークに行ったとき『プレイボーイ』まで持っていっちゃったでしょ。バスルームにあったやつ」

「もう君も読んじゃって要らないと思ったものでね」と僕は言って、新しく仕立て昨日届いたばかりのシャツの一枚を着た。新しいシャツを着て新しい小娘とよろしくやるわけねといったようなことをアリスはしゃべりつづけていたが、僕はべつに何も言わなかった。

「あなた逃げ出したいのね」とアリスは言った。

「ねえアリス、僕はどこにも逃げてなんかいかない。ニューヨークに行くだけだ。僕の居場所ははっきりしている」

「あなたは何もかもを投げ捨てていくのよ」と彼女は言った。「私たちの手にした立派なものを何もかもをね。子供たちや、家や、ペットや、それに——それに——」

「アリス、僕は何も投げ捨てていない。自分の手に残されたものをしっかり守っていこうとしているだけだよ」

「『自分の手に残されたものをしっかり守っていこうとしているだけだよ』」とアリスは僕の声色を真似《まね》て言った。「笑わせるじゃない、ジョージ」

僕は答えなかった。

「空にとびたちなさい、小鳥くん」と彼女は歌った。

僕が自分の洗面用具をまとめていると、アリスはいちいち僕にそれらを手わたしてくれた。「はいこれ、はいこれあなたの歯ブラシよ」

「ありがとう」と言って僕はそれを化粧バッグに入れた。

「爪《つめ》ブラシも忘れないで」とアリスは言った。「ほらこれ！」と彼女はどなった。「爪ブラシ必要になるわよ」

僕はそれを化粧バッグに入れた。「ありがとう」

「それでこれがアフター・シェーブ」とアリスは言った。「これ必要になるわよ。あなたのガール・フレンドたちのためにたくましい男性的な香りは欠かせないものねえ」

「ありがとう」僕はアフター・シェーブと残りのものを化粧バッグにつめ、ベッドルームに戻ってそれをスーツケースに入れた。

「あなたちょっとニューヨークに行くだけよね？」

「そうだよ」

アリスは僕のパジャマをとって僕の方に投げつけた。「はいこれ！　新しい女の子をみつけるまではこれが要るんでしょ？」

「ありがとう」と言って僕はそれもスーツケースに入れた。

「ねえ、ジョージ、どうしてよ？　どうしてあなた、こんなことするの？」

「どうしてかはアリス、君にもわかってるだろう」と僕は言った。「僕らは何度も何度もその話をくりかえしてきた。君にもわかっているはずだ」

「でも今日はこんなに楽しかったのに」

「参ったね、君にも。今日の何が楽しかったか、ひとつ例をあげられるものならあげてごらんよ」

「私、あなたのこと頭に来《こ》なかったわ。ダンス・パーティーであなたのことで頭に来なかったの今日がはじめてよ。私やきもち焼かなかった。私はたっぷり楽しんだのに、それを今こうしてあなたがぶちこわしてるんじゃない」

「おいアリス、僕が君のお楽しみをぶちこわしたりするものか。そうしたいんならトビーに電話して迎えにきてもらえばいいじゃないか。連中今頃君抜きで盛りあがってるぜ。もしそうなってたとしても僕はちっとも驚きゃしないね。有体《ありてい》に言うとだね、アリス、ここは腐った場所だよ。君にはそれがわからないのか？」

「有体に言うとね、ジョージ、あなた狂ってるわよ。あなたこれまでこんなこと一度もしなかったわ。あなたすっかり狂ってるのよ！」

「今までが狂ってたのさ」と僕は言ってスーツケースのジッパーをしめ、それをベッドから持ちあげた。

「これでおしまいなわけ？　荷物まとめてはい出発ってわけ？　宇宙飛行士か何かみたいに？」

「ごめんよ、アリス」と僕は言った。「こういう言い方がどうしようもなく中途半端《ちゅうとはんぱ》なものであることは僕にもわかっているけど、君には心底、真実、申し訳ないと思う。僕だってできることなら出ていきたくなんてなかった。他人には仕事でしばらく留守するって言っとくんだね。僕はそれでかまわないよ」

「他人が何さ！」とアリスは言った。「私たちどうなるの？　自分になんて説明すりゃいいのよ？　子供たちになんて言やいいのよ？」

「愛してるって言っといてくれ」

「そしてこれが愛の示し方っていうわけなの？」

僕は階段を下りて玄関のクローゼットから厚いセーターを取り、キッチンのドアから表に出た。そして助手席を開けてスーツケースとセーターを放りこみ、それから運転席の方にまわった。僕が車にのりこもうとすると、アリスが助手席のドアを開けてスーツケースとセーターを雪の上に放りだした。

「アリス、お願いだよ……」

彼女はイヴニング・ガウンに正装用の靴《くつ》という格好で寒さの中に立っていた。

「アリス、お願いだ」

彼女は動かなかった。僕は車を下りて反対側にまわった。彼女はスーツケースを拾って雪を払い、僕に渡した。僕はそれを車の中に置き、セーターを拾いあげてそれも中に放りこんだ。僕が運転席の方に行こうとするとアリスが言った。「これ本当なの？あなた本気で出ていくの？」

「そうしようとしている」と僕は言った。僕はドアのわきに立ちどまった。「そんなところにつっ立ってると風邪ひくぜ」

「ジョージ……？」

「なんだい？」

「行く前にコーヒー一杯飲んでいかない？」とアリスが言った。「新しいのつくるわ、豆ひいて。あなた魔法瓶に入れて持っていけるでしょ」

「僕はもういかなきゃならないよ、アリス」

「子供たちの顔は見ていかなくていいの？」

「もう見た。寝てる」

「起してもいいわよ、さよならを言えるように」

「またすぐに会う」

「一杯だけつきあってよ」とアリスは哀《かな》しそうに微笑《ほほえ》みながら言った。「昔の気持になって」

僕は首を振った。「昔の気持になればこそ僕は出ていこうとしてるんだぜ」

「おねがいジョージ、一杯だけよ。時間はとらせないわよ。インスタント・コーヒーをいれるから。途中で眠りこまないようにね」

「わかったよ、じゃあ一杯だけ」と僕は言って、アリスのうしろから家に入った。湯が沸きかけたところで電話のベルが鳴った。アリスと僕は二人で台所の時計に目をやった。もう二時前だった。

アリスが電話をとった。「もしもし。どなた？　ちょっとお待ちになって。どちら様ですか？」アリスが受話器を放りだしたので、コードはぶらぶらと揺れた。「あなたによジョージ」と彼女は抑揚のない声で言った。「あなたの可愛子《かわいこ》ちゃんの一人から。ジェニファーなんとか」

僕は電話を受けとった。アリスは腕組みしてつっ立って僕をじっと見ていた。彼女の顔はまた蒼白にひきつりはじめた。

「よう、ジェニファー。どうかしたの？」と僕は言った。

「ごめんね、こんな遅く電話しちゃって」と彼女は言った。「でもまだ寝てらっしゃらないだろうと思ったから。私、いま門番ゲートにいるの」

「そこで何してるんだい？」と僕は訊いた。アリスはすっと部屋を出ていった。

「私、バスでニューヨークに戻ることにしたの。それであなたにお電話したのは——」（ここでアリスが書斎の内線電話をとるカチッという小さな音が入る）「——あなたのコートのことなの。門の守衛さんに預けていくけど、それでいい？　もうすぐニューヨーク行きのバスが出るから、私は大丈夫よ」

「うん、そりゃよかったね、ジェニファー」と僕は言った。「コートを取っていくよ。じゃあまたいつか会えるといいね」

「そうね。そうなったらゴキゲンね」とジェニファーは言った。「バアイ」、そして電話が切れた。

そして僕は電話口に向って「おいアリス、来いよ、コーヒー飲むんだろ？」と言った。

アリスは書斎からつむじ風のようにとびだしてきて、キッチンのドアのところで停まった。彼女の手にはピストルが握られていた。「畜生め！」と彼女は金切り声をあげた。「あっという間にひっかけたじゃない！」

「それ、どこから持ってきた？」

「あなたのワーズワースからよ、こん畜生！　あなたはうまく隠したつもりだったんでしょうけどね！　そんなのぜんぜんお見とおしなのよ！　あなたが何をしてるかなんて、私にはすっかりわかってるんだから」

「頭が良いんだな」と僕は言った。「もしよかったらコーヒーいれたいんだけど、いいかい？」

「ふざけたこと言わないでよ！」とアリスは言った。彼女は両手でピストルを握りしめて、銃口をまっすぐ僕の腹に向けていた。「ジェニファーって誰よ？　どっかの娘？　あなたの新しい女の子か何か？」

「十八のカリフォルニア娘だよ」

「十八！　それはいくらあなたでもちょっと若すぎるんじゃないの？　じゃあ、ミッシー・カーライルはどうなるの？　彼女のことは忘れちゃったの？　それともミッシー・カーライルはあなたには年取りすぎてるってわけ？」

「なあアリス」と僕は言った。「君が気が立っているのはわかる。しかしだからといって下らない真似をしてもいいってことにはならんよ」僕は鍋《なべ》をとって沸騰《ふっとう》した湯を自分のカップに注《つ》いだ。「君も飲むか？」

「十八のカリフォルニアの小娘のために私を捨てていかせはしないわ。どこでその女と会ったのよ？　ヒッピーか何かなの？」

僕はにっこり笑って、ヒッピーがどういうものかなんて僕らはそもそも知りもしないじゃないかと言った。アリスはピストルを僕に向けたまま、キッチンのドアのところにじっと立ったままだった。僕は冷蔵庫を開けてミルクを出し、自分のコーヒーに入れた。そしてキッチン・テーブルの前に座った。そのあいだずっとアリスは戸口に立って、僕にピストルを向けていた。

「本当にコーヒーいらない？」と僕は言った。

「もし私を捨てて出ていったりしたら殺してやるからね、ジョージ」とアリスは言った。

「いや、君はそんなことしないさ」

「もし出ていくなら、殺す」

「どっちにしろ君とはさよならだね」と僕は言った。「どう転んでも同じだ」

「同じなもんですか、あなたには！」とアリスは言った。

僕はコーヒーを飲み終え、カップと皿《さら》を洗い、それから外に出る戸口まで歩いていった。「さよならアリス、用があったらニューヨークにいるからね」と僕は言った。

僕はドアを開け、少したちどまって部屋の反対側にいる妻の方を見た。「ごめんね、アリス」と僕は言った。「本当にすまないと思う」

　そしてアリスが引き金を引いた。かすかなポンという音がして銃身から十八インチほどの棒がとびだし、それがひらひらと広がって、金の縁どりのある青い小さな絹の旗になった。旗には赤い字で「ズドン！」と書いてあった。

「それアルフレッドが送ってくれたんだ」と僕は言い訳した。

　僕はキッチンのドアを閉めて車まで歩いた。運転席のドアを開けてから僕はうしろをふり向いてキッチンの窓の中に目をやった。その馬鹿気《ばかげ》た旗のついたおもちゃのピストルを手に、アリスはまだ同じ場所に呆然《ぼうぜん》と立っていた。

　冷えきったエンジンをスタートさせるのに少し時間がかかった。それから僕は車をバックさせ、向きを変えた。出ていく前に僕はバックミラーでキッチンの方をちらりと見た。アリスはドアの外に出て僕の方を見ていた。そしてこれはあまりにも馬鹿気ていることなので、百パーセントの確信を持ってそれが本当に起ったことだとは言いかねるのだが、僕は見たような気がするのだ……つまり、僕が出ていくときアリスが手を振っていたのを。

大丈夫、ミスタ・ブライアン、僕《ぼく》もこの本が好きです（訳者あとがき）

C・D・B（コートランド・ディクソン・バーンズ）・ブライアンは一九三六年にニューヨーク・シティーで生まれた。

「P・S・ウィルキンソン」（1965）
「偉大なるデスリフ」（1970）
「友軍の砲撃」*（1976）
「国立航空宇宙博物館」*（1979）
「美しい女と醜い情景」（1983）

というところが著作リストで、＊のついたものがノン・フィクション、その他は長編小説である。これまで日本で翻訳されているのは『友軍の砲撃』だけだし、アメリカでもブライアンといえば『友軍の砲撃』の著者として通っている。だから読者の中には「へえ、ブライアンは小説も書くのか」と意外に思われる方もおられるかもしれない。でも僕にとってはブライアンはあくまで『偉大なるデスリフ』の著者であり、『友軍の砲撃』を手にとった時には「へえ、ブライアンはノン・フィクションも書くのか」と思ったものである。もちろん『友軍の砲撃』は優れた作品だし、僕も非常に面白く読んだけれど、『冷血』より『遠い声遠い部屋』が好きなのと同じ理由で――スケールはいささか小ぶりになるにせよ――『友軍の砲撃』よりはこの『偉大なるデスリフ』の方を好んでいる。でももちろん、これは個人の好みの問題である。読者は比較的簡単に『偉大なるデスリフ』という作品の小説的欠点を指摘できるだろうし、おそらくその指摘は正当なものであろう。しかしそれでも僕はこの小説をとても面白く読んだし、その気持は読後十年を経ても変っていない。訳し終えた今でも、やはりこの小説は面白いと確信しているし、多くの人々に読んでいただきたいと思う。読者の中には「おい、結構面白いじゃないか」と思われる方もいらっしゃるかもしれない。そう、そういう方は僕の文学的友人です。

僕が最初この本を手に取ったいちばんの理由はやはりなんと言ってもそのタイトルにある。『偉大なるデスリフ（The Great Dethriffe）』はもちろんスコット・フィッツジェラルドの『偉大なるギャッツビイ（The Great Gatsby）』のもじりであり、内容の方も『ギャッツビイ』をかなり意識した構成になっている。ごく簡単に言えばアルフレッドがニック・キャラウェイ、ジョージ・デスリフがギャッツビイ、アリスがデイジーという役割である。この本の中では『ギャッツビイ』とは違って、デスリフ＝ギャッツビイはアリス＝デイジーを手に入れる。これが第一部。そして夢を実現したデスリフ＝ギャッツビイは思いもよらなかった圧倒的な幻滅に遭遇する。これが第二部。

第一部はアルフレッド＝キャラウェイが語り手で、その文章は多分にフィッツジェラルド的である。ところが第二部ではデスリフ＝ギャッツビイが語り手になり、文体もがらりと変って、きわめて現実的・直截《ちょくせつ》的になる。その対比は非常に明確であり、それによって作者の意図もはっきりとこちらに伝わってくるわけだが、同時にその明確さは小説をふたつにすっぱりと分断してしまっている。そして物語の途中で生じた様々な問題が中途半端《ちゅうとはんぱ》なままに放置されてしまっているし、読者の視点をいたずらに困惑させる結果ともなっている。

もし僕が作者であったなら、

第一章・アルフレッドの語り
第二章・ジョージの語り

に加えて第三章を置いたと思う。そして第二章はもっと短く刈りこむ。第三章はアルフレッドの語りで、新しく生まれ変ったジョージとアルフレッドがフィッツジェラルド的幻滅を脱け出していく情景を簡潔に描くことになるだろう。説明的ではなく――あくまでメタフォリカルに。そうすればそれまでに出てきた様々な断片や人物もきちんと収まるべきところに収められるし、小説のテーマももっとくっきりとするはずだ。

でもそれは僕のちょっと脱線した想像に過ぎない。『偉大なるデスリフ』は『偉大なるデスリフ』として存在しているし、そのある意味では捨てばちな構成の故《ゆえ》に、そういう形式でしか伝えられない大事なものを我々に（少くとも僕に）伝えてくれる。それは正直さであり、温《ぬく》もりであり、生身の作家兼人間としての生きることへの困惑である。こういう言い方はあるいは僭越《せんえつ》であるかもしれないが、全《すべ》ての小説が文学史に残る超一級の小説である必要はないのだ。

この小説を理解するにはフィッツジェラルドの小説を読んでいなくてはならないというような大層なものではないにせよ、フィッツジェラルドの小説のファンの方であれば、この『偉大なるデスリフ』はずいぶん楽しみながら読めると思う。随所に「うむ、これはあのシーンのもじりだな」とニヤッとさせられる箇所が見受けられるからだ。この作者は長編では『偉大なるギャツビイ』が、短編では『リッチ・ボーイ（金持の青年）』がお好みのようである。こういう洒落《しゃれ》た遊びのある小説というのは、たしかに日本には少い。

この小説が書かれたのは一九七〇年だが、状況の質としては昨今の日本のノリに近いのではないかという気がしないでもない。とくにデスリフの遭遇する都市幻想の崩壊、郊外生活者の悪夢には思いあたるところのある方も多いのではないかと思う。

C・D・B・ブライアンの父、ジョセフ・ブライアン三世（しかし一家揃《そろ》ってすごい名前ですね）は『サタデー・イヴニング・ポスト』の編集者であり、後に何冊かの本を書いた。C・D・Bがイェール在学中に両親は離婚し、母親は作家のジョン・オハラと再婚した。

「オハラから僕は会話の書き方を学んだ」と彼は語っている。「会話の上手《うま》さでオハラの右に出るものはいない。父からは精密さを学んだ。彼は注意深い編集者であり、言語というものに対して深い敬意を払っていた。セミコロンの使い方をきちんとマスターしている人間は殆《ほと》どいないが、父はそのうちの一人だった」

大学を出て兵役についたあと、ブライアンは『ニューヨーカー』に短編を売りこむことに成功し、一九六五年（二十八の年）に長編小説『P・S・ウィルキンソン』を発表して、ハーパー賞（日本でいう芥川賞に近いもの）を獲得している。これはWASPの良家の青年が五〇年代をいかに生きたかをクールに描いた多分に自伝的な作品である。この小説は業界《リテラリ・ワールド》ではかなり注目を浴びたが、第二作である『偉大なるデスリフ』は殆ど無視されてしまった。

「この小説を僕はアイオワ大学のライターズ・ワークショップで教えている時に書きあげた」とブライアンは語っている。「この『偉大なるデスリフ』は一九七〇年に発表されたが、痕跡《こんせき》も残さずに消えてしまった。でも僕はこの本が好きだね。これはフィッツジェラルド神話の、僕らの世代にしかできない検証なんだ」

大丈夫、ミスタ・ブライアン。僕もこの本が好きです。

♣

本書でも柴田元幸氏の協力を仰いだ。いつものように僕が訳したものを、二人でチェックし、討議し、完成稿に仕上げるというシステムを取った。

一九八七年　村上春樹

『偉大なるデスリフ』　一九八七年一一月　新潮社刊
一九九〇年八月　新潮文庫

装幀・カバー写真　和田　誠

村上春樹《むらかみはるき》 翻訳《ほんやく》ライブラリー

偉大《いだい》なるデスリフ

2006年 9月 10日 初版発行
2018年 11月 30日 再版発行

訳 者 村上《むらかみ》 春樹《はるき》
著 者 C・D・B・ブライアン
発行者 松田 陽三
発行所 中央公論新社
〒100-8152 東京都千代田区大手町1-7-1
電話 販売部 03(5299)1730
編集部 03(5299)1740
URL http://www.chuko.co.jp/

印 刷 三晃印刷 製 本 小泉製本

Published by CHUOKORON-SHINSHA, INC.
Printed in Japan ISBN978-4-12-403500-1 C0097
定価はカバーに表示してあります。
落丁本・乱丁本はお手数ですが小社販売部宛お送り下さい。
送料小社負担にてお取り替えいたします。